不透明な殺人

有栖川有栖
法月綸太郎
鯨 統一郎
姉小路 祐
吉田直樹
若竹七海
永井するみ
柄刀 一
近藤史恵
麻耶雄嵩

祥伝社文庫

目次

有栖川有栖●女彫刻家の首

著者・有栖《ありす》川《がわ》有栖《ありす》

昭和三十四年、大阪市生まれ。同志社大学法学部卒。在学中、同大学推理小説研究会に所属。平成元年に『月光ゲーム』でデビューする。新本格推理の一翼を担う気鋭である。著書に『46番目の密室』『英国庭園の謎』『朱色の研究』等。近著は『ジュリエットの悲鳴』。

1

女性彫刻家がアトリエで殺害された。遺体は推理小説かホラー映画まがいの〈装飾〉が施《ほどこ》されていて、普通ではない状況。都合がついて、興味を惹《ひ》かれるのならこい。

起き抜けにかかってきた電話で火村英生《ひむらひでお》からそんな連絡を受けた私は、トーストを一枚だけ腹に納めると、車を飛ばして現場に向かった。九月半ばの午前十一時のことである。

駆けつけた先は、大阪府枚方《ひらかた》市樟葉《くずは》のはずれ。京都府八幡《やわた》市との境にほど近いところだ。京阪《けいはん》電車の樟葉駅前はショッピングセンターや大型スーパーがいくつも出店していて賑《にぎ》やかなのだが、現場付近には竹藪なども残っていて人家も立て込んでいない。静かでいい環境ではあるけれど、私が女ならば夜間にひとり歩きするのは躊躇《ためら》いそうだ。

殺された彫刻家がアトリエに使っていたという犯行現場は、汚れたコンクリート塀に囲まれた平屋の古い一軒家だった。立入禁止の黄色いテープの外側に近所の住人たちが群がり、報道関係者らが右往左往している。私は「ちょっと失礼します」とその人の輪をかいくぐってテープを跨《また》ぎ、塀の内にもぐり込んだ。あいつは何者なんだ、と周囲の人間に考える間を与えず、するりと。

正面突破を果たした私が最初に対面したのは、鮫山《さめやま》の苦々《にがにが》しげな顔だった。銀縁の眼鏡《めがね》がよく似合う学者然とした警部補は、小さく会釈《えしゃく》をしてくれる。彼がここにいるということは、船曳《ふなびき》警部の班が捜査を担当することになったのだろう。

「えらい騒ぎでしょう。ご苦労さまです。ホトケさんはもう運び出してありますから、ショッキングな芸術作品はもう見られませんよ、有栖川《ありすがわ》さん。残念でしたと言うべきか、よかったですねと言うべきか」

猟奇《りょうき》的な殺人らしいということは、一時間前の火村の電話で聞いていた。飯のタネにしている推理小説の中では、バラバラにされた死体や逆さに吊《つる》された死体が描かれようと——あるいはそういうものを描こうと——平気だが、そんなものの実物を拝《おが》みたい、とは思わない。だいたい、私が知る範囲において、本格ミステリの書き手というのは、フィクションから離れると鼻血を見るのも苦手、という人間が多い。

「ショッキングな芸術作品……ですか。それがどういうものか、ということまでは聞いていないんですけれど」

「おや、顔色がよくないですよ。無理しないで下さいね」

真顔で言うので、警部補に本当に心配されてたのか、からかわれたのか判らなかった。ともあれ、中に案内される。庭の立ち木はろくに手入れされていない様子だ。一角に石灯籠《どうろう》を具《そな》えたささやかな池があったが、水はない。立て付けのよくない格子戸を開けると、じっとりと黴《かび》臭い匂いがした。廊下はかなり軋《きし》み、天井には雨漏りの痕跡がある。築後五十年ほどたっている、と見た。

廊下は勝手口の手前でL字型に右に折れ曲がる。その先にあるドアを開くと、広さ十五、六畳のアトリエになっていた。三方の壁の際に、石膏《せっこう》やらブロンズ製らしき彫像、奇怪なオブジェが佇立《ちょりつ》していて、異様な雰囲気がする。この部分だけは、ここ十年ほどのうちに改築されたのだろう。フローリングの床には光沢があり、黴臭い匂いもここではまったくしない。刑事や鑑識課員らが六人ばかり、現場検証を続けていた。

「被害者も犯人も、どっちも芸術家らしいぜ」

黒いシャツの袖を肘《ひじ》までまくり上げた男が、こちらを振り向いて言った。火村だ。英都《えいと》大学社会学部の助教授。専攻は犯罪社会学。フィールドワークと称して実際の警察の捜査に加わり、これまでにいくつもの事件を解決に導いてきた男。彼と私は、大学時代から数えてもう十四年の付き合いになるから、口のきき方がぞんざいなのはお互いさまである。

「変な死体が見つかるたびに推理作家向きの事件だ、と表現するのはやめてくれよ。現実のそういう事件はいたってお前向きなんやから」

火村は黒い絹の手袋をした両手を上げ、肩をすくめて、

「今回の死体ばかりは、過去に推理小説に前例があるんじゃないか、と思っているんだ。あまりにもエキセントリックなんでな。早速《さっそく》だけど、先生のご意見を伺《うかが》いたい」

助手という名目でここにきたのだから、お役に立ちたいものだ。何でも訊《き》いてくれ、と応じた時、後ろから誰かがやってきた。廊下が盛大に軋んでいるので、太鼓《たいこ》腹にトレードマークのサスペンダーをした船曳警部が走ってきたな、と振り返らなくても見当がつく。健康的に色艶のいい禿頭《とくとう》のこの警部は、部下から親愛の念を込めて「海坊主《うみぼうず》」という仇名《あだな》で呼ばれていた。

「お待ちしていましたよ、有栖川さん。火村先生がご意見を訊きたい、とおっしゃっていましたから」

かつてない期待のされ方だ。帰ろうか、と気弱に思う。

「ここに遺体が横たわっていたんだ」

火村が足許を指差すので、そちらへ移動する。アトリエのほぼ中央だ。床には、人間の形に白いテープが貼ってあった。四肢を投げ出した、踊るような恰好で倒れていたことが判るのだが……

「頭と胴体の間に五センチぐらい隙間がある。ということは、首が切断されていた、ということか？」

それならばたしかに猟奇的な様相だ、と思いつつ火村に尋ねる。しかし、返ってきた答えは意外なものだった。

「そう、頭部が胴体にくっついてなかった。犯人が切断したらしい。が、それだけじゃないんだ。被害者の頭部は、この室内にはなかった。まだ見つかっていない」

では、床に描かれた首の形はどういうことなのか？

「ここにはな、被害者の頭部の代わりに別のものが落ちていた。——あれだよ」

彼は奥のテーブルを指差す。その上には、石膏像らしい首が鎮座していた。ミロのヴィーナスに似た女神像の首らしい。さすがに私は驚いた。

「犯人は被害者を殺して首を切っただけでは気がすまず、彫刻の首を代わりに置いていったっていうのか？　どうしてそんなことをする必要があるんや？」

「慎重に言うならば、殺害犯人と死体を玩弄《がんろう》したのが同一人物だという証拠はない。別々の人間がやったんだとしたら、それも謎だけれどな。何が目的でこんなことをしたのかは、まだ誰にも判っていない。だからお前に訊きたかったんだ。これは、小説か映画の真似をしたものなんだろうか？」

古今東西の殺人事件に通暁《つうぎょう》している火村助教授も、そういった知識については私に遠く及ばない。なるほど、そういうことであったのか、と納得はしたが、あいにくと有益な情報を提供することはできなかった。

「思い当たるものはないな。首を切られた死体を描いた小説や映画はいくつも知っているけれど、わざわざ彫刻の首とすげ替えたもの、というのは記憶にない。横溝正史《よこみぞせいし》の『犬神家《いぬがみけ》の一族』に、菊人形の首と人間の生首がすげ替えられていた、という場面があったのが近いぐらいか」

私にしたって、国内外のあらゆる推理小説やホラー映画をチェックしてきたわけではないので、あまり自信はない。先月に単館上映された新作映画にそんな場面が出てきていましたよ、と指摘されたら、そうですか、と答えるしかないのだが。

「菊人形の首と人間の生首をすげ替える、というんでは逆ですな。しかし、小説や映画の中の犯人がそういうことをする理由というのはあるわけでしょう?」

船曳警部が言う。『犬神家の一族』ではそれなりの意味づけはなされていたが、狂気で説明されてしまうことも多く、ここで現実に起きた事件に結びつくかどうかは、はなはだ心許ない。

ともあれ、鮫山が「ショッキングな芸術作品」と言い、火村が「被害者も犯人も、どっちも芸術家」と言ったわけは了解できた。

しん、と。不意に部屋中が静かになった。誰も言葉を継がなかったからだ。指紋採取をする鑑識課員らがブラシを使う音だけが、かさかさと響く。

私はテーブルに置かれたヴィーナスのさらし首に歩み寄った。それが穏《おだ》やかで気品のある顔立ちをしているだけに、付け根あたりに付着したドス黒い血痕がむごたらしかった。

「その首は、被害者が制作中だった彫刻の一部のようです。そちらにあるものから、強引にもぎ取った形跡がありました」

警部は、左手の窓際に立っている作品を示して言った。それはいかにも未完成らしい。しかし、完成の暁《あかつき》にどういう形になるのか、私には想像できそうになかった。そこにあったのは、優美な首なしヴィーナスなどではなく、巨大な赤い勾玉《まがたま》だ。いや、これは卵なのか？　その表面には幾筋もの亀裂が走っていて、ところどころ殻が剝落《はくらく》したようになっている。そして、そこからバッカスを思わせる髭面《ひげづら》の男の顔やら、針金が巻きついた赤ん坊の腕やらが突き出していた。

「あまりぞっとしませんね」

鮫山が率直な感想を述べる。この作品をどう鑑賞するべきなのか、私には批評できなかったが、真っ赤な勾玉の一部に欠損の痕があるのは確認できた。断面の形と直径からみて、ヴィーナスの首がそこにあったであろうことは容易に推測できる。犯人がその首を切り落とす場面を思い浮かべるだけで、ひどく無残な気がした。

「お前は死体を見たのか？」

火村に問いかけると、彼は尻ポケットから何か取り出しながら「見たさ。これだ」と言う。そして、小型のデジタルカメラで撮影した生々しい遺体の様子を見せてくれた。仰臥《ぎょうが》して倒れたワンピース姿の女。彼女は苦悶の形相も恐怖の表情も浮かべてはいない。首を奪われているためだ。パッドが入った左右の肩を結ぶラインがまっすぐなのが、グロテスクを通り越してどこか滑稽《こっけい》ですらある。そして、本来、首があったはずの場所には、無慈悲なほど取り澄ました女神の顔があった。

合成写真による芸術作品です、と紹介されたなら、少なからぬ人が本気にするかもしれない。しかし、この写真には何のトリックもないのだ。素材は人間の死体だとなれば――狂気が創作者を動かしていた、としか思えない。いや、狂気で片付けるのは早計だ。もしも犯人の精神が狂っていなかったのだとしたら、こんな手の込んだことをする合理的な理由があったはずだ。

「この写真を見ただけでは、死因が判れへんのやけれど」

「頭部に致命傷を受けたのかもしれない。凶器らしきものは発見されているんだ」

鑑識のため運びだされているそうだが、火村はそれもカメラに収めていた。どう見てもガス管だ。工事をしていたわけでもないのに、どうしてそんなものがアトリエにあったのか疑問に思ったが、彫刻家が集めていた作品の素材なのだそうだ。

「長さは約八十センチ。先端から十五センチあたりからルミノール反応がはっきりと出た。指紋が拭《ぬぐ》ってあるのは、これが凶器です、と言ってるに等しいな。そして、首を切断した道具はこいつ。これまた被害者が創作に使っていたもので、元々ここにあった品だ」

鋸《のこぎり》の写真に切り換わる。歯の部分に、血痕と白い粉が付着しているところから、この鋸で首を切り落とした後でヴィーナスの首も切断したことが窺《うかが》えた。

「被害者の体に外傷はなかったんやな？　つまり、頭だけにダメージをくらったということか。それでいて、凶器のガス管は現場に遺されていた。――やっぱり変な事件や」

「やっぱりとは？」船曳警部に訊かれた。

「あらためて変やと思うことがあったんですか？」

「いえ、大したことやないんですけれど」

首が彫刻のものとすげ替えられていた理由はさっぱり判らないが、犯人が死体の首を持ち去った理由については仮説がなくもなかったのだ。もし、頭部にくわえた傷に非常な特徴があったとしたら、そして、その傷跡から死因や凶器が特定されることを犯人が恐れたのだとしたら、鋸で首を切断して持ち去りたくもなるのではないか、と。しかし、そうではなかった。犯人は死因や凶器が何かを知られることなど気にもかけていないのだから。

「被害者の顔とご対面してもらいましょう。旦那さんからお借りしました」

警部が見せてくれたのは、どこか屋外で写《うつ》したらしいスナップ写真だ。オカッパ頭のようなショートカットの女性がカメラに向かって微笑《ほほえ》んでいた。唇が厚く、顎《あご》が細い。少々、目許《めもと》がきついが、意志が強そうで魅力的だとも言える。右下隅の日付によると、ついひと月ほど前に撮影されたものだった。真夏の光に彼女の黒髪も、Tシャツの胸許にひっかけたサングラスも眩《まぶし》く輝いている。

「彼女は高名な彫刻家だったんですか？」

私の問いに警部は苦笑いをする。

「まだ三十歳ながら、なかなか有名やったみたいですよ。そうは言うても、私もこの事件を担当して初めて知った名前ですけど」

首を失った女彫刻家。高見沢《たかみざわ》花炎《かえん》というその妖《あや》しい名は、本名だということだった。

2

大きな声がした。廊下で男と男が激しく言い合っている。

「証拠もないのに人を殺人者扱いしていいと思っているのか。名誉毀損《きそん》で訴えてやるぞ、馬鹿野郎」

「あんたでなかったら、誰があんな酷《むご》いことをするって言うんだ。花炎の首をどこにやった。さっさと白状しろ」

物騒なやりとりだ。船曳は、ふん、と鼻で溜《た》め息をついてドアを開け、廊下に半身を出した。

「お二人とも落ち着いて下さい。ご主人も軽率なことを口にするのは慎《つつし》んでいただきたいですな」

ご主人ということは、高見沢花炎の夫なのか？　それで「花炎」と呼び捨てにしているのか？　諫《いさ》められた二人は静まるどころか、なおもわめきながらこちらに向かってくる。そして、戸口で警部に詰め寄った。

「警部さん、お願いだからこの男を黙らせて下さい。聞くに耐えない暴言を浴びせてくるんです。いくら妻を殺されて逆上しているとはいえ、言っていいことと悪いことがある」

「暴言なんか吐《は》いてない。花炎が殺された時、ここからほんの二十メートルしか離れていないところにいたあんたに『何か気がつかなかったのか』と訊いただけじゃないか。それなのに急に取り乱すなんて、まともな反応じゃない。警部さん、やっぱり変ですよ、彼は」

「嘘をつくな。いきなり犯人扱いしてからんできたくせに」

「警察だってな、あんたを怪《あや》しんでるんだよ。だからあれこれと事情聴取をしてるんじゃないか。あんたが花炎に投げつけた言葉を他の人間もしっかりと聞いているんだ。いかれた野郎だとみんな証言してくれるよ」

「いかれた野郎だと。お前のような蛆虫《うじむし》にそこまで言われてただですませるわけにはいかん」

警部が「やめろ！」と叫ぶ。いかれた野郎呼ばわりされた方が、相手に摑《つか》みかかったらしい。警部を含めた三人がもみ合いになり、鮫山も止めに入りかけた次の瞬間、一人が派手な音をさせて床に転倒した。五十前後の胡麻塩《ごましお》頭の男が顔を歪《ゆが》めるのが、警部の脚の間から見える。

「大丈夫ですか、水城《みずき》さん？」

警部が屈《かが》んで介抱する。どうやら膝《ひざ》をしたたか打ったらしく、倒れた男はすぐには立ち上がれない様子だ。

「僕は何もしていない。勢い余って、この人が勝手に転んだだけだ。足を滑らせただけですよ。手は出していない」

もう一人の男は、不貞腐《ふてくさ》れた声でしつこく自己弁護をしている。多少は狼狽《ろうばい》しているのだろう。警部の肩ごしに、三十前半ぐらいの色白の男の顔が覗《のぞ》く。

やがて、水城と呼ばれた男は、鮫山の肩を借りてゆっくりと起き上がった。痛い痛いと左の膝をなでさすっている。

「しばらくソファのある部屋で座って休んでいるのがいいでしょう。ついでに頭も冷やした方がええな」

水城は「頭を冷やすのは私じゃありません」と毒づきながら、鮫山に連れて行かれた。後に色白の男が残る。

「醜態《しゅうたい》ですね。何を言い合《お》うてたのか教えてもらいましょうか」

警部は顎でしゃくるようにして、男をアトリエに入れた。殺された花炎の夫、高見沢一馬《かずま》だった。

「醜態と言われれば返す言葉がありませんが、悪いのは水城さんですよ。私は『あなたは隣りの家にずっといたんだから、何か見たり聞いたりしたことがあるんじゃないのか』と紳士的に尋ねただけです。たったそれだけのことで彼が激昂するとは思いもしませんでした」

一馬はまだ荒い息をしていた。女性的な撫で肩が、規則的に上下している。

「紳士的な態度で接したつもりが、相手にすればそう見えなかったのかもしれませんよ」警部は醒《さ》めた口調で言う。「それよりも、われわれが捜査をしているんですから、あなたから水城さんにそんな質問をしていただくには及びません。捜査の邪魔をしないように心がけて欲しい」

一馬は心外そうに口をぽかんと開いた。

「邪魔だなんて、とんでもありません。私は一刻も早く妻を殺害した犯人をつきとめたいんです。それで気持ちが逸《はや》ったのかもしれませんが」

「結果としてわれわれの邪魔になることがあるんです。注意していただきたいですな」

彼は、こっくりと頷いた。それから、火村と私の顔を窺って「こちらは?」と訊く。火村もまだ彼とは対面していなかったようだ。警部は、慣れた調子で私たちを紹介してくれた。

「火村先生と有栖川さんには、これまでにも多くの事件で捜査に協力いただいています。今回の事件でもお力を借りることになりましたので、奥さんの遺体発見までの経緯を、高見沢さんから先生方に詳《くわ》しくお話し願えますか」

警部が話す間、一馬は値踏みするように私たちを見ていた。頼りがいがありそうに映ったかどうかは知らないが、警部がそう言うのだから信用してもいい、と思ってくれただろう。

「常軌を逸した事件だから、犯罪学専門の先生のお知恵も拝借、というわけですか。それで解決が早くなるのなら、ありがたいことです」

どこまでが本心だか、判らないことを言ってから、彼は話しだした。

彼の妻の花炎は、三日前の九月十日から東京に行っていた。特に用事があったわけでもなく、ショッピングをしたりお気に入りのホテルでのんびり過ごすのが好きだったという。二カ月に一度ほどのペースで東京に行くのは、彼女の何よりの気分転換だったのだ。

「仕事にからめたりして、僕も一緒に行くこともありましたけれど、妻はひとりだけで出掛ける方がよかったみたいです。男の僕を連れていたら、ゆっくり買物ができないので楽しくなかったんでしょう。あ、僕の仕事ですか？　『オフィス・アート・タカ』という会社を経営しています。画材屋を大阪市内に三軒持っている他、リトグラフやポスターの販売などが主な業務で、彫刻家だった妻と五年前に知り合ったのも仕事を通じてです」

今回の東京行きも「ちょっと行ってくるわ」「あそこのホテルで二泊だね。行ってらっしゃい」といういつもの調子だった。花炎にふだんと変わった様子はまったくなかったという。一昨日の十一日、美術雑誌から取材の申し出があった旨を伝えるため、夜の十時頃、一馬はホテルに電話を入れている。その時も、花炎はふだんと変わりなく、「今日はホテル内のフィットネスクラブで半日過ごした後、銀座で買物をして、おいしいものを食べた」と言っていたそうだ。

「『明日は青山《あおやま》あたりをぶらついて、四時ぐらいの新幹線に乗って大阪に帰る』と。それが、僕が聞いた花炎の最後の声になってしまいました」

高見沢夫妻の住まいは、大阪市内の天満橋《てんまばし》だった。こちらは彼の亡父ゆずりのマンションだという。彼女が帰ってくる夜、一馬は自宅に取引先関係の画商夫妻を食事に招《まね》いていたのだが、彼らがやってくるのに間に合うように帰る、ということだった。

「実は、僕は料理を作るのが趣味で、自分の手料理で客をもてなすのが大好きなんです。ですから、妻に手伝ってもらうこともありません。趣味と言いましたが、客を自宅に招くのも、多少はビジネスがからんでいます」

画商夫妻を迎える準備のため、一馬はその日の午後、早くに仕事を切り上げ、夕方の五時前に東梅田《ひがしうめだ》のオフィスを出た。食材は揃《そろ》えてあったので、まっすぐに自宅に戻り、それから二時間かけて料理を作る。七時を過ぎると、もうそろそろ妻が帰ってくるだろうか、と時計を気にするようになったが、ドアのチャイムはなかなか鳴らなかった。おかしいな、と思いかけたところで、電話台の近くのクリップボードにメモが留めてあることにようやく気がついた。

〈予定を変更して早く帰ってきました。アイディアが閃《ひらめ》いたので、これから樟葉に行きます。花炎　14：00〉

そんな内容だ。

「お客さんがくるのに非常識だ、と思われるかもしれませんね。しかし、妻にすれば驚くようなことでもないんです。芸術家の気まぐれというのか、とことんマイペースでしたから。亭主が呼んだ客のお相手よりも創作が優先する、というのは理解できます。だから、それを見た僕は、おやおやと苦笑しただけでした」

そうこうしているうちに八時になり、招待していた上田《うえだ》夫妻がやってきた。夫妻とも花炎の気質はよく知っていたので、一馬の話を聞いて、「せっかくご主人がごちそうを作って待っていたのに、もったいない」と笑っただけだった。

九時になり、十時が過ぎる。ちょっとアトリエに電話をしてみようか、ということになった。しかし、一馬が二度、三度とダイヤルをしても、誰も出なかった。近くに食事に出ているのか、それとも仕事を終えてこちらに向かっているのか、と首を傾《かし》げつつ、彼は受話器を置いた。上田夫妻は「創作に没頭していて、電話が鳴ったのも聞こえていないのかもしれない」と話していた。

「そうかもしれません、と言いながら、僕は胸騒ぎを覚えていました。漠然とした不安です。妻の行動として決定的に不自然なところはなかったのですが、何となくちぐはぐな感じがしていたんです。それは、今もうまく説明できません」

一馬は額《ひたい》に手を当てて下を向いた。やがて、顔を上げて再び話しだす。

「上田夫妻が帰ったのは、十一時をかなり回ってからでした」

客を送り出した後、彼はもう一度アトリエに電話をかけた。返答はない。様子を見にいこうか、とも思ったが、妻がこちらに向かっていたら、すれ違いになってしまうかもしれない。それに、アルコールをたっぷり摂《と》っていたので、車を運転することができなかった。やむなく、ベッドに入って眠ることにする。妻は戻ってこなかった。

翌朝、顔を洗うよりも先にアトリエに電話をしてみた。やはりつながらなかったので、たまりかねてアトリエに行ってみることにする。途中、車から携帯電話で「正午までには出社する」とオフィスに連絡を入れた。

樟葉のこの家に到着したのは九時。玄関に錠が掛かっていなかったことで、変事が起きたことは明らかだ、と思った。三和土《たたき》に妻のパンプスがあったので、名前を呼びながら上がる。まずはアトリエだ、とこの部屋の様子を見にきて、彼は信じられないような光景を目撃した。

「服に見覚えがありましたから、床に横たわっているのが妻だということはすぐに判りましたよ。でも、急病で倒れているのでは、と思ったんです。まさか、まさか、あんなことになっているとは、近くに寄ってみるまでは……」

私の脳裏に、さっき見たデジタルカメラの映像が甦《よみがえ》った。


「いくつかお尋ねしてよろしいですか?」

火村が言うと「どうぞ」と一馬は応える。

「花炎さんが東京から戻ってすぐアトリエにいらしたことが、私にはかなり唐突に思えるんですが、その点について、ご主人はやはり不自然だと思わないんですね?」

「ええ。夜、自宅で音楽を聴いていたかと思うと、『あ、そうだ』と何か閃いてアトリエに飛んでいくこともありましたから」

「こちらの家は、もっぱらアトリエとしてお使いだったんですか?」

「そうです。冷蔵庫ぐらいは置いてありますけれど、生活の場ではありません。この家は妻が相続したものです。ほとんど無名でしたが彼女の親父さんも彫刻家でしてね。もともとこの部屋はアトリエでした。古くて住むのにはつらいんですけれど、静かで創作には環境がいいところです。どれだけちらかし放題にしてもいいし。――ただ一つの問題は、鬱陶《うっとう》しい隣人だけで」

「先ほどの水城さんですか？」

一馬は不快そうに表情を曇《くも》らせる。

「このへんで有名な偏屈《へんくつ》者です。異常者と言ってもいい。ゴミの出し方が間違っているだの、夜中にやかましい音をたてただの、あらぬことで因縁をつけてくるので、以前から花炎は閉口していました。あの人の話もお聞きになるんでしょうけれど、信用してはいけませんよ。口を開けば嘘ばかりですから」

「しかし」私は思わず割り込む。「近所付き合いがうまくいかないというだけで、隣人を殺してあのようなことをするとは――」

一馬に最後まで言わせてもらえなかった。

「それが違うんです。今月の初めに、かなり大きな喧嘩《けんか》をやらかしたもので。その日はたまたま僕もこちらにきていました。新しい作品について感想を聞かせて欲しい、と花炎に言われたもので。『いいんじゃないか』と言うと、彼女、喜びましてね。嬉々《きき》として、あの勾玉を捏《こ》ねていましたよ。その後、駅前のレストランに食事に入ったところで水城さんとばったり出くわしました。挨拶《あいさつ》をする間柄でもないので、無視して離れた席に座ったら、向こうがつかつかとやってきた。そして、『馬鹿げたがらくたを造るのに、迷惑な音をたてるな』と無礼なことを言うので、僕も妻も頭にきて、お客さんがいっぱいの店内で口論になってしまったんです」

「激しくやり合った？」と火村。

「僕も妻も、コップの水をひっかけられました。殴《なぐ》ってやろうかと思ったんですが、齢《とし》が違いすぎるのでかろうじて自重しました。ただ、花炎の方が止まらなくて……あいつの頭にサラダをぶちまけてしまいました。ボディビルダーみたいな店長が仲裁に入ったので、そこでわれわれは鎮圧されましたけれど。店を出て行きながらも、あいつは汚い言葉を浴びせてきましたよ。そして、『目にものを見せてやる』と凄《すご》んだ。気丈な妻も、さすがに少しおびえていました。この事件については、ぜひレストランで聞き込みをなさって下さい。『カージナル』という店です」

もちろんそうする、と警部が答えた。火村は質問を続ける。

「花炎さんと衝突していたのは、水城さんだけなんですか？　他にお心当たりは――」

「ありません。彼女は竹を割ったような性格だったので、人からねちねちと恨まれるタイプじゃないんです。喧嘩をしても、すぐに仲直りをするか、さもなくば、すぱっと絶交する。ずっとそうやってきていました。現在、抱えているトラブルもありません」

花炎を殺したのは水城だ、と一馬はあくまでも言い張るのだった。

3

水城は黴臭いソファに身を埋めて腕組みをしていた。膝はどうですか、と警部に訊かれると、

「そりゃ、痛みますよ」とすねた子供のように言う。しかし、医者を呼べ、というほどでもないらしい。うちに帰りたいのだが、野次馬が表も裏も取り巻いているんで、出るに出られない、とぼやいた。

一馬に異常者とまで言われた彼は、独身でひとり暮らし。今年の春まで勤めていた化繊メーカーの人員整理にあい、失業中だった。再就職のあてはまるでないが、貯《たくわ》えがかなりあり、いたって質素に生活しているので心配はしていない、という。

「皆さんもご覧になったでしょう、あの男の粗暴さを。恐ろしい。あいつが女房を殺して首を刎《は》ねたんです」

「向こうは水城さんがやった、と思っているみたいですが」

「そりゃ、計画殺人なんだから、素直に自分がやったと認めるわけがない」

どうして計画殺人だなどと決めつけるのか、私たちは興味を持った。水城の口許に笑みが浮かんだ。

「夫婦仲がよくなかったんですよ。原因は亭主の浮気です。アルバイトにきていた女の子と懇《ねんご》ろになって、女房ともめていたのを私は知っています。それで、ああいう犯行に及んだんでしょう。だから計画殺人です」

夫婦仲はどうだったのか、は一馬自身にも質《ただ》したことだったが、円満だった、と本人は明言した。むろん、水城が言うような事情があったとしても、口を拭っただろうが。

当然ながら、夫婦の問題をどうしてあなたが知っているのか、という質問が水城に向けられる。彼は喧嘩の声を聞いたのだ、と涼《すず》しい顔で答えた。

「壁の薄いアパートでもあるまいに、隣りに住んでいるからといってそんな声が聞こえるのか、と言いたそうですね。でも、聞こえるんですよ。閑寂《かんじゃく》な中で、あんな声を張り上げれば、嫌でも耳に入ります。私は静かに暮らしているんです。がらくたの製造に騒音をたてるような野蛮人と違って、繊細な耳をしている。夫婦喧嘩が外に洩れても平気な人に言っても、また『嘘をつくな』と罵《ののし》られるでしょうが」

「喧嘩の時期と、具体的な内容が伺えるとありがたいんですがね」

「それが言えれば私の話に信憑性《しんぴょうせい》が増すわけですね」水城は上唇をひとなめする。「時期は二カ月ほど前に一度と、一カ月ほど前に一度。『アルバイトに手を出すなんて、いかにも安物の男ね』という言葉があったのは確かです」

「重要なことなので、後で高見沢さんに再度確認をしましょう」と警部は水城を喜ばせてから
「ところで、あなたと花炎さんのいさかいについても話していただけますか。『カージナル』というレストランであわや摑み合いになりかけたと聞いています」

「ああ、あれね」たちまち隣人は不機嫌そうになる。「あの日もやかましい音をたてて何か造っていました。耐えがたくて駅前に食事をしに出たら、しばらくして二人で入ってきたので、『何度も言わせないでくれ。静かにしろ』と注意をしたら、『因縁をつけるな』と反対に食ってかかられたもので、大人げのないことをしてしまいました。しかし、悪いのはあちらです」

「あなたが凄んだので、花炎さんがこわがったとか」

「そんなしおらしい女じゃありませんって。明石《あかし》大橋のケーブルみたいに太い神経をしてるんだから」

「『脳なし』『馬鹿女』『そんな頭、ドブにでも棄《す》てろ』」

「は？」

「そのような罵詈雑言《ばりぞうごん》をあなたが吐いた、と高見沢さんは話しています。事実ですか？」

水城の顔が、怒りでみるみる真っ赤になっていった。ここまで鮮《あざ》やかに紅潮した顔というのも、めったに見られないだろう。

「だから……だから、私があの女を殺して首を切った、と言うんですか？　くだらない。喧嘩の

際は常套句《じょうとうく》じゃありませんか。本意のはずがない」

「『くたばれ』や『ぶっ殺すぞ』やったら常套句でしょう。しかし、頭をドブに棄てるぞ、というのは――」

「『ドブに棄てろ』です。私が切って棄てるぞ、と脅《おど》したわけではない。そこのところの違いは無視しないで下さいよ」

彼は、レストランで吐いた暴言の数々を否定することはなかった。潔《いさぎよ》いようだが、調べればすぐに判ることだからかもしれない。

「け、警部さん。それから先生方。いいですか、冷静に考えてみて下さい」水城は懇願するように「あのアトリエが犯行現場だったんでしょう？　窓やドアが破られていた形跡もない、と刑事さんが話しているのも聞きました。だとしたら、私の無実は明らかじゃないですか。あの女は私のことを蛇蝎《だかつ》のごとく嫌っていた。レストランの喧嘩の後、私への警戒感を深めていたかもしれない。もしも私が犯人なら、ここへ押し掛けてきても家の奥まで入れるわけがない」

「ふむ、理屈ですね」

警部はあっさりと認めた。私も同じことを考えた。もちろん、だからといって、水城がたちまち容疑の圏外に逃れられるわけでもない。

「そうでしょ？　亭主の犯行だとしたら、被害者が犯人を招き入れたことに何の不思議もない」

「それにしても」警部はちょっと意地悪く「『頭をドブに棄てろ』はまずかったですな。ユニークすぎる。いっぺん聞いたら忘れられない表現ですよ。この事件の大きな謎である、犯人はどうして被害者の頭部を切断して持ち去ったのか、の解答になっているんですから。『脳なし』の首を切って、麗《うるわ》しい女神の首とすげ替えたのも、何となく合点がいく。ほれ、素晴らしい頭と交換してやったぞ、ということなのかも」

「馬鹿な！　強引にこじつけないで下さいよ、警部さん」

「やっかいな状況になっているんですよ。そこで水城さん、昨日《きのう》のあなたの行動について詳しく聞かせてもらいたい」

「アリバイですか。人生五十年もやっていると、警察にそんなものを訊かれることもあるんですね。面白い、面白いもんだ」

面白い、とは空元気《から》だろう。

「それで、何時から何時までのアリバイをしゃべればいいんですか？　私が聞いているのは、今《け》朝《さ》になって死体が発見された、ということだけですから」

検視による死亡推定時刻は、昨日の午後一時から五時の間だった。一馬の証言によると、花炎は午後二時に自宅マンションにメモを遺しているが、それが真実かどうかは未確認だ。

「ははぁ、けっこう間があるもんですね。一時から五時ですか。えーと、昨日は一時前に散歩がてら駅前まで行って、食事をすませてから本屋に寄ったりして……帰ってきたのが三時過ぎだったかな。その後は、ずっとテレビを観《み》ていただけで……。何せひとり暮らしですからねぇ」

口調がしだいに頼りなくなっていった。それが彼の日常なのだとしたら、アリバイが立証できないのも無理はない。

「すると、水城さんが自宅にいらっしゃる間に、ここで犯行が行なわれた可能性も高い、ということですね。不審な音を聞いたとか、何かお気づきになったことはありませんか？」

「ありませんねぇ。でも、それも意味があると思いませんか？」

「というと？」

「だから、亭主による計画殺人なんです。にこにこと話しながら女房の背中に回り、頭にがつんと金槌でも振り下ろしたんでしょう。それなら、犯行は静かに終わる」

「被害者が頭を殴られていた、とどうして判るんですか？」

「たとえば、の話をしただけですよ。まいりますねぇ、そんなふうに挙げ足をとられると。――亭主犯人説、どうですか？」

警部はまた「それも理屈ですね」と繰り返してから、火村に何か質問はないか、と尋ねた。助教授は「いいえ」と答える。現時点では、ひっかかる点もなかったのだろう。

4

野次馬がいなくなったら裏口から出て自宅に帰りたい、と言う水城を残して、私たちはアトリエに戻った。テーブルの上の女神の首が、じっと私たちを見つめている。

「異常な人やという印象はなかったな」私は火村に言う。「騒音で迷惑をしてた、というのは大袈裟やろうけれどな。ここにある作品を見た範囲では、被害者は、そんなに大きな音をたてて作品を造っていたとも思えんから。けど、せいぜい口やかましい偏屈親父というところやろう。万一、逆上して殺してしもうたとしても、その後で首を切断したり彫刻の首とすげ替えるという行動に出るやなんて考えられん」

火村は「まぁな」とそっけない。

「そしたら有栖川さんは、どんな理由で犯人があんなことをしたと推理するんですか？　ふつう、犯人が首を切って持ち去るのは身元を判らなくするためですけれど、今回の事件には該当しません。遺体が高見沢花炎であることは確認ずみです。犯人が意図したのは憎悪の表現……ぐらいしか考えつきませんな」

憎悪の表現ということはありうるだろうか？　花炎の遺体に加えられた玩弄は無残とも言える

が、刃物でめった刺しにされた死体などに比べれば妖美でもあり、犯人が被害者に寄せた一抹の配慮めいたものも私には感じられるのだが。

「彫刻の首とすげ替えたのは、ことの本質ではない」火村は赤い勾玉のオブジェを見ている。「あの首は簡単に切り落とせそうだから、大した手間は掛からなかったろう。問題はやはり、何故、被害者の首を切断して持ち去ったか、だな」

「現場に首を遺しておくと、犯人にとってまずいことがあったから持ち去ったんやろうけど、何がどう不都合やったんやろう？　被害者が犯人の名刺を呑み込もうとして喉に詰まらせた、てなハプニングがあったとしても、頭部を切ってそのまま持ち去る必要はないやろう」

「解答への最短距離は、首を見つけだすことだな」

「にべもない返事やな」

とはいえ、火村の言うことは間違ってはいない。船曳警部は「全力を挙げます」と拳《こぶし》を握った。

「あのぅ」と後ろから遠慮がちな声がする。撫で肩の一馬が立っていた。

「水城さんの話、どんなふうでした？　僕には、あの人がやったことに思えて仕方がないんですが」

「あちらさんは、あなたが殺したんだろう、と思っていますよ。浮気が原因で喧嘩をしているのを何度か聞いたそうで」

一馬は狼狽するでも憤激するでもなく、ただ薄く笑った。

「夫婦喧嘩はからっと派手にやろう、というのが妻の方針でしたから、隣家まで声が洩れたことがあったんでしょう。ははぁ、あいつ、そんなことを警部さんたちにぺらぺらしゃべったんですね。鬼の首でも獲《と》ったように——」

彼は最後の言葉を呑み込み、一度、咳払《せき》いをする。

「ええ、僕は女性と遊ぶこともありましたよ。でも、決して深入りはしなかった。妻もそれは承知していて、悪い癖だ、とぐらいにしか思っていませんでした。浮気が原因の夫婦喧嘩というのもなかった。喧嘩になるのは、もっぱら彼女の創作活動への理解を僕が欠いた時で、女癖のよくないことはその付け足しに出てくるだけです。女性って、もめだすと関係ない古い話まで持ち出してくるじゃないですか。まるで焚火《たきび》に薪《まき》をほうり込むみたいに」

「現在、あなたの女性問題で奥さんと喧嘩になっていることはなかった、と?」

「ありません。だって、考えてもみて下さい。あいつは、ひとりでしょっちゅう東京に息抜きに行っていたんですよ。僕の不貞を気に病んでいたのなら、そんな隙は見せないはずでしょう。むしろ、僕の方が、東京に妻のボーイフレンドがいるんじゃないか、と勘繰《かんぐ》ったことがあるぐらいです。——もちろん、そんな事実はありませんが」

私も一つ尋ねさせてもらう。

「奥さんがあなたの不貞を疑っていたので、わざと隙を作っていた、とは考えられませんか？　東京に行くふりをして本当は大阪にいたとか、二泊と言いつつ一泊で切り上げて戻り、あなたの様子を窺っていたとか？」

彼は肩をすくめる。

「絶対にない、と否定はできません。でも、警察に調べてもらえばすぐに判ることでしょう。でも、東京に行くふりだけしていた、ということはありませんよ。彼女のクレジットカードの明細をよく目にすることがありましたが、ちゃんと向こうで景気よく使っていましたし」

事件の当日、彼女が予定を急に変更して、早く大阪に帰ってきた理由はそのへんにあるのでは、と思ったのだが、もし亭主を監視するためだとしたら、当人あてにメモを遺すわけはないか。私は「そうですか」とだけ言って黙った。

「念のために、親しくしていた女性について教えてもらえますか？」

火村のこの問いは、彼にとって迷惑だったらしい。露骨に嫌な顔をする。無関係だ、と突っぱねようとしたが、警部に強く言われて渋々と話した。

名前は宮下真奈《みやしたまな》、二十四歳。大阪市旭《あさひ》区内のマンションでひとり暮らし。近くのカラオケボックスでアルバイトをしている。半年前まで彼のオフィスでフリーターとして働いていたが、二人の仲を花炎が知り、馘首《かくしゅ》させたという。しかし、その後も一馬との関係は継続しており、花炎がそのことに薄々気がついていたのだろう。

「宮下君は花炎とほとんど会ったこともありません。気立てがよくて、手荒なことができる娘でもない。おかしな目で見ないでやって下さい」

「何もその女性が犯人やと疑うてるわけやありませんよ。心配は無用です」

警部が妙に優しい声を出した。

「僕との間柄について尋ねるだけだとおっしゃるんですね？　しかし、それは無駄なことです。僕が犯人でないことは、僕がよく知っている。回り道せずに、真犯人に向かってもらえませんか」

「あなたが犯人ではない、ということを、われわれは知りませんのでね」

「まだそんなことを……。僕にはアリバイがあると認めて下さったんじゃないんですか？」

「先ほどのあなたのお話を丸呑みにすれば、アリバイが成立するでしょう。しかし、まだ裏をとっていませんので」

「調べればすぐにばれる嘘をつくはずがない。妻を惨殺された上に、こんな扱いを受けるなんて、僕はつくづく救われない男だ」

嘆《なげ》いている。無辜《むこ》の夫ならば、誠にごもっともだ。だが、もしもこれが演技だったら、大した悪党だ。

「宮下真奈さんは、最近もお会いになっているんですね？」

「十日前に会って食事をしました」

「夜ですね。食事だけ？」

「ええ、そうです。彼女にも訊いてみて下さい。——ああ、言い忘れていた。宮下君、今は日本にいませんよ。休みが取れたので、友だちと韓国に旅行に行くって話していましたから。帰国はあさってだったっけな」

「ほぉ、いつからいらしてるんです？」

「今日の午前の便です。——そんなことよりも警部さん、妻の頭を早く見つけて下さい。お願いしますよ。でないと、かわいそうでたまらない」

警部は力強く頷いてみせた。

「必ず見つけます」

「じゃあ、ちょっと失礼してもよろしいですか。会社に電話を入れる時間ですので」

「どうぞ。お訊きしたいことができたら、またお呼びします」

それでは、と振り向いた一馬を警部は止める。

「そうそう。奥さんが行きつけにしていた歯科医と病院を教えてもらえますか。歯型の照合などが必要になることも——あっ」

一馬の上体が大きく揺らいだ。足がもつれてよろけた彼を、火村が素早く支える。

「どうしました？」

「ああ、いや、眩暈《めまい》がしたもので。大丈夫です。すみません」

照れたように笑って去る男の背中を、火村はじっと見送っていた。

5

事件発生から三日が経過しても、高見沢花炎の失われた頭部は現われなかった。

捜査本部は現場付近での聞き込み調査をはじめ、花炎の東京での行動、死に至るまでの足取り、交友関係などを綿密に洗っていたが、直接、犯人に結びつくような情報はなかなか得られなかった。彼女が二泊したことはホテルで確認されたし、カードの控えから銀座でアクセサリーや帽子を買っていたことも明らかになった。花炎が東京に行かずに夫を監視していた、などということはなかったのだ。ただ、自宅に遺っていた旅行鞄からも、樟葉の現場からも、新しい帽子が出てこないことがひっかかった。犯人は、帽子をかぶったままの首を持ち去ったのだろうか？

布製のやわらかい帽子だったらしいので、それをかぶっている上から殴打されたのかもしれない。

猟奇殺人としてマスコミで大きく取り上げられているせいもあって、捜査員らの士気は高い。しかし、被害者には敵が少なかったことが明らかになるにつれて、やはり一馬か隣人の水城の犯行ではないか、という疑いを深めながら、いずれが犯人とも決めかねていた。

そうこうしているうちに、宮下真奈が韓国から帰ってきた。火村と私は、鮫山警部補に同行して話を聞くと同時に、あることを確かめることにする。彼女が指定した場所は、茶屋《ちゃや》町のあるシティホテルの喫茶室だった。自宅の近くで刑事と会いたくないのだろう。ともあれ、そこは、私たちにとっても好都合な場所だった。

「今日の昼前にお戻りになったばかりでお疲れのところ、申し訳ありません」

ホテル中二階にある広々とした喫茶室。白い無地のTシャツにジーンズというラフな恰好でやってきた真奈に、鮫山は頭を下げる。彼女は、いたって元気だった。

「疲れるどころか、うんとリフレッシュしてきました。ソウルまで飛行機でたった一時間半ですから、楽、楽。関空《かんくう》やのうて伊丹《いたみ》から飛べるんやったら、もっと楽なんやけど」

物怖《ものお》じしない明るい性格のようだ。赤っぽい茶色に染めたショートヘアがよく似合っている。ピンクに塗った厚ぼったい唇がどうしても鱈子《たらこ》を連想させたが、それも愛敬《あいきよう》だ。全体の顔立ちは、どことなく写真で見た花炎と似ている。一馬の好みなのかもしれない。

「楽しいご旅行でしたか？」

「うん、よかったぁ。食べるものは全部おいしかったし、ホテルはゴージャスやったし、エステも日本とは比較にならへんぐらい安かったし。言うことなし。また行きたいなぁ」

まるで屈託がない。そんな彼女だが、鮫山が私たちを紹介して本題に入ると、両手を膝に置いてかしこまった。花炎が殺されたことは、おとといの夜、一馬から電話で聞いて知ったのだそうだ。

「高見沢さん、言うてました。『君とのことが事件に関係してるんじゃないか、と刑事さんは疑っている。色々と訊かれるだろうけど、すまない』って。――警察は、高見沢さんが奥さんを殺した、と本気で疑うてるんですか？」

「犯人扱いしているわけではありませんよ。被害者の一番身近にいた方なので、痛くもない肚《はら》を探られるのもやむを得ない、と諦めて下さい」

頷いて、コーヒーに口をつける。

「納得したけど、私は大したことはしゃべれませんよ。彼と奥さんの間がどうやったか、なんてことは知らんし……」

さすがに歯切れが悪くなった。

「あなたと一馬さんが深い間柄になったことを知って、花炎さんは当然ながら腹を立てた。あなたは馘《くび》になってカラオケボックスのアルバイトに転職したが、一馬さんとは切れなかった。不倫が発覚しても別れなかったのは、恋愛感情が消えなかったからですか?」

「そういうことです……なんてシリアスに言うほどのことでもないんやけどな。もちろん、恋愛感情がなかったわけやないけど、もっと軽いものですよ。恋愛気分っていうか……そんな感じ。単なる遊びとまでは言われとうないんやけど。奥さんも、そのへんのニュアンスは判ってはったんやないかと思うんです。せやから、私の目の届かんとこでほどほどにしときや、が本心やったと思います」

「それは、あなたの虫のいい想像ではありませんか?」

「どき」と胸に手をやる。「さぁ、どうやったんでしょう。高見沢さんは、そのへんをぼかしてましたから、正直なとこ、私にはよう判らへんのです。けど、これだけは強調しときます。彼は『妻と別れるから僕と一緒になろう』てなことは、口にしたことありません。付き合いというても、あっさりしたもんやったんです」

さあどうだか。もう一人の当事者である花炎がもの言えぬ存在となってしまったので、質すべがない。

それにしても、つかみどころのない娘だ。軽薄そうな口調で、はぐらかそうとしているのでは、という気もする。しまりのない話し方をするくせに、目は利発そうに輝いているのだ。一馬との関係については、のらりくらりと同じような答弁を繰り返すだけ。そして、鮫山の質問が途切れると、真奈の方から尋ねてきた。

「電話で高見沢さんから聞いたところによると、彼にはアリバイがある、ということでした。それやのに、まだ容疑者のリストからはずされへんのですか？」

「アリバイの有無だけで、シロかクロか決められるものでもないんです」

鮫山は適当な答え方をする。実のところ、一馬のアリバイは一応は成立していた。

花炎が遺したというメモ——〈予定を変更して云々《うんぬん》〉——を鑑定したところ、間違いなく彼女の筆跡だという結果が出た。また、新大阪駅から天満橋まで、彼女らしき女性を乗せたというタクシーを見つけだすことができたのだが、運転手の記憶と乗務記録によると、彼女をマンションの前で降ろした時刻は、午後一時五十分となっていた。これは時間的に、メモの内容とぴたり合致している。花炎が二時前に自宅に戻り、メモをクリップボードに貼りつけてすぐに樟葉に向かったとすると、向こうに着くのはおおよそ三時過ぎだろう。犯行現場がアトリエであることは確実なので、犯行時刻は三時から五時の二時間の間だったことになる。その間、一馬はどこで何をしていたかというと、ずっとオフィスで執務中だったことが確認されているのだ。というと、一応どころか、完璧なアリバイに思える。

だが——

火村は、まるで信用していなかった。嘘とも真実とも決めかねるが、それしきのアリバイは容易に偽造できるというのだ。一馬は正午前から三時まで、市場調査と称してひとりで外出している。それをアリバイの穴と考えているらしい。

助教授が、彼女に質問を開始する。

「今回の旅行は、どれぐらい前から予定なさっていたんですか?」

「えーと、一カ月前かな。二泊三日の格安パックの新聞広告を見つけたんで、学生時代の友だちを誘ったんです。近場の海外旅行に行こうって、前から話してたんで」

「うまく休みを合わせて取れたんですね。――三日間だけの休みだったんですか?」

「いえ。旅行の準備があるから、その前の日も休みました」

「出発の前日は、ずっと家で支度《したく》をしていたんですね?」

「はい。――あれ。もしかして、私が奥さんを殺した、と考えてはるんですか?」

火村は尖《とが》った鼻の頭を掻《か》いて「……はい」と答えた。真奈は、心底驚いたというようにのけぞる。

「うわぁ、すごいこと考えますね。私が実行犯やなんて、無理がありすぎちゃいますか? 奥さん、私なんかそばへ寄せてくれませんでしたよ、きっと。私が人を殺して、首を切ったやなんて、無茶です。アホらしいて、怒る気もしません」

「コーヒーをかけられなくて、ほっとしました」火村は真顔で言う。「では、呆れられついでに、あなたの午後一時から五時のアリバイを伺ってもかまいませんか？」

「かまいませんけど……アリバイって言われても……外で誰かと会うてたわけやないから……いやぁ、困ったわぁ。けど、ないからって、犯人扱いされるわけやないでしょ？」

「ええ、もちろん。その時間帯の行動をよく思い出してみて下さい。そして、アリバイになりそうなことが浮かんだら、警察に連絡をお願いします」

「必死で考えてみます。──けど、私が犯人扱いされたって言うたら、高見沢さん、ショックやろうな」

「刑事たちに何を訊かれたのか、彼に報告するんですね」

鮫山が言うと、彼女はけろりとして、

「今晩、彼に聞いてもらいます。──いえ、誤解せんといて下さいよ。お悔《く》やみに伺うことになってるだけですから」

二人の関係は知られているのだから、こそこそと密会したりする必要はない、ということなのだろう。

聞くべきことはすべて聞き終えたので、礼を言って彼女を放免する。私たちは席に残り、宮下真奈がシャンデリアの下のロビーを通ってホテルから出ていくのを見下ろしていた。火村はウェイトレスにコーヒーのお代わりを頼んでから、三メートルほど離れた斜め後ろのテーブルを振り返った。そして、灰皿に吸い殻の山を築いている中年の男に尋ねる。

「いかがでしたか、彼女？」

男——事件当日に花炎と思《おぼ》しき女性を乗せたタクシーの運転手は、待ちかねていたように答えた。

「似てます。サングラスをしてたんで、百パーセント間違いない、とはよう言いませんけれど、唇や顎のラインがあんな感じでした。あんまりしゃべらんかったんで、声は微妙なところです。——ただ、髪型も似てはいるんですけど、色が違う。あの時のお客さんは、黒々とした髪をしてました」

「髪型が似ていることが判れば充分です。カラースプレーを使えば、黒く染め直して、すぐにまた戻すことぐらい簡単ですよ。——お忙しいところ、時間を割《さ》いていただいてありがとうございました」

かくして、私たちは大きな成果を手にした。さもうまそうに愛飲しているキャメルをくゆらす火村に、鮫山は尋ねた。

「高見沢一馬のアリバイは、これで崩れたわけですね？」

「アリバイを偽造した可能性がある、というだけですよ。まだ尻尾《しっぽ》を捕まえたわけじゃない。尻尾は東京にあると思うんですよ」

「ずいぶん長い尻尾やな」と私。

「そうさ、捕まえ甲斐があるぜ」

火村は、ルーズに締めたネクタイの結び目に人差し指をひっかけて満足そうにしている。標的を照準にとらえた狩人のようだった。

だが、しかし――

運命は狩人を裏切った。

事件はその夜、思いもかけない形で幕を閉じた。

6

火村と鮫山は捜査本部に戻るというので、ホテルの前で彼らと別れ、ひとりで早めの夕食をすませて、夕陽丘《ゆうひがおか》のマンションに帰った。助手として活躍できそうな見込みはなかったし、そろそろ自分の仕事の締切が近づいてきていたからだ。

しかし、事件のことが頭から離れず、ともすればワープロのキーを打つ指は止まってしまう。仕事がはかどらないので、コーヒーを淹《い》れて、久しぶりに煙草をふかしたりした。そして、同じ名前のよしみもあって愛聴しているアリス・クーパーの『トラッシュ』などを鳴らしながら、考える。

火村の頭にある仮説がどのようなものなのか、聞かなくても判っている。さっき彼が確かめたかったのは、新大阪から天満橋までタクシーに乗った花炎らしき女は、実は花炎に化けた宮下真奈だったのではないか、ということだ。運転手による首実検の結果は、可能性あり、だった。化けるのは、そう難しくなかっただろう。二人の髪型はいずれもショートで似ていたから、服装を花炎のものに合わせてサングラスをかけさえすれば、ことは足りた。花炎が当日にどんな服を着るか判らずとも、困ることはない。遺体になってから着替えさせればいいのだし。

では、どうして、真奈が花炎の替え玉を務めたりしたのか？　それはもちろん、実際の花炎が自宅に帰ったりしなかったことを隠蔽《いんぺい》するために違いない。だとすると、クリップボードに貼ってあったという直筆のメモも、当日、花炎が書いたものではないことになる。メモが遺っていたと言っているのは夫の一馬だけなのだから、提出されたものは、花炎がまるで別の日に書き置いたメモかもしれない。メモの信憑性がないなら、花炎が何時に大阪に戻ってきたのか判らなくなる。二時よりも前に新大阪に到着し、樟葉に直行していたとしたら、事件の様相はまるで変わってくるのだ。

検視による死亡推定時刻は、午後一時から五時だった。それが三時から五時に縮められたのは、花炎が二時にいったん帰宅したと見られたからだ。その二時の帰宅の推定が崩れたとなると、犯行時刻の幅は、再び一時から五時の間に広がる。すると、三時以降五時までのアリバイはあるが、その前の数時間のアリバイを持たない一馬がちゃんと射程に入ってくるではないか。つまり、真奈が花炎の替え玉を務めたのだとしたら、その目的は犯行時刻を実際よりも遅く偽装し、一馬のアリバイをでっち上げるためだったのだ。

問題は、それをどう立証するか、だ。火村も「アリバイを偽造した可能性がある、というだけ」と表現していた。証拠がない。花炎に化けた真奈は、タクシーのシートなどに指紋を遺さぬよう注意していただろうし、うっかりつけたものがあったとしても、事件後、車は何度か清掃されているので、今から検出される望みはまずない。どこを突破口にすればいいのだろうか？

やはり、現場周辺での地道な聞き込みか。もしも、真奈の協力でアリバイ工作をした一馬が犯人だとしたら、彼は新大阪駅で花炎と落ち合ったか、あるいは彼女と別々に樟葉の家に向かったのだろう。二人、もしくはいずれかが、午後一時から二時頃に現場付近で目撃されていれば、一馬犯人説は大きな状況証拠を得ることになるのだが……

時計の針はもう十二時が近い。今夜は仕事にならないようだ。私は煙草を揉み消して、さらに考える。

一馬が主犯、真奈が共犯だったとしよう。アリバイの問題は解決したとして、どうして花炎と彫刻の首をすげ替えたか、という謎は残る。冷徹な殺人計画の中で、その部分だけが妙に浮き上がっている。一馬は、水城が吐いた悪口を根拠に彼を犯人呼ばわりしていたが、そうやって不仲の隣人に嫌疑を誤導することが目的だったのだろうか？　ピンとこない。それしきのことで警察が混乱すると期待するのは甘すぎる。首をすげ替えた本当の理由はまったく別のところにあるのではないか？『頭をドブに棄てろ』と花炎を罵った水城が、憤激極まってそれを実行してしまった、とするのは、後づけの物語に思えてならない。ならば——

電話が鳴った。音楽のボリュームを絞って出る。「鮫山です」と、低く押さえた声がした。「先ほどはどうも」などとこちらが言う間も与えず、警部補は用件を告げる。

「高見沢と宮下が事故を起こしました」

「事故？」

「宮下は、高見沢のところに悔やみに行くと話していたでしょう。張り込んでいたら、九時頃にやってきたそうです。二時間ばかり滞在してから、その後、二人で車に乗りました。遅くなったので、宮下を自宅に送っていこうとしたようです。それが、国道一号線の関目《せきめ》の交差点でダンプカーと衝突しました。車は大破し、助手席に乗っていた宮下は即死。高見沢も重篤《じゅうとく》です。私も火村先生も、病院にきているんです」

とっさに言葉が出てこなかった。

「どうして、そんなことに……」

「追尾していた警察車がいましたので、事故の様子は判っています。原因はダンプカーの前方不注意。携帯電話をかけながら左折しようとして、ハンドル操作を誤ったんです。運転手はその場で逮捕されています」

金切り声の悲鳴、眼前に広がるヘッドライト、鉄の塊《かたまり》がぶつかる音、飛び散る血のイメージが私の脳裏を鮮《あざ》やかに駈け抜けた。

「ひどい有様だったそうです。丸めた紙くずみたいになった車の間から、高見沢と宮下の腕や首が突き出していて、目撃した刑事らも目を覆いたくなったとか。まるで高見沢花炎のオブジェのようだ、と話していました」

「一馬さんは重篤だとおっしゃいましたね。容態はかなり深刻なんですか？」

「全身打撲と内臓破裂で、絶望的です。ただ、頭を打っていなかったので、意識はあります。警部と火村先生が、医師の立ち会いの下で彼と面会しています。高見沢が遺言がわりに歌ってくれればいいんですが」

〈歌う〉とは、自白のことだ。

「それにしても、有栖川さん。因縁というのはあるもんですね。宮下の首は、ひしゃげた窓枠に挟まれて、ほとんどちぎれかかっていたそうです」

花炎が二人を断罪したとでも言うのか？　馬鹿な。そんな偶然に顫《ふる》えるなんて、薄《すすき》の穂を無理やり幽霊だと思い込もうとするようなものだ。

「先生がいらっしゃいました。電話を代わります」

受話器が手から手へ渡る気配があり、火村が出た。

「俺だ。高見沢一馬の意識が混濁してきた。もう彼の話を聞くことは、永遠にできないかもしれない」

焦燥感を通りすぎ、諦めに至ったような口調だった。一馬が最期に歌ったのかどうかが気になる。

「『宮下真奈は事故で首がちぎれて死亡したぞ。奥さんの首をどうしたんですか？』と警部が口走ったんだ。患者を興奮させるな、と医者にすぐ止められたけれどな」

「一馬の反応は？」

「宮下が死亡したと知って、名前を連呼したよ。やっぱり恋愛気分といったものではなかったのさ。彼は取り乱してから、『川』とだけ答えた。川に棄てた、という自供とも解釈できる」

それだけでは、とても自白にはならないし、首の捜索のしようもない。

「でもな、吐いたのも同然なんだ。彼が犯人だったことを、俺は確信している。夕方、東京から連絡があった。ようやく尻尾を摑んだんだ」

火村の声にかぶさってスリッパの足音が聞こえた。待合室の公衆電話からかけているのだろう。

「尻尾って、何なんや？」

「被害者の東京での足取りを突き止めたのさ。花炎は、事件の前日に青山の美容院に行っていた。ニューヨーク帰りの有名ヘアデザイナーがやっている評判の店なんだそうだ。そこで、髪に青いメッシュを入れて、個性的なカットをしてもらっている。『イメージ・チェンジできるようにして』という注文だった、と担当した美容師が覚えていた。――これが後でどういう結果を生じせしめるか、判るか？」

一馬のアリバイ工作が破綻する。花炎と同じ髪の型と色をして、真奈が替え玉になろうとしていたのだから。

「しかし、花炎のヘアスタイルが一変していることは、見たらすぐ判ったやろう。一馬は計画を中止することができた」

「判らなかったのかもしれない。花炎が帽子をかぶっていて。アトリエで花炎を殺害した後で帽子が脱げ、初めて気がついたんだろう。妻がヘアスタイルを変えることが予想できたのなら、宮下真奈に帽子をかぶらせることもできただろうに」

妻の遺体を見下ろしながら、パニックになっている一馬の姿が目に浮かぶ。犯行時刻が、真奈が花炎のふりをしてタクシーに乗り込んだ時間よりも後だったなら、もはや計画に修正は利かない。それどころか、花炎に似た年恰好の女が怪しげな行動をとった、ということだけがクローズアップされるおそれもある。

「窮地に陥《おちい》った彼は、破れかぶれとも言うべき挙措《きょそ》に及んだ。アリバイ工作を打ち砕く原因である妻の首を切断して持ち去ることだ。ヴィーナスの首とすげ替えた意味は、想像するしかない。遺体のヘアスタイルに警察の関心が向かないように、意味を攪乱《かくらん》したかったのかもしれない。帽子も持ち去ったのは、細かい頭髪が付着していたからだろう」

「尻尾を摑むというのは、東京の美容院をあたっていたのか。お前は、いつ、どうしてそんな発想を――」

「警部に、花炎の行きつけの歯医者と病院を教えてくれ、と言われた時に、一馬がよろけたことがあっただろう。眩暈がしたなんて言っていたけれど、あれは〈病院〉と〈美容院〉を聞き違えて動揺したんじゃないか、と思ったのが出発点だった。それだけのことさ」

受話器から溜め息が洩れた。犯行の詳細な動機など、事件の全貌を一馬の口から聞けなくなったことが、やはり口惜《くや》しいのだろう。

「冷血な計画殺人やったわけやな。犯人の二人は、事故で命を落とした。これは、天の裁きというこかもしれんな」

私のそんな月並みの述懐を、火村は苛立《いらだ》たしげに打ち砕く。

「天の裁きだって？　神の御手のなせる業《わざ》か。勝手なことをしてくれるじゃねぇか。裁いていいと、誰がてめぇに言ったんだ」

私は黙る。

受話器の向こうで、彼の背後をストレッチャーが走り去るカラカラという音が聞こえていた。

鯨 統一郎●アニマル色の涙

著者・鯨《くじら》 統一郎《とういちろう》

東京都出身、国学院大学文学部卒業。平成十年、歴史の常識を軽やかな推理で覆《くつがえ》した連作短編集『邪馬台国はどこですか?』でデビュー。その奇抜な歴史解釈とユーモア感覚が好評を博し『99年版 このミステリーがすごい』国内編8位に選出された期待の新人である。

1

港区にあるビルに着いて、中に入ろうとした瞬間、ぼくの目の前を一匹の黒猫が横切った。

ぼくは極めて健康な精神の持ち主だから、それを〝不吉〟だなどとは思わない。

かまわずに中に入る。

案内板で『なみだ研究所』が三階にあることを確認する。

ぼくはエレベーターのような極度に狭い場所が苦手だから、階段を使って三階に上る。

廊下の左右に並んだドアのいちばん奥に『なみだ研究所』というプレートがあった。

ドアの横のクリーム色の壁にチャイムボタンが設置されている。

チャイムを鳴らす。

返事がない。

腕時計を見る。

九時一〇分前。

約束の時間が九時だから、この時間ならぼくのことを待ちかまえていなくてはいけない。

ぼくは少しの腹立たしさと共に来所を告げる方法をノックに切り替えた。

返事がない。

急激な怒りの萌芽《ほうが》と共に直接行動に訴えて来所を告げることを決した。

ドアノブを廻す。

ぼくがドアノブに手を触れた瞬間錠が外れたかのように、ドアは外側に開いた。

「あ」

若い、ぼくの美的感覚からすれば野暮《やぼ》ったいとしか思えない小柄な女性が、部屋の中央に突っ立って間の抜けた声をあげた。

電話で話したのはこの子だろう。来所者と対面したにもかかわらず、どうしていいか判らない風情《ふぜい》でどぎまぎしている。

「松本《まつもと》です。今日からお世話になる」

仕方がないからぼくはドアを後ろ手で閉めて自己紹介をした。

「は、はい」

それだけの返事をするとその女性は、ぼくを坐らせるでもなく奥の部屋に引っ込んでしまった。

ぼくは勝手に受付らしきカウンターの前の椅子《いす》に坐った。そこしか坐る場所もない。バイトを雇《やと》うならもう少しましな子を選んだ方がいい。

カウンターにはなぜか、薄黒い高さ三〇センチほどの羅漢《らかん》さんの置物が置いてある。

玄関のドアが開いた。

振り向くと、白衣を身にまとった三〇歳前後と思われる女性が顔を見せた。

その女性が発する凜《りん》とした気高さのせいなのか、ぼくは思わず立ち上がった。身長一七〇センチのぼくよりその女性の方がやや背が高い。足元を見るとさほどヒールの高い靴でもなさそうだ。

「松本さんですか？」

「はい」

「お掛けください」

その女性は笑顔を見せるでもなくぼくを坐らせ自分はカウンターの中へ入った。

ウェイブのかかったロングヘアが揺れて光をまき散らす。

カウンターに備え付けられた引出しから書類を取り出す。どうやらぼくの履歴書のようだ。

「松本清《きよし》さんですね」

「臨床心理士。国立城東《じょうとう》大学大学院修士課程修了か。優秀ですね」

「はい」

「いえ」

とりあえず否定しておいた。

優秀なことにちがいはないが、伝説的な実績を数多く持つ波田《なみだ》先生に較べたら、おそらくぼくなど足元にも及ばないだろう。

「修士課程修了後、港区の公的機関で一年間の臨床経験もあるのね」

「はい」

「じゃあ、実践にも問題なしか」

ぼくは突然この先生の胸囲が、一般成人女性の平均よりかなり豊かなのではないかということに気づいた。その事実は知的な声とは似合わない。

「今、うちのクリニックはとっても忙しいの」

「はい」

「すぐにでも患者《クライエント》を診《み》てもらいたいぐらいよ」

だからこそぼくは、この『なみだ研究所』に面接も抜きにしてやってきた。

一週間の試用期間はあるものの、波田先生の知人であり、ぼくの師である某大学教授の紹介なので、その試用期間も名目だけのものであるはずだ。

奥の部屋のドアが開いた。

先ほどの小柄な女性がトレイに湯飲みを二つ載《の》せて立っている。両手が塞《ふさ》がっているところをみるとドアは足で開けたようだ。

小柄な女性がからくり人形のようにぼくの方に近づいてくる。

「あ！」

三人が同時に声をあげた。

からくり人形がつまずいて、煮えたぎったお茶の入った湯飲みをトレイごとぼくに投げつけたのだ。

「熱ちゃあ！」

ぼくはブルース・リーのような雄叫《おたけ》びをあげてのたうちまわった。

「ご、ごめんなさい」

カウンターの下の隙間から、からくり人形が床に倒れたままぼくに謝るのが見える。

「先生、大丈夫ですか？」

先生が被害者であるぼくよりも、加害者のバイトの女の子の心配をしている。

いや、待てよ。

先生はバイトの女の子を先生と呼んでいる。

これはいったい?

「あたしは大丈夫です、小野寺《おのでら》さん。それよりあの、松本さんを」

小野寺と呼ばれた白衣の女性が立ち上がってカウンター越しにぼくを見た。

ぼくは気力をふり絞って立ち上がり、白衣の女性に問いかけた。

「あの、あなたは波田先生ではないのですか?」

「わたしが? わたしはこの事務所の会計を担当している小野寺です」

小野寺……。

バイトの女の子が立ち上がった。まさかこのからくり人形が?

「ごめんなさい松本さん」

「波田です」

伝説のサイコセラピスト。

生きているうちから伝説というのもおかしいが、数々の鮮やかな臨床経験を持ち、しかも自身の経歴などがあまり知られていないことから波田煌子《きらこ》の名前はいつしか伝説という冠詞《かんし》と共に語られるようになった。

「ジャケットを脱いで」

小野寺さんがテキパキとぼくのジャケットをはぎ取る。

「シャツにはかかってないようね」

幸いなことに、ぼくはあまり持ち合わせていない運動神経を最大限に発揮して自分の身を熱湯から守ったようだ。

「火傷《やけど》は？」

小野寺さんはぼくの手を取った。その瞬間、ぼくの体内で電気的な何かが弾けた。

「だ、大丈夫のようです」

ぼくは椅子に腰掛けようとした。

「こっちに来て」

小野寺さんはカウンター内部にぼくを呼び寄せた。

「奥の部屋で打合わせよ。九時半には少しやっかいなクライエントが来るから急がないと」

小野寺さんが颯爽《さっそう》と歩いてゆく後、からくり、いや、波田先生がちょこちょことついていった。

『なみだ研究所』はひと言でいえばメンタル・クリニックだ。だがこれを精神病院と直訳されては困る。波田先生は心の悩みを抱えた人たちの相談に乗るカウンセラーに過ぎない。

波田先生（しかしこの人はどう見ても十代の女の子にしか見えない）の名刺を見ると、肩書きはサイコセラピストとなっている。

サイコセラピストとは心理療法家のことだが、セラピストもカウンセラーも同じ意味だ。ただ、カウンセラーが、悩みを抱えた健常者の相談に乗るというイメージであるのに対して、セラピストとなるとより病理的な悩みを抱えた人たちの治療といったニュアンスが強くなる。

カウンセラーにもセラピストにも国家資格があるわけではないから、名刺や看板にカウンセラー、セラピストという文字さえ入れれば、誰でもその日からカウンセラーやセラピストになれる。

もっとも、民間の資格なら数多く存在するし、ぼくが持っている臨床心理士という資格は、文部省認可の財団法人〝日本臨床心理士資格認定協会〟が認定する準国家資格ともいえるものだ。もちろんカウンセリング関係の資格の中ではいちばんハードルが高い。

2

「松本さん。波田先生は独立してまだ三か月だけど、とっても忙しいの。波田先生のセラピーが評判を呼んで、口コミでクライエントが次々とやってくるのよ」

ぼくもそう聞いていた。だが目の前の波田煌子を見ていると、とてもこの先生が切れ者だとは思えなくなってくる。

もしかしたらクライエントがやってくる目的は、むしろこの小野寺さんにあるのではないか？

小野寺さんはフルネームを小野寺久美子《くみこ》といって、このクリニックに雇われた会計士だ。会計士といっても会計の仕事ばかりでなく、当クリニックの広告から事務一般、波田煌子のマネジメントまですべてを取り仕切る、実質上のオーナーともいえる仕事量をこなしているようだ。

なお、英語でクリニックといえば診療所を意味するが、日本では医師でなくても使用可能な言葉である。

「あの、うちでは薬は使えないんです」

とつぜん波田煌子が口を挟んだ。しかも見当はずれな言葉を。

セラピストは医師ではないから薬を使えないのは当たり前ではないか。

心の傷を癒《いや》す専門家は二系統に大別される。

医師と、そうでないもの。

両者の属性を列記すると左記の通りだ。

〈医師〉	〈医師でないもの〉（セラピスト）
精神科医	心理学者
理科系	文化系
薬物使用可	薬物使用不可
保険使用可	保険使用不可
国家資格あり	国家資格なし
重い症状（精神病）	軽い症状（神経症）

「ぼくは元から薬を使う資格もないし、その気もありませんよ」

「でも、お名前が」

「名前？　名前がどうかしたんですか？」

「松本清」

マツモトキヨシ……。薬局。

アホかこの女は。

「ごめんなさい。ただの連想です。気になさらないでください」

気を病《や》んでいるのはこの女の方ではないのか？

「午前中は先生のカウンセリングを横で見て勉強してください」

小野寺さんが波田煌子の暴走をくい止めた。

しかしこの先生のカウンセリングを見て勉強になることなどあるのだろうか。ぼくはいまや『なみだ研究所』が繁盛している理由は、小野寺久美子にしかないと確信していた。

「お昼を挟んで午後からは、あなたにも一人でカウンセリングを実施してもらいます」

「え？　もうですか」

「自信ない？」

「そ、そんな事はないですよ」

ぼくはこれでも一年間の実践経験がある。

「急なようだけど、それぐらいこのクリニックは忙しいの。クライエントが来たらわたしが受付で簡単な問診をして、そのカルテを診察室の先生に渡します。部屋は二つあるから、あなたは向かって右側の部屋を使ってください」

「判りました。ところで、このクリニックの治療方法を教えていただけますか」

ぼくは波田煌子に顔を向けた。

「治療方法？」

「そうです。たとえば森田《もりた》療法とか、箱庭《はこにわ》療法とか、サイコドラマとか」

「えええと、特にないですね」

波田煌子は〝ええと〟をやけに引き延ばして発音した後、か細い声でこう言い放った。

「ない？」

「はい。あの、その時その時の臨機応変というか」

臨機応変。別の言葉でいえば行き当たりばったり。

ぼくは軽い自己破壊衝動を覚えた。

「そもそも波田先生は何派に属しているんですか」

われわれサイコセラピストは、所属する団体や影響を受けた学者などによって、いくつかの学派に色分けされる。

ユング派、コフート派、クライン派、などなど。

「あなたは？　あなたは何派なの」

小野寺さんが波田煌子に助け船を出すように、ぼくに逆質問を発した。

「ぼくはラカン派ですよ」

ジャック・ラカン。フランスの精神科医、精神分析家。

「あ、あたしもラカンさん好きです」

ラカンさん……。友達なのか？

「だからあたし、受付に羅漢さんの置物を置いたんです」

ラカンと羅漢。混同しているのか、それともダジャレのつもりなのか。

「じゃあ波田先生もラカン派なのですか」

ぼくは確認するように再度質問をした。

「いえ、あたしは何派ということはなくて。なにしろ何の資格も持ってませんし」

「え、資格がない？」

波田煌子は申し訳なさそうにうつむいた。

「ちょっと待ってくださいよ。たしかにセラピストやカウンセラーに国家資格はないけど、民間の資格ならピンからキリまで数多くの資格がありますよね。中には三日で取得できたり、実技は必要なくて、ペーパーテストだけで取得できたりといった、いってみれば誰でも取得できる資格もあるわけです」

「はい」

「そういう資格も」

「持ってません」

バカな……。

じゃあこの女、いや、先生は、本当に名刺にサイコセラピストと印刷しただけでクリニックを開業しているのか。

「松本さん。人を肩書きで判断するのはよくないわ。問題は実力よ」

小野寺さんが正論を吐いた。しかしその実力を面識のない人間が判断する材料として肩書きがあるのではないか？　ぼくの持っている臨床心理士という資格も、大学院修士課程を修了し、なおかつ一年間の臨床経験がないと受験できない資格だから、この肩書きを見ただけで、相手はぼくの最低限の学歴と経験を知ることができる。

「あたし高卒だから臨床心理士の試験を受けられなかったんです」

「高卒？」

「でも、強《し》いていえばフロイト派かしら」

「フロイト派だって？」

ぼくは当クリニックに就職した選択を根本的に考え直さなければならない事態に直面した。

フロイトはたしかに精神分析の創始者だし、意識の下の無意識を発見した天才だが、創始者ゆえに理論の不備も多く、現在ではフロイト理論はすでに顧《かえり》みられることはなくなっている。電球を発明したエジソンは偉大だが、今では誰も竹のフィラメントなど使っていないのと同じ事だ。

「あたし、フロイトだけは勉強したんですよ」

「フロイトだけを？　ちょっと待ってください。フロイトはもう古いですよ。フロイトの直弟子《じき》のユングでさえ出会って六年後にはもうフロイトを見限っている」

チャイムが鳴った。

波田煌子が壁の時計を見る。

九時三〇分。

第一のクライエントは完全主義者のようだ。

「いってきます」

小野寺さんがすくっと立ち上がった。

「お願いします」

波田煌子がぴょこんとお辞儀をした。

3

鉄パイプに布を張っただけの簡単な椅子に並んで坐って、ぼくと波田先生は最初のクライエントを待った。

ガラステーブルを隔《へだ》ててクライエント用のソファがある。

ドアが開いて小野寺さんがクライエントを連れてきた。

小野寺さんより背が高い恰幅《かっぷく》のよい中年の男性だ。

小野寺さんは波田先生に問診票を渡すと部屋を出ていった。しかしなんで波田先生が私服で、小野寺さんが白衣を着ているのだろう。

「どうぞ」

波田先生は弱々しい声でクライエントにソファを勧《すす》めた。クライエントは快活な表情のままソファに勢いよく坐る。

「セラピストの波田煌子と申します」

波田煌子は肩書きを勝手に印刷した名刺をクライエントに渡した。

「すいません。私はあいにく名刺を切らしてまして」

「あ、お気になさらないでください」

波田煌子は問診票に目を落とした。

「タカノタケロウさんですね」

「高野健朗《たけお》と読みます」

「あ、タケオさんと読むんですか。すいません」

波田先生は「小野寺さん、ルビを振ってくれないんだもん」と小声で言い訳をした。あまりそういうことはクライエントの前で言わない方がいい。心に悩みを抱えた人たちなのだから、不注意な言葉がクライエントの心の傷をえぐる可能性は常にある。

高野さんは右手で目の横をこすった。その仕草が何かに似ている。

「お歳は四八歳。港区にお住まいで、コピー機販売会社の販売部部長さんなんですね」

高野さんはなぜか目をむいた。一瞬の間のあと笑顔に戻って「そうです」と答える。

「今日はなぜ来られたんですか」

高野さんが右手でテーブルの上を払った。ぼくは緊張した。べつに虫が飛んでいるわけでもない。無意味な動作だ。だが波田先生はこのクライエントの異常さに気がつかないようだ。

「虎の夢を見るんですよ」

高野さんはぼくを睨《にら》んだ。虎がどこまでも私を追いかけて来るんです」

「怖い夢でしてね。虎がどこまでも私を追いかけて来るんです」

「よく見るんですか？」

「ほとんど一日おきぐらいに見ますな」

「いつ頃からですか」

「そうですな、もう二か月は続いていますよ」

「そんなにですか。それは大変ですね」

波田先生はまるでひと事のように言う。

「いや、だから別に困るということはないんですがね。女房がどうしても一度カウンセラーに診てもらえってうるさいもんだから」

「どうして奥さんはそんなに虎の夢を心配してるんでしょう」

「いや、虎の夢ばかりじゃないんだ。ウサギがちょろちょろしてるのが見えることもあるんだ」

「夢で？」

「いや、酒を飲んだときなんかね」

酒を飲んだときに、動物や昆虫が見えるのはアルコール中毒の症状じゃないか。

「よくお酒を飲むんですか」

無資格のこの先生もさすがに基礎的なツボは心得ているようだ。

「いや、私はもともと飲めない体質《たち》でね。晩酌に焼酎のお湯割りを一杯。それぐらいです」

「おつまみは？」

なぜそんなことまで訊《き》くのだ。

「からしレンコン、といいたいところですが、子どもの残したお菓子あたりでがまんしています」

「見えるのはウサギだけですか」

「キジが二羽、空を飛んでます」

「キジ？」

ぼくはただ見ているだけという約束を破って思わず声をあげた。キジとは意外だ。これは何を表わしているんだろう。

「クマが歩いていたり」

「お酒を飲んだときに？」

「いや、繁華街を歩いているときです。公園を歩いているとリスが周りを駆け回ったり」

港区の公園にリスなどいるわけがない。

「会社の近くにはカンガルーが歩いています」

このおっさん、完全におかしい。

「あ、ネズミだ」

高野氏はまたまた右手でテーブルの上を払った。さっきのこの仕草はネズミの幻覚を払う仕草だったのだ。つまり高野氏自身は猫ということになる。目の横をこする仕草も猫のものだったのだ。

「すいません。たまにネズミが見えるんですよ。家内は、そんなものはいないって言うんですがね」

さすがに堂々としていた高野氏の態度が、ここまで来るとしおれている。

ぼくは立ち上がって部屋の隅に行き、波田先生を小声で呼んだ。

「どうしたの、松本さん」

「先生。この人はカウンセリング対象の人ではありませんよ。完全な分裂症じゃないですか。精神科医に診てもらうのが妥当です。そこで薬物投与なり入院治療なりが必要です」

「あ、あの、もう少し小さな声で。高野さんに聞こえてしまいます」

波田煌子は高野氏を振り返った。

「松本さん。精神病と神経症の区別は曖昧《あいまい》なものですよ」

「判ってますよ、そんなことは」

心の病の原因は、まだハッキリとは解明されていない。

大ざっぱにいえば、脳や遺伝に原因があると考える身因、内因性説と、環境に原因があるとする外因性説の二つの説が考えられているが、両者が複雑に絡《から》み合っていると考えることも可能で、どちらかに特定することは難しい。よって現段階では、症状の軽いものを神経症、重いものを精神病と、結果を見て区分けしているに過ぎない。

「しかし先生。このクライエントは幻覚を見ているんですよ。しかもただの幻覚じゃない。トラ、ウサギ、キジ、クマ、リス、カンガルー、ネズミと、まるで動物園じゃないですか。完全におかしいですよ。とどめは自分自身がネコになってます」

「ええ、ええ。普通じゃないですよね。でも、何か心の悩みが原因かもしれないし」

「そんな呑気《のんき》な段階は過ぎてますよ」

「でも、もう少しお話を聞いてみないと。それがこのクリニックの仕事ですから」

ぼくはイライラしてきた。波田煌子が席に戻ったので、仕方なくぼくももう一度席に着く。

「ご家族のことを少し聞かせてもらえますか」

「はあ」

高野氏はズボンのポケットからハンカチを出して額《ひたい》の汗を拭《ぬぐ》った。

「ご結婚されたのはいつですか？」

「結婚二年目にできた子が八歳ですから、今年で十年になりますね」

「あら。おめでとうございます」

この先生は治療を忘れて世間話を始めた。

「お子さんは何人ですか」

「男の子が一人ですよ」

「そうですか。一人っ子だと可愛いでしょうね」

「そりゃあもう」

兄妹がいると可愛くないのだろうか。しかし高野氏も波田煌子のとぼけた質問に違和感なく答えていく。

「素直ないい子に育ったと思ってます。お正月にお年玉をあげたときも飛び上がって喜んでいました。たった千円ですよ。それであんなに喜んでくれるなんていじらしくなります。うちは親戚が少ないから、合計でも三千円しか貯まらなかったんですがね。それでも大喜びですよ」

高野氏は目を細めた。

「あまりいじらしいんで、奮発してポケットピカチュウを買ってやりました」

「ポケットピカチュウ?」

「オモチャですよ」

高野氏は寂しげな笑みを洩《も》らした。

「奥さんとはどこで知り合ったんですか」

なるほど。この先生の治療方法が見えてきた。クライエントの家族関係から攻めていくのだ。神経症の患者には、生い立ちを含めた家族とのつきあい方が重要な影響を与えている場合が多い。

「職場結婚ですよ」

「奥さんはおいくつですか」

「四二歳。私より六歳下です」

「最近、奥さんと大きなケンカをしたことはありませんか」

「ケンカですか。しょっちゅうしているような気がしますな。あいつとは教育方針が合わないんです」

「といいますと、あの、具体的にはどんなことでしょう」

「あいつは学校のやり方にまで文句を言うんですよ。やれ、夏休みの宿題が多いだの、逆に子どもが九九《くく》を覚えないと宿題が少ないだの、通学路にガードレールがないだの、クラスメートの前でお年玉の額を発表させることはないだの、いじめっ子を放置しているだの」

高野氏は一気に喋ったあと、目の前にセラピストがいることに初めて気がついたように波田煌子を見つめた。

「私はね、学校のことは学校に任せておけばいいと思ってるんです。だからつい言い合いになってしまうんですよ。でもまあ、大きなケンカというわけではありません。ほんとに、ただの言い合いですよ」

波田煌子は頷《うなず》いた。

「ただ、子どもは勘のいい子ですからね。子どもの前で取り繕《つくろ》ってもすぐに察知されてしまいますから、なるべく子どものいないところでも言い争いはしたくないんです」

「あ、それ、いい心がけです」

波田煌子が言わずもがなのお愛想を言う。

「高野さんは最近、動物園に行かれましたか」

「私がですか?」

「はい」

「まさか。私は動物が嫌いなんですよ。子どものころ隣りで飼っていた犬に咬《か》まれましてね。それ以来動物が全部ダメなんです」

「そうですか」

動物が好きだから動物の幻覚を見るのではないかという波田煌子の当ては外れたようだ。むしろ動物が嫌いだから動物の幻覚を見るのだろう。

このあとも波田煌子は長々と、高野氏の家族関係について質問を続けた。夫婦の馴《な》れ初《そ》め、嫁舅《しゅうと》の仲、女性問題の有無《うむ》、などなど。しかし高野氏の家庭に特筆すべき問題は存在しないようだった。

最後に波田煌子は高野氏に「次はいつ来られますか」と訊いた。

ぼくは再び波田煌子を部屋の隅に呼び出した。

「波田先生。このクライエントは完全に分裂症ですよ。このクリニックで手に負える段階じゃない。それを次はいつ来られるかなんて訊くとはどういうことですか。治すつもりもないのに診察料だけ取ろうということですか。それじゃあまるで詐欺《さぎ》じゃないですか」

「あ、あの」

椅子を引く音がした。

高野氏がふらふらと立ち上がって部屋を出ていく。

「いますぐ知り合いの精神科に電話をして、高野氏の入院手続きをとってください」

「ちょっと待って、松本さん。あの人は治ります。今は心理的に混乱しているだけなんです」

「その程度の人がトラ、ウサギ、キジ、クマ、リス、カンガルー、ネズミの幻覚を見ますか?」

「たしかに危ないところにはいると思いますけど、大丈夫ですよ。あの人、まだ目がしっかりしてるから」

「そんないい加減な根拠で」

「いえ。高野さんはですね、何かに悩んでいるんです」

「だからここに来たんでしょ」

「その悩みが何かが判れば、きっとすぐに良くなると思います」

「じゃあ訊きますけどね、あなたは今日の診察の中で高野さんの悩みが判ったんですか」

「いえ」

波田煌子は小さな声でいった。

「高野さんは、ほんとのことを言ってないんです」

「ぼくにはそう見えなかった。あの人は正直な人ですよ」

「たしかに積極的なウソはついてないかもしれないけど、何かを隠してるんです」

「人に隠してることをこのクリニックで喋って楽になりに来たんじゃないですか」

「そう。そのつもりだったんでしょう。でもやっぱりここでも言えないほどの事だったんですよ」

「じゃあ何なんですか。そんな重大な事って」

「ああ、頭の中で何かがもやもやして、判りかけてるんだけど、判らない」

ドアが開いた。小野寺さんが手にカルテを持って入ってきた。

「先生。高野さんは明日九時に来られるそうです」

「そう。よかった。時間前だけど、早い方がいいですものね」

ぼくは瞬間的に小野寺さんの手からカルテを奪い取った。たしかに予定欄に明日九時のアポイントが記入されている。

「何するの松本さん」

「小野寺さん。あなたまで詐欺の片棒を担ぐんですか」

「詐欺？」

ぼくは波田煌子を顧みた。波田煌子はじっとぼくの手元を見つめている。

見かけだけは純朴そうな目に、なぜか涙を溜《た》めている。

その涙を小野寺さんが見つめる。

涙がひとすじ流れ落ちる。

「先生。判ったんですね？」

波田煌子は頷いた。

判った？　いったい何が判ったんだ？

「高野さんは、お金を盗んだんです」

「なんだって」

「そんな大それた額ではありません。でも、そのことが高野さんにとってはたいへんな心の重荷になっているんです」

波田煌子はハンカチを出して涙を拭う。

「会社を馘《くび》になったんです、高野さん」

何を言ってるのだ、この先生は。そんなことまで判るわけがないじゃないか。高野氏への問診は一部始終ぼくも聞いていた。しかしその内容は家族関係に終始して、金を盗んだの会社を馘になったのという話はいっさい出ていない。

ぼくはカルテをカウンターに置いて出口に向かった。

「どうしたんですか、松本さん」

「気分が悪いんです。今日は帰らせてください」

診察が必要なのは波田煌子の方だ。ぼくはこの先生の下で働く意義が消えていくのを感じた。

4

五日も無断欠勤を続けてしまった。

そろそろけじめを付けなければいけない。ぼくは辞表をズボンのポケットに入れて自宅を出た。

中目黒《なかめぐろ》の駅で電車を待っていると、見覚えのある顔を見かけた。

高野さんだ。

ぼくが高野さんの横顔を見つめていると、その視線に高野さんも気がついた。

「あ、『なみだ研究所』の」

ぼくは会釈《えしゃく》をした。

「いや、すっかり良くなりましたよ」

「はい。幻覚もいっさい消えました。波田先生には、よおくお礼を言っておいてください。ありがとうございました」

高野氏は人混みにもかかわらず、深々とぼくにお辞儀をした。

電車が来てぼくは車内に押し込まれた。高野氏の姿は見失った。

いったいどういうことだ。精神科へ行って薬物投与でもしてもらったのだろうか。

電車が駅に着くとぼくは早足で『なみだ研究所』へ向かった。

九時きっかりにドアを開ける。

「あら、松本さん」

白衣の小野寺さんと、くすんだ色のチェックのフレアスカートをはいた波田煌子がぼくを見た。

「もう良くなったんですか」

波田煌子が間の抜けた質問をした。

「さっき、高野さんに会いましたよ」

「あら」

「すっかり良くなったそうです。先生にお礼を言ってくれって頼まれました」

「お礼なんかいいのに。こっちも商売ですから」

「先生が治したんですか」

「そうよ」

小野寺さんが答える。

「精神科に紹介したのではなく？」

「あの人は心に悩みを抱えていたんです。それを取り除いてあげれば症状は消えると判っていましたから」

「高野さんはね、会社を馘になってお金がなかったの」

小野寺さんが椅子に坐りながら言う。

「お子さんへのお年玉も千円しかあげられなかった。親戚含めても三千円ですものね。今の貨幣価値からすればとても少ないと思います。でも、お子さんは素直ないい子で、飛び上がって喜んでくれた。高野さんにすればいじらしかったでしょう。ところが」

波田先生も椅子に坐る。

「学校で、もらったお年玉がいくらか発表することになった」

そういえば、高野氏の奥さんが、クラスメートの前でお年玉の額を発表させることに文句を言っていたはずだ。

「そこでお子さんは気づいたんです。自分がもらった三千円は、実はクラスの中で一番少ない額だったって」

今の感覚からすれば、おそらくそうだろう。

「そのことを告げられた高野さんは、お子さんがかわいそうで仕方がなかった」

「でも波田先生、高野さんはお子さんにポケットピカチュウを買ってあげてますよ。あれだって会社を馘になった人間にしてみれば決して安いオモチャじゃないでしょう」

「そうです。みんなが持っていて自分の子だけ持っていないオモチャを、高野さんはなんとかして買ってあげたかった。だから、つい出来心で会社のお金を盗んでしまったんです」

「会社の金を？」

「会社を馘になったあとも、スペアキイが手元に残っていたのかもしれません。それで夜中に会社に忍び込んだ。販売部の部長さんだったんですから、雑費用の小さな金庫のキイナンバーぐらいは覚えていたんじゃないですか。そこから、つい、二万円」

「どうして。どうしてそんなことが判るんです。しかも金額まで」

「波田先生はね、特殊な思考回路をお持ちなの。それで、私たちには思いもよらない真実が見えるのよ。それが先生の人気の秘密」

「高野さんの初診の時、松本さんが小野寺さんの手からカルテをひったくりましたね」

「え、ええ」

「あの動作が猫に見えたんです」

「猫……」

「高野さんがやっていた動作と同じ。あれ、金庫からお金をくすねる動作です。それに似ているんです。高野さんは無意識のうちに、その動作を猫になぞらえて、自分が猫の動作をしてしまったんです。一種のチックですよね」

チックとは、自分の意志に関係なく、勝手に顔や肩などの筋肉が動いてしまう症状だ。

「しかしそんなことが」

「フロイト理論があたしの推測を裏打ちしてくれます」

フロイトが……。まさか。もう竹電球はいらない。

「夢や幻覚が、無意識的精神の象徴であることは良く知られています。そしてフロイトは、その夢、幻覚の内容は、発音上の類似に起因することがしばしばあると言ってるんです」

「発音上の類似?」

「そうです。たとえば、税金（TAX）に苦しめられている人が、タクシー（TAXI）に追いかけられている夢を見るとか。あ、これ、ほんとにたとえばの話ですよ」

波田先生は念を押した。

「つまり、高野さんは会社の金をネコババしたんですよね。だから、自分が猫になってしまったんです」

ネコババしたからネコに……。

「でも、高野さんのあの動作は、お金をくすねる動作じゃなくて、ネズミを捕《と》る動作ですよ。自分でもネズミが見えるって言ってたじゃないですか」

「ピカチュウというのはネズミのモンスターだそうですね。高野さんは盗んだお金でネズミを手に入れたことになります。高野さんの目的はお子さんにオモチャを買ってあげようということですから、お金をくすねるということは、高野さんにとってはネズミをくすねるということなんです」

猫がネズミを捕る動作は、ネコババした金でネズミのオモチャを買うことを表わしていたというのか。

「だけど高野さんが見た幻覚はそれだけじゃない、他にもキジとか」

「松本さん。一万円札持ってます？　持ってたらちょっと出してくれませんか」

まさか無断欠勤の違約金を取る訳じゃないだろうなと思いつつ、ぼくはズボンのポケットから財布を出してその中から一万円札を引っぱり出した。財布と一緒に辞表も出てくる。

「よく見てくださいキジが描かれてるでしょう」

本当だ。一万円札には、日本の国鳥であるキジが印刷されている。

「高野さんが見たキジの幻覚は、この一万円札を表わしているんです。高野さんはキジが二羽飛んでいるって言ってたから、おそらく二万円盗んだんです」

金額まで……。

「高野さんがお子さんを不憫《ふびん》だと思ったきっかけはお年玉でしたね。お年玉袋には今年の干支《えと》であるウサギが描かれていたんじゃないでしょうか」

それがウサギの幻覚の正体か。

「お子さんはカンのいい子だっておっしゃってましたから、その子がお年玉をもらってジャンプして喜んでいる姿が、カンガルーのイメージになったんです」

「でも、高野さんが会社を馘になったなんて、どうしてそこまで判るんですか」

「だって、自己紹介のとき、名刺を持ってなかったから。それにお年玉の額。四八歳にもなった会社の部長さんが、しかもお子さんに甘そうな高野さんが、お年玉に千円しかあげられないなんて、やっぱり相当お金に困っていたんだと思います。だから、普段は飲めないお酒を飲まずにいられなかったんだと思います。それも、日本酒より安い焼酎を。その焼酎が球磨《くま》焼酎だったから、繁華街でクマの幻覚が見えたんです」

「ちょっと待ってください。どうして高野さんの飲んでいた焼酎が、球磨焼酎だって判るんです」

「だって高野さん、おつまみにからしレンコンがほしいって言ったでしょ。からしレンコンは球磨焼酎の本場、肥後熊本《ひごくまもと》の名物ですものね」

繁華街を闊歩《かっぽ》するクマのイメージは、飲めないお酒のイメージだった。

「高野さんは経営の再構築の犠牲者だったのよ」

小野寺さんが口を挟む。

「経営の再構築？」

「そう。英語で言えばリストラクチャリング。つまりリストラね」

リストラ。リスとトラ……。

「高野さんには匿名で、盗んだお金を返すようにいいました。たしかに名前を名乗って罰を受けるのが筋なんでしょうけど、高野さんは幻覚を見るほど悩んだことで充分な罰を受けたとも考えられますからね。それに、ご家族のことを考えたら、一刻も早く再就職することが大事ですから」

波田先生は恥ずかしそうに笑った。

「松本さん。何ですか、その封筒」

ぼくは自分が辞表を握りしめていることに気がついた。

「あ、いえ、何でもありません」

ぼくはまだこの先生の能力を信じた訳じゃない。おそらく、こんな治療《セラピー》はまやかしに違いない。だが、少なくともしばらくはここにいて、それを確かめる必要はありそうだ。

ぼくは辞表をズボンのポケットにしまった。

姉小路 祐●複雑な遺贈《いぞう》

著者・姉小路《あねこうじ》　祐《ゆう》
昭和二十七年、京都生まれ。大阪市立大学法学部卒業後、司法書士資格を取得。『動く不動産』で第十一回横溝正史賞を受賞。〝不動産ミステリー〟なるジャンルを開く。刑事物にも新境地を開拓、ニュー・ミステリーをリードする気鋭である。

1

京都地裁の裏手のビルの一角にある水川《みずかわ》法律事務所の掛け時計が、小さくボンと鳴った。針は午後五時を指《さ》している。

「ボス不在の一日目は何とか平穏無事に終わりましたね」

事務員の砂岡英明《すなおかひであき》は伸びをしながら、イソ弁の大原京《おおはらきょう》のほうを見た。

「そうね。でも、まだ二週間のたった一日が終わっただけだわ」

ボス弁の水川健助《けんすけ》は、還暦を迎えた記念にとヨーロッパへのフルムーン旅行に昨日出発したばかりだ。留守を預かるのは、弁護士一年目の二十五歳の京と、司法試験を目指す二十六歳の英明の二人だ。水川が不在の間に、処理しきれないややこしい事件が飛び込んできたならどうしようかと、二人は気が気でない。けれども、これといった依頼人も訪れず、緊急の電話も入らず、とにかく一日目は終わった。

英明は留守番対応ボタンを押そうと、電話器に手を伸ばした。「おそれ入りますが、当事務所の業務は終了しました」というアナウンスが流れるようになっている。できることなら、朝からずっとこのボタンを押しておきたいところだ。

英明の指がボタンに触れようとしたとたんに、ベルが鳴った。

「まさか、仕事じゃ」

「都《みやこ》と今夜食事に行く約束をしているの。きっと彼女からよ」

都と京は、一卵性の双子姉妹だ。都は京都駅に近い信用調査事務所に勤めている。

「いいな。僕もご一緒したいな」

「何、言ってんの。あなたは、これから司法試験学校の授業でしょ」

京は車椅子を少し前に出して、受話器を取った。五歳のときに交通事故に遭《あ》って頸骨《けいこつ》を傷《いた》めた京は、ずっと車椅子生活を続けている。

「はい、水川法律事務所です」

「もしもし、水川先生をお願いします」

都とは全然違う低い女性の声が受話器から流れた。

「おそれ入りますが、現在外遊中でして。あの、どちら様でしょうか」

「東田雅代《ひがしだまさよ》です」

京は急いでリストを繰《く》った。水川は、自分が不在の時にコンタクトがありそうなクライアントについてはリストを残して旅立っていった。だが、その中に東田という名前はない。京もこの事務所に来て半年は経つから、顧問先などはすべて知っているが、東田雅代という名前は初耳だ。

「どういったご用件でしょうか」

「奥山淳蔵《おくやまじゅんぞう》が、けさ死にました」

「え」

奥山淳蔵なら知っている。京都市東部の山科《やましな》区に広い竹林を所有していた農夫だ。市営地下鉄の新線が山科区を走ることになり、奥山の持つ竹林に目をつけたマンション業者から売って欲しいと頼まれ、「売ってもいいんだが騙《だま》されちゃ困るから、売買契約に立ち会って欲しい」と、水川のところを訪れてきていた。水川とは幼なじみで、小学校の先輩にあたるそうだ。

事務所に入って三日目の京は、水川に同行してその契約に立ち会った。竹林の売却価格は四億五千万円だった。

「奥山さんはまだまだお元気そうでしたのに」

奥山淳蔵は時代劇ドラマで有名な大岡越前《おおおかえちぜん》のファンだった。小さな本棚には大岡越前に関する書物が並び、また京都の秋を彩《いろど》る時代祭の行列では、大岡越前の役で馬に乗ることができて念願を果たせたと、そのときの写真を京たちに自慢げに見せていた。

「それが、疏水《そすい》沿いで朝の散歩をしていて、足を滑《すべ》らせたようなのです」

明治時代に築かれた疏水は、琵琶湖《びわこ》から山科区を横切るように通って鴨川《かもがわ》に流れ込む。

京は、奥山の顔を思い出していた。頭はすっかり禿《は》げ上がり、農作業で日焼けした肌に無数の細《こま》かな皺《しわ》が刻まれて、小さな目や下がった眉が、好々爺《こうこうや》の印象を強くしていた。戦前から手を入れていないという古い家に、奥山は一人で住んでいた。

「四億五千万円の遺産……あるところにはあるんやわね」

「それに今の家が建っている土地とか、畑を合わせると約一億五千万円の資産価値があるわ。だから、総相続財産はざっと六億円よ」

「ふーん、バブルがはじけたとはいえ、土地持ちって、凄《すご》いわね」

都は興味深そうに京の話に聞き入った。河原町《かわらまち》に面したビルの地下にあるおばんざい屋で、二人は箸《はし》を動かしていた。おばんざいは、お惣菜という意味の京言葉だ。小芋の煮転がし、蛸《たこ》の柔らか煮、小かぶの風呂吹《ふろふ》き、鯖《さば》の煮つけといった品々が、カウンターに並んでいる。

「でも、その亡くなった老人はどうして一人暮らしなの？」

「それがちょっと複雑でね」

京は、人物関係を説明した。

けさ死亡した奥山淳蔵は、すでに妻には先立たれ、たった一人の子である長男も交通事故で失っていた。兄弟姉妹もいない。そのため、相続権のあるのは、孫ということになる。一人息子の長男・昭一《しょういち》には光太《こうた》と加寿彦《かずひこ》という二人の子供（淳蔵にとっては孫）がいる。

ただし、この二人の孫は母親が違う。十四歳になる光太の母親は電話をかけてきた東田雅代だ。姓が東田なのは、彼女が九年前に昭一と離婚したためである。

昭一は雅代と離婚してすぐに西山千鶴子《にしやまちずこ》という女性と再婚する。離婚の原因はこの千鶴子との仲にあったようだ。千鶴子は入籍して一年後に加寿彦を産む。ところがそれから六年後に、昭一は交通事故で死亡する。千鶴子はそれを機に奥山の家を出て、旧姓の西山に戻った。

「つまり、その昭一という一人息子は初婚相手と再婚相手との間に、男の子を一人ずつもうけたということなのね」

「そうよ」

「その場合、相続権はどうなるの？」

「二人の孫はどちらも婚姻期間中に生まれた嫡出《ちゃくしゅつ》だから、遺言がないかぎり、平等に半分ずつ奥山淳蔵の資産を相続することになるわ」

「孫の母親、つまり東田雅代と西山千鶴子には相続権はないのね」

「ええ。二人は奥山淳蔵とは血の繋《つな》がりがないから、相続人にはならないわ」

「それなら、問題はないじゃないの。孫で半分ずつに分け合って、三億円ずつということになるんじゃないの」

「ところが、奥山淳蔵は遺書を残していたのよ。しかも遺言《いごん》執行者として水川先生を指定していたの。そのことで、東田雅代は電話をしてきたのだわ」

遺言執行者とは、遺言《ゆいごん》の内容を適切に実行する役割を委《ゆだ》ねられた者をいう。遺言書によって指定することができるが、弁護士がなることが多い。

奥山淳蔵は、公正証書の形式で遺言をしていた。今から約一カ月前のことだ。東田雅代はその控《ひか》えを持っているという。それによると、雅代の子供である光太に全財産の四分の三を与え、残り四分の一を加寿彦に与えるという内容だった。

「相続には遺留分《いりゅうぶん》というものがあるのよ。いくら遺言をしても、この場合、加寿彦の相続分は四分の一未満には減らせないのよ」

「ということは、奥山淳蔵は減らせるギリギリまで加寿彦の取り分を少なくしたということになるのね」

「そうなの。そういった遺言をしたのには何か原因があるみたいなのだけど、東田雅代に訊《き》いてもそのへんの理由はわからないのよね。公正証書遺言だから、奥山淳蔵の遺志は間違いないだろうけど」

遺言には、主なものとして公正証書によるものと、自筆証書によるものがある。公正証書は、公証人役場まで足を運んで成年者二人の証人立会のもとになす遺言形式だ。公証人は国から任命された者で、退官した裁判官や検事が大半で法律知識は充分だ。

「あたし、どうも何か変な予感がするのよね。相続額が大きいだけに、いろいろもめるんじゃないかなって」

東田雅代には、明日の午前中に事務所に来てもらうことになっている。そして午後から、西山千鶴子に会う予定だ。今回の相続人は、それぞれ十四歳と八歳という未成年者だけに、当然母親が親権者《しんけんしゃ》として前面に出てくる。その二人の母親は、前妻と後妻という関係で、しかも六億円の相続財産が絡《から》んでいる。二人の母親が顔を合わせないように、といった配慮も必要になる。

「水川先生には連絡を取ったの」

「せっかくのフルムーン旅行だから、なるべく邪魔をしないでおこうと思うのよ」

「二人の母親の住所とかはわかる？」

「ええ、もちろん」

「できる範囲でだけど、彼女たちのこと、調べてあげようか」

仕事がら、都は調査はお手の物だ。

「ありがとう。でも、まだそこまでややこしくなっているわけじゃないから」

「アシストが必要ならいつでも言ってね」

京が車椅子生活をしているのは、小さいときの事故が原因だ。京と都は、自宅近くの小さな公園でボール遊びに興《きょう》じていた。都が投げ損《そこ》なってしまったボールを後ろにそらせた京は、夢中で道路に飛び出た。そこへライトバンが突っ込んできたのだ。

あのときボールをきちんと投げていたなら、という悔《く》いは、ずっと都の頭の中に残り続けている。下半身の自由がほとんどきかない京と対象的なほどに、都は運動神経抜群で、高校時代には新体操で国体代表に選ばれたこともある。一時はアクションスターを夢見てタレントプロダクションに籍を置いたこともあるが、今はそこの先輩が経営する調査事務所で働いている。

2

「あの鬼女の息子に遺言だなんて、そんなバカな話はありませんよ」

西山千鶴子は、眉墨《まゆずみ》を引いてもなお薄い眉を吊り上げた。

「でも、奥山淳蔵さんは間違いなく遺言をなさっています」

東田雅代は、光太の相続分を四分の三と定めた公正証書遺言の写しを持ってきていた。公証人役場にも、念のため京は問い合わせて確認をした。

「遺言をしてもらったのは……うちの加寿彦のほうです」

「えっ」

「淳蔵おじいさんは、『加寿彦こそが後継者だ』と言って、あたしたちのために遺言を書いてくれたのです」

千鶴子は、ハンドバッグの中から大事そうに一通の封書を差し出した。糊付けなどはされていない。

「拝見します」

かなり達筆な毛筆で半紙にしたためられた遺言書には、西山加寿彦に対して四分の三の遺贈をなし、残りを東田光太に与えるという趣旨の文言が書かれてある。署名もなされ、その下に色鮮やかな朱色の捺印《なついん》がされている。

京は、その日付に着目した。わずか六日前の十一月二十三日となっている。それに対して、雅代が写しを持ってきた公正証書遺言は、その約一カ月前の十月十七日が作成年月日となっている。

遺言書が二通出たときは、新しいほうが有効とされ、古いほうは撤回されたものとされる。これが民法の考えだ。たとえ先のものが公正証書遺言で、後のものが自筆証書遺言であっても、その結果に変わりはない。

「なんと」

横からのぞき込んでいた砂岡英明は、溜息をついた。遺産の四分の一だと一億五千万円だし、四分の三だと四億五千万円となる。その差は三億円と大きい。

「弁護士さん、どうなるんですの」

「こうして拝見するかぎり、こちらの遺言書が有効だと思いますが……」

京はかすれた声で答えた。

ほんの一時間ほど前に同じこのソファに座っていた東田雅代は、意気揚々《ようよう》と帰っていった。写しを見たうえで公証人役場にも確認の電話を入れた京は「遺言の正本《せいほん》を公証人役場で受け取って家庭裁判所へ提出してください」と指示した。てっきり四億五千万円が息子のものになると思った雅代は、鼻歌でも歌わんばかりに上機嫌だった。

だが、今からすぐにその雅代に連絡を取って、公正証書遺言が効力を持たないことを告げなくてはならない。雅代が烈火《れっか》のごとく怒り、そしてわめく姿が容易に想像できる。

「あの、どうして淳蔵さんはこの遺書を書く気になられたのですか?」

京は、雅代に対しても同じ質問をしていた。

「おじいさんは、今年に入ってから、あまり体調が思わしくなかったようなんです。それで『あとあとトラブルが起こらないように遺言をしておくんだ』と言っていました。もしもおじいさんが寝たきりとかになったら、あたしはちゃんと面倒をみるって、約束しましたから」

返ってきた答えは、千鶴子も雅代もまったくと言ってもいいほど同じだった。二人が本当のことを言っているとすると、淳蔵はとんでもない二枚舌を使ったことになる。それにしても、「あとあとトラブルが起こらないように」とは、皮肉のつもりなのだろうか。二通の遺言書が出てきたなんて、大トラブルだ。

「淳蔵さんから、もう一通遺言書があるなんて、お聞きになってませんか」

「もう一通？　それどういうことですの」

千鶴子は顔を曇《くも》らせて訊いた。演技をしているというふうには見えなかった。

「あの、疑うわけじゃありませんけど、これが淳蔵さんの自筆によるものかどうか確かめたいんです」

「そう言われると思っていましたわ」

千鶴子は、淳蔵からもらったという手紙を三通取り出した。こうして比べてみるかぎりは、筆跡は同じと思えた。

「この遺言書は、どこにあったのですか」

「あたしが保管していました。十一月二十三日は加寿彦の誕生日なのですけど、おじいさんはうちへやってきて、あたしの眼の前で書いてくださいました」

千鶴子の了解を得て、京はその遺言書をコピーした。

3

「それにしても、まいったよな」

英明は疲れた顔で、座り込んだ。さっきまで、東田雅代が再度の来訪をしていた。突然に予想外の話を聞かされることになった雅代は、はじめは呆然《ぼうぜん》とし、次に「そんなことはありえない」と否定をし、そして「千鶴子が騙《だま》しているんだわ」と息巻き、さらに「あんたは有効な遺言だと言ったじゃないの」と京に食ってかかった。

「まだいろいろ調べてみないことには、どちらとも言えません。きょうのところはとにかく、もう一通遺言書が出てきたということをお伝えしたかったのです」

京としては、そういなすしかなかった。

「ボスに連絡しなきゃな」

「でも、今はヨーロッパは真夜中よ。あと少し電話は控えなきゃ。それまでにこちらで動けるだけは動いておきたいわ」

「それにしても、二通の遺言書とはね。先に公正証書遺言をして、後から自筆証書遺言か……珍しいケースじゃないかな。普通は公正証書の方式で遺言をした者は、それを撤回して新たに遺言をするときはやはり公正証書の方式にするだろう」

「そうとはかぎらないのじゃないかな。公正証書遺言は、いろいろ手続がややこしいし」

「もしも二通の遺言がともに有効なら、あとのほうが生きるということは間違いないんだけど、自筆証書のほうは偽造という可能性がゼロではないよな」

証人二人を立てて、しかも公証人の面前で行なわれる公正証書遺言は、まず偽造は考えられない。けれども、自筆証書遺言は、証人もいらないし、どこで書いてもいいのだ。

「あ、そうそう。奥山淳蔵さんが竹林を売ったときの契約に立ち会ったけど、その契約書の控えがあったわ」

京はファイルケースの中から、そのときの契約書の写しを取り出した。そして、さっき千鶴子が持ってきた遺言書のコピーと照合してみる。奥山淳蔵の署名の筆跡は合致していた。

「西山千鶴子が持ってきた遺言書は、封がしていなかったけど、あれでも有効だったっけ？」

「しっかりしてよ。司法試験の受験生でしょ。封印は有効要件じゃないわ」

そう言ったものの、京は少し考え込んだ。有効要件ではないにしろ、遺言書は封をするのが常識ではないか。そうでないと、簡単に中を見られることになってしまう。それに、内容改竄《かいざん》などの危険性も出てくる。

「待ってよ……」

こうして契約書の写しを半年ぶりに見た京の頭の中で、何かがしきりに動いていた。

竹林を売るに際《さい》して、弁護士に立ち会って欲しいというほど、奥山は慎重な性格だった。契約の際にも、奥山はその内容の説明を一つ一つ京に尋《たず》ねたうえで、ようやく印鑑を押していた。京は、契約書に押された印影を見つめた。

「印鑑が、不動産の契約書のものとは違うわ――」

不動産の売買契約のときは、実印が要求される。京は竹林売買契約に際して、そのことを奥山に告げた。彼は「銀行などの通帳とかも全部実印にしてますのや。実印を使うと緊張感が出るので、ミスを防ぐことができます」と象牙《ぞうげ》で造ったという実印を片手に話していた。

けれども、遺言書に押された奥山の印鑑は実印ではない。

「別に認め印でも、遺言書としては有効だろ」

「ええ。でも、この印影はやけにはっきりしていると思わない?」

京は、眼をこすりつけんばかりに近づけた。

「どういう意味?」

「印鑑の押された時期なんて特定できるものじゃないけど、一般的にごく最近押された印鑑って、はっきりしているわよね」

「もしかして……西山千鶴子が押した、って言いたいの？」

「考えられないことはないわ。奥山淳蔵の実印を手に入れることができなかったので、自分で認め印を押した……」

「じゃ、筆跡を似せて遺言書を書いたということなのかな」

「そこのところが、判断に苦しむわね。竹林の売買契約の署名とはどう見ても同じだし」

署名の偽造というのは、簡単なようで意外と難しい。そのうえ自筆証書遺言は、署名のみならず全文が自筆でなければならない。

「もしも遺言書を千鶴子が書いたということなら当然偽造になるけど、たとえば印鑑だけを奥山淳蔵が押し忘れていて、それを千鶴子が押したということなら、法的にはどうなるんだい？」

「民法は押印を要件として求めているわ。だから、押印がないとなると、遺言書の効力は発生しない。それを勝手に押したとなると、たとえ遺言書自体を奥山淳蔵が書いていても、遺言書全体が偽造されたものとなって無効になる――ということになりそうね」

「もしも奥山淳蔵が書いたとしたら、彼は遺言書には押印はいらないと誤解していたのかな」

自筆証書遺言という言葉からすると、自筆であればそれでいいという印象を受けるかもしれない。また手形小切手の世界では、自筆の署名があれば押印はいらないことになっている。

「あるいは、押印を後でするつもりだったのかもしれないわ」

だとすると、封をしていなかったというのも頷《うなず》ける。

「でも、自筆証書遺言は、千鶴子さんが保管していたということだったじゃないか」

「そっか。じゃあ、あとから押印をしようとおもって奥山淳蔵が置いていた、という線はなしね」

京は腕を組んだ。

「どうやら、とてもあたしの手に負える事件ではなさそうだわ」

「おいおい。君は弁護士なんだろ。そんな弱気じゃいけないよ。今は一年目だからって、甘えてられるかもしれないけれど、いつまでもそんなこと言ってられないよ」

「そうね。手をこまねいてないで、できることをしなくちゃね」

京は腕組みをはずした。

「奥山淳蔵の家を訪ねてみないか。もしかして、二通の遺言があったということは、三通目もあって、家のどこかに眠っているって可能性も否定できないよ」

「行ってみようか。でもその前に」

京は、都の勤め先に電話を入れて、東田雅代と西山千鶴子という二人の女性のことを調べてくれるように頼んだ。二人は淳蔵の一人息子である昭一と、それぞれ離婚と死別ということになり、ともに淳蔵とは暮らしていないことはわかっている。だが、彼女たちの現状について、詳しいことは知らない。

4

奥山淳蔵の住んでいた家では、通夜の準備が始められていた。

西山千鶴子とその息子の加寿彦の姿はあったが、東田雅代と光太はいないようだ。

葬儀準備に携《たずさ》わっていた町会長をしている男に、そのへんの事情を聞いた。東田雅代は値の高そうな和装の喪服を着てやってきたが、新しい遺言が出てきたことを知って、千鶴子とひとしきりやりあったあと、帰ってしまったということだ。

「淳蔵さんもいろいろ大変だったよな。死んだ息子に二人も奥さんがいて、あんなふうにいがみ合っていて、孫が二人いるものの一緒に住むこともできなくて。そのうえ、最近はあまり元気もない様子だったしね」

けれども、彼はそれ以上の詳しい事情は知らないということだった。

「淳蔵さんが亡《な》くなったことは交番の巡査さんが知らせてくれた。私は、雅代さんから、もしものことがあったら知らせて欲しいって頼まれていたんで、連絡を取ったんだよ。雅代さんはすぐにやってきた。だけど、雅代さんだけに教えるのは後ろめたいものがあったんで、そのあと千鶴子さんにも連絡をしたんだよ。千鶴子さんはあわてて駆けつけてきた」

英明は家の中に入れてもらうことにした。京も同行したかったが、敷居が高いうえに家の中にも段差があって車椅子で自由に動くことは難しそうなので、やむなく外で待つことにした。

「あの、失礼ですが、奥山さんとはどういうご関係のかたですか」

背広姿の二人の男が、京の前に立った。

「知り合いの弁護士ですけれど」

「弁護士さんですか。ちょっと、事情を聞かせてもらえませんか」

「あなたたちは？」

二人の男は、ほとんど同時に警察手帳を見せた。

「警察が通夜に張り込んでいるってことは、死因に不審でも持っているのかな」

京と英明は、奥山淳蔵の家をあとにした。第三の遺言は、英明が探したかぎりでは見当たらなかった。淳蔵の日記のようなものはなかったが、書いたものはいくつかあった。その筆跡は、自筆証書遺言のそれと合致しているといってよかった。

「疎水の堤防は長く続いているけれど、そう簡単に足を踏み外《はず》して落ちるようには造られていないと、刑事さんたちは言うのよ」

淳蔵の死体を発見したのは、ジョギング中の高校生だった。疏水に架《か》かる小橋の橋杭に引っ掛かるようにして浮かんでいた淳蔵の死体を見つけて、急いで救急車を呼んだがすでに死亡していたというのだ。時刻はまだ朝が明けきらない午前六時過ぎのことだ。

「死因は心臓麻痺で、急に冷たい水の中に入ったために起きたようだわ。外傷とかその他の不審点はなかったということだけど」

「さっき、町会長は『最近はあまり元気もない様子だった』と言っていたけど、そんな人が朝早くから散歩をするかな」

「その点は刑事さんも不審に思っていたわ。でも、散歩をしていて足元が暗くて疏水に落ちたという可能性も考えられるので、まだどちらとも断定をしないで調べをしている様子なのよ」

「ますますややこしくなってきたよな」

5

「なんじゃと、淳蔵さんが……」

電話の向こうで、水川健助はしばらく黙った。

「せっかくのご旅行の邪魔をして申し訳ないんですが、どうしたらいいかわからなくって」

京は、これまでのことを洩《も》らさず報告した。電話代が高くつくが、ここはやむをえない。

「事故死かどうかはまだ確定しとらんのか……」

水川は、また黙った。

「あの。先生、あたしどうしたらいいんですか」

「死の原因究明は警察の領域じゃよ。とにかく遺言書の有効無効をしっかりと確定することが、法律家である君の役目じゃないかね」

「わかりました」

「私もいろいろと考えてみよう。またこちらから連絡する」

水川はそう言って電話を切った。

「ハンコ屋さん、わかったよ！」

英明が顔を輝かせて戻ってきた。

「ハンコ屋さん？」

「ほら、西山千鶴子が持ってきた遺言書に押してあった『奥山』の印鑑だよ。西山千鶴子の家の近くのハンコ屋さんを片っ端から回って、西山千鶴子に『奥山』の認め印を売ったという業者を見つけたよ。印影を確認したけど、自筆証書遺言に押されていたものと合致したよ」

「売ったのはいつのことなの？」

「それが昨日だ、っていうんだよ。だから店の方も記憶していた」

「どういうことなの？　遺言が書かれたのが、亡くなる六日前で、ハンコを西山千鶴子が買ったのが昨日――亡くなった日よ」

「こういう推理はどうかな。筆跡が同じということから考えると、あの自筆証書遺言は奥山淳蔵が書いていたと思うんだ。ところがまだハンコを押さないうちに死んでしまった。だから、西山千鶴子は自分で印鑑を買って、押印したんだ」

町会長から連絡を受けた千鶴子はあわてて駆けつけてきたということだった。千鶴子は急いで遺言書を確認した。だが、印鑑が押されていない。そこで近くのハンコ屋で認め印を買ったということだろうか。

「いずれにしろ、西山千鶴子が『奥山』の印鑑を勝手に押印した遺言書は無効ね」

そうなると、東田雅代に対してなした公正証書遺言が復活して、効力を持つことになる。

6

「東田雅代と西山千鶴子のこと、少しわかったわ」

夜になって、都が電話をかけてきた。

「ありがとう」

自分が動ける範囲は限られるだけに、都のアシストはありがたい。

「まず東田雅代のほうだけれど、淳蔵の一人息子・昭一が大学生の頃に、行きつけの喫茶店の客とウェイトレスという関係で知り合いになったということなのよ。淳蔵と、まだその頃は健在だった淳蔵の妻の八重《やえ》は、猛反対をしたようだけれど、結局は押し切る形で結婚をしたのよ。そして、光太が生まれて五年後に離婚。その原因だけど、雅代の話だと『夫の浮気があったから』というこどだったわね」

「ええ、それで昭一はすぐに千鶴子と結婚した」

「でも、雅代のほうも浮気していたんじゃないか、って言う人がいるのよ」

「えっ、ダブル不倫ってこと？」

「喫茶店のマスターをしていた矢野洋治《やのようじ》という男とけっこう親密な仲だったけど、昭一の出現でいったん別れて、そのあとヨリを戻したという噂があるのよ。現在の雅代さんは戸籍上はまだ独身だけど、矢野洋治という男が何度か出入りしているのを見た近所の人がいるのね」

「ちょっと待って、矢野洋治ってたしか」

京は、最初に雅代が差し出した公正証書遺言の控えを取り出した。公正証書作成のために必要な証人二人の中の一人に、矢野洋治の名前があった。もう一人は三宅《みやけ》豪《たけし》という男だ。

「また違う展開になってきたわ」

公正証書遺言の場合の証人は〝利害関係がない〟ということが条件だ。もしも矢野洋治が雅代とそういう間柄になっているのなら、証人としての適格を欠くことになる。

そうなると、公正証書遺言はいったん復活したものの、また効力を失うことになる。

「いったい、どう考えたらいいのかしら」

京は、ますますわからなくなってきた。

水川健助から国際電話が入った。

「その後、どうじゃ？」

「先生、あたし混乱してしまいそうです」

「ふーん、なるほど」

「なるほどって」

「どちらの遺書も効力がないということになると、民法の法定相続の原則に立ち戻って、二人は平等に分け合うということになるのう」

「ええ」

それくらいはわかっている。公正証書遺言は証人の適格を欠き、自筆証書遺言は押印の要件を満たさない。どちらの遺言も有効でないのなら、結局のところ遺言は初めからなかった扱いとなる。

「問題は奥山淳蔵さんがどういういきさつで、公正証書遺言の証人に矢野洋治という男を加えたか、ということじゃ」

「東田雅代が、矢野を証人の一人にして欲しいと言ったのかもしれませんね」

公証人役場で、どのような形で遺言が行なわれるか、東田雅代としてはその様子を知りたくて仕方がないという気持ちはあっただろう。そこで洋治をいわばスパイ役に送り込んだということは充分に考えられる。

「もう一人の証人である三宅豪という男を調べてみてはどうかな」

「はい、それは思っています」

公正証書に記された住所からすると、三宅は奥山の家のすぐ近くに住んでいた。

その三宅は、京が言葉を交《か》わしたことのある町会長だった。

「もう一人の矢野という人は、淳蔵さん自身が連れて来たんですよ。矢野さんの他にあと一人証人が必要だということで、淳蔵さんに頼まれて私が同席したんです」

もうすぐ淳蔵の葬儀が始まろうとしていた。

「え？」

だとしたら、淳蔵自身が公正証書の無効原因を作ったことになる。京は白布が掛けられた壇の上に置かれた淳蔵の写真に見入った。時代祭のときに写したものだろう。大岡越前の恰好をして、満悦そうな笑みを浮かべている。

彼はいったいどこまでのことを知っていて、矢野を公正証書遺言の証人にしたのだろうか……。

7

「興味深いことを小耳に挟んだわ」

都が事務所を訪れてきた。

「東田雅代も西山千鶴子もともに経済的に困っている状態にあったのよ。雅代のほうは経営するスナックがうまくいかないで、借金を背負っているのよ。すでに店も自宅マンションも銀行の抵当に入っているわ。それから西山千鶴子のほうは商品先物取引で大きく損をしているの。ざっと二千万円ほどの負債を作ったようだわ」

「千鶴子さんが商品先物取引を？」

「千鶴子は、大野信之《おおののぶゆき》という男と共同で、商品先物取引をしているのよ。大野は千鶴子と高校時代の同級生で、奥山昭一と結婚する前に二人がつき合っていた時期もあったようなのよ。今でもけっこう彼女の家に出入りしているようだけど」

「じゃ、昭一さんが死んだあと、いわゆるモトサヤに収まったということなの？」

「さあ、そこのところは調べてもよくわからないけれど」

西山千鶴子には大野信之、東田雅代には矢野洋治という男の影が見え隠れする。二人の女と相次いで結婚をした奥山昭一は、いっけん女道楽のように見えるが、その実は女たちのほうが一枚上手だったということもありえそうだ。

「いずれにしろ、雅代も千鶴子も少しでも早く遺産が欲しいという立場にあったのよね」

「なんだか淳蔵さんがかわいそうだな」

「特ダネだよ。特ダネ！」

英明がまるで新聞記者のような言い方をしながら帰ってきた。

「思い切って公証人に訊いてみたんだ」

第一の遺言は公証人の面前でなされていた。

「奥山淳蔵は、公正証書遺言をするに先立って、その証人の資格などについて詳しく尋ねていたというんだ。だから公証人としては、まさか証人の矢野洋治がそんな関係だったとは思いもよらなかったそうなんだ。それからたとえ自筆証書遺言でも、先の公正証書遺言を取り消す効力があることや、自筆証書遺言に押印は必要だが封はしなくてもいいことまで、訊いていったというんだよ」

「どうしてボスに尋ねなかったのかしら」

「いろいろ人間関係が複雑みたいだから、幼なじみだというボスには知られたくなかったんじゃないかな」

「ということは――」

奥山淳蔵は、矢野洋治が公正証書遺言の適格を欠くことも、自筆証書遺言に捺印がないときは効力を持たないことも知っていた。それを知っていて、あえてやったことになる。

「どう解釈したらいいのかしら」

京はふたたび考え込んだ。

8

「あいつは大岡越前を敬愛しとった」

国際電話の向こうで、水川健助は感慨深そうに言った。

「それが何か関係あるのですか」

京は、新たにわかったことを一気に報告していた。水川ならきっと何かヒントをくれると期待してのことだった。だが、返ってきた言葉は、それだけだった。

「関係あるかもしれんし、ないかもしれん」

「先生――」

「まあ、あんたももうれっきとした弁護士なんじゃから、せいぜい気張ってやりなされ。わしが帰国するまでにカタがついとったらええがのう」

水川は一方的にそう言って、電話を切ってしまった。

「ボスはおれたちに、自力で頑張れって言いたいんじゃないかな」

英明は、京を慰《なぐさ》めるように言った。

「そうかもしれないけど」

糸口の見つからない京としては、考え込むばかりだ。

「大岡越前を強調したのは、ボスなりのヒントじゃないかな」

「どんなヒントなの？」

「大岡越前は奉行だったから、たとえば奥山淳蔵なりに何らかの判決を自分で下したとか……」

「どういう判決なの？」

「そこんとこがよくわからないんだよな」

英明はいつも肝心なところで、頼りない。

電話が鳴った。英明は救われたかのような顔をして、受話器を取った。

「ああ、都さん。え、病院だって」

都は動き続けてくれていた。そして奥山淳蔵が今年の九月から十月にかけて国立京阪奈《けいはんな》病院に何度か足しげく通っていたことを摑んだ。

英明は京に受話器を手渡した。

「何かあると思うんだけど、なかなか医者は病状とかを話してくれないのよ」

医者には守秘義務がある。

「でも、推論はできるのよ。なぜって、国立京阪奈病院はガン関係の病院として有名よ」

「つまり、奥山淳蔵はガンだったかもしれないということね」

病院に通っていたのは九月から十月にかけてということだが、それは奥山淳蔵が公証人役場を訪ね、そのあと公正証書遺言をしたころとほぼ一致する。

普通なら、死期が近いかもしれないという危惧《きぐ》を抱いて遺言を書いたということになるが、淳蔵はあえて要件の欠落した公正証書遺言を託し、そのわずか一カ月後に今度は未完成の自筆証書遺言を残している。どちらも遺書を書いた意味がない……。

「いや、そんなことはないわ」

京は思わず独《ひと》りごちた。

二つもの遺書が書かれていたことは、東田雅代も西山千鶴子も知らなかったのだ。つまり、彼女たちはどちらも、自分にとって有利な遺言が一つだけなされていたと思い込んでいた。

「ねえさん、どうしたのよ」

電話の向こうで、都が怪訝《けげん》そうな声を出した。京は受話器を持ったままウンともスンとも言わないでいる。

「悪いけど、こっちまで出てきてくれない。相談したいことがあるのよ」

9

三日後、奥山淳蔵が命を落とした山科疏水の堤防の前で、京と英明は西山千鶴子を待った。千鶴子は言われたとおり、加寿彦を連れずに一人でやってきた。

「何ですか。大事なお話って」

千鶴子は、京の強引な呼び出し電話に不機嫌そうな声で答えていた。その不機嫌さはまだ残っているようだ。

「無理を申しまして、すみません」

京は車椅子に乗ったまま頭を下げた。

「前置きはいいのよ。あたしも忙しいのだから早く本題に入って」

「きょうはこれから借金のことで金融業者の方に会われるご予定ですか?」

京は、都が調べてくれたことをぶつけてみた。千鶴子は商品先物取引がうまくいかず、負債を作った。いわゆる街金《マチキン》から借金をしてひとまず返済をしたものの、今度は街金からの激しい取り立てに困窮している。そして、借金を返すためにまた商品先物取引に手を出して失敗し、新たな負債を背負い込んでいるのだ。

「それがどうしたというのよ」

千鶴子は少し横を向いた。

「お急ぎのようなので、単刀直入に申し上げます。加寿彦君は、昭一さんの子供ではありませんね」

「何を言うのよ。いきなり」

千鶴子は京をキッと見返した。

「父親は、大野信之さんですね」

「根拠もなしに……」

「今のところはまだ根拠はありません。でも、親子鑑定に掛ければ、はっきりします。あなたと大野さんは、その鑑定に同意してくださいますか？」

千鶴子は黙ったまま京を睨《にら》みつけている。英明が言葉を挟んだ。

「淳蔵さんも、あなたたちを親子鑑定に掛けたかったと思います。しかし同意なしになかなかできるものではありませんし、親子鑑定は時間がかかります。そのうえ淳蔵さんは、もう一人の孫である光太君についても、親子鑑定に掛けたがっていたのです。光太君の父親は、もしかしたら矢野洋治さんではないかと疑問を持っていました」

「淳蔵さんがなぜ国立京阪奈病院に足しげく行っていたかが、ようやくわかりました。彼はガンに冒《おか》されていただけでなく、最新のＤＮＡ親子鑑定について知りたかったのです」

「…………」

千鶴子は黙ったままだ。

「淳蔵さんは、大岡越前の大ファンです。あたしは、改めて彼の家を訪ねてみました。そして、書棚にある大岡越前の本を調べて、思いついたことがあります。大岡裁きにはいろいろな逸話がありますけれど、その一つに母親を決めるものがあります」

子供の母親だという女性が二人現われて、お互いが主張を曲げない。大岡越前は「どちらの思いが強いか見たい」と眼前で子供の引っ張り合いをさせる。両方から腕を摑まれ、引き裂かれる恰好になった子供は泣き出すが、片方の女が強引に子供を奪い取り、勝ったと喜ぶ。けれども、越前の判断は「本当の母親なら、我が子が泣き叫ぶ姿を哀れに思い、思わず手を離してしまうはずだ。したがって、手を離したほうが本当の母親だ」というものだった。

「淳蔵さんも、それを真似て一つの賭けをしたのです。加寿彦君と光太君——どちらかは、あるいはどちらも本当は孫ではないかもしれない。そのことを確実に知っている母親は、二人とも経済的に困っている。その二人の母親に、有利な遺言を残したとしたらどうだろうか。もしも淳蔵さんと孫に血の繋がりがあるとしたら、たとえ困った状況にあったとしてもまさか自分を殺しには来ないだろう。けれども、血の繋がりがなければわからない。遺言はいつでも変更できるだけに有利な遺言がある段階で、自分を殺すことによって資産を手に入れようとするかもしれない。母親も孫も、結局は他人なのだから」

京の言葉を、英明が引き取った。

「淳蔵さんはガンであることを知って、自分がそんなに長く生きられない気がしていた。それだけに、二通の複雑な遺言をしたうえで、自分の体を二人の孫の母親の標的に晒《さら》すことで真実を知ろうとした。あなたと大野信之は、この疎水べりで早朝の散歩をする淳蔵さんを突き落とした。そうじゃありませんか」

東田雅代と矢野洋治は十月十七日に公正証書遺言をしてもらったが、そのあと淳蔵の命を狙うことはなかった。ところが西山千鶴子は十一月二十三日に自筆証書遺言を目の前で書いてもらった。借金の取り立てに切羽詰まっていた千鶴子と大野信之は、資産を少しでも早く、しかも有利なまま得ることを目的に、その六日後に淳蔵を殺害した。京たちは、そう推論を立てた。

おそらく淳蔵は自筆証書遺言を書き、わざと印鑑を押さないまま、封をして千鶴子に手渡したのだろう。千鶴子は淳蔵を殺したあと、遺言内容を確認するために開封した。しかし押印がないのを知って、あわてて近所のハンコ屋に印鑑を買いに走り、押印したうえで別の封筒に入れた

——そう考えると辻褄が合う。

「いい加減なことを」

顔面を青ざめさせながらも、千鶴子は踵《きびす》を返した。そして、走ってその場から立ち去ろうとした。

「待つんだ」

英明が追いかける。

千鶴子は「あなた」と小さく叫んだ。近くの木の蔭から大野が出てきた。千鶴子がもしものときにと待機させていたのだ。大野は英明に殴りかかる。英明は必死でそれを防ぐ。

千鶴子は、その間に息を切らせて疎水べりを走った。

その前に都が姿を見せた。きょうの都は、京と同じ服を着て、髪型も揃えている。ただし、車椅子には乗っていない。

「もしも良心があるなら、逃げないで自首してください」

「あ、あなた歩けるの……」

都の存在を知らない千鶴子は唖然としている。たとえ歩けたとしても、こんなに先回りするのは人間業《わざ》とは思えない。

「天は、犯罪をけっして見逃してくれません。苦しい思いに捉《とら》われているより、あっさりと自首をしてください。鑑定に掛ければ、加寿彦君が淳蔵さんの孫でないことはわかってしまいます。遺産を相続することはできません。もう諦めてください」

千鶴子は、大きな溜息をつきながら、肩を落とした。

10

水川法律事務所で、京と都と英明は、ジュースで乾杯した。

「それにしても、複雑な遺贈《いぞう》だったよな」

英明は自首をした千鶴子と大野に付き添って警察まで行って、帰ってきたところだ。

「あたしは、淳蔵さんの執念を感じるわ。自分の息子を騙して、他の男の子供を産んだ女を暴きたかったという執念を」

「なんだか怖《こわ》いプレゼントだな。餌に釣られて手を伸ばしたらガシャンと罠の網がかかってきたみたいな感じだよ」

東田雅代と矢野洋治は、光太との親子鑑定に同意した。そのすんなりとした同意の様子から、光太は矢野の子供ではないだろうという気がしたが、京は親子鑑定の結果が出るまでは相続の執行を留保してもらうように家庭裁判所に申し立てた。

「ねえさん。水川先生には報告したの？」

「まだよ」

水川は、途中から淳蔵の意図を悟ったように思う。けれども水川は「あいつは大岡越前を敬愛しとった」というヒントを与えただけで、あとは京たちにやらせようとした。それは、水川なりの京への贈り物だったのかもしれない。

「淳蔵さんが公証人のところで遺言のことをあれこれ訊いて、幼なじみのボスには何も尋ねなかった気持ちがわかる気がするわ」

「それ、どうしてなん？　僕にはまだわからないよ」

「水川先生は勘のいい人だから、淳蔵さんの質問を受けた段階でその意図を見抜いて、『殺される標的になるなんてこと、やめなされ』と止めたように思うのよ」

自分の最後の賭けを貫《つらぬ》くために、水川には事情を伏せ、ただ遺言書に遺言執行者として指定することで、自分が死んだ後の真相究明を託そうとした……そんな気が京にはするのだ。

「じゃあ、こうして真相が明らかにできたということは、淳蔵さんへの何よりのプレゼントになったわけじゃない」

「そう思いたいけどね。ボスは何と言うかしら」

京は初雪が降り始めた窓の外に眼をやった。もうすぐ街はクリスマスムードに染まる時期を迎えようとしていた。

吉田直樹●スノウ・バレンタイン

著者・吉田直樹《よしだなおき》

昭和二十九年、兵庫県生まれ。関西学院大学卒。平成六年、プロ野球を舞台にしたミステリー「ラスト・イニング」で第七回日本推理サスペンス大賞の佳作に入選し作家デビュー。注目の気鋭として期待されている。その他の作品に『ツインズ』がある。

1

アラームが耳障《ざわ》りな音を立てる。

起きようと目を擦《こす》ったとき、最初に気付いたのは、掛けていた毛布の柄《がら》がいつもと違っていたこと。次に、胃の辺りに残る鈍い痛みだった。

例によって、昨夜も深酒か。妻の幹子《もとこ》が替えておいてくれた新しい毛布にも気付かないで、眠りこけたにちがいない。

このところの常で、何時に帰ったのか、どこで誰と飲んだのかも思い出せない。案《あん》の定《じょう》、ベッドの脇には脱ぎ散らかしたままのスーツとシャツが身をよじらせていた。

幹子がこれを見たら、また朝っぱらからの一悶着《ひともんちゃく》だ。頭は、まだぼんやりしたままだった。じっとり滲《にじ》む汗。煙草《たばこ》の臭い。物音一つしない。

変だ。何かおかしかった。

おれは、毛布をはねのけた。

幹子は？　それに弥生《やよい》は？

この時間なら、こっちが眠っていようとお構いなしに馬乗りになって自分を起こしに来る、娘の姿もない。

くそっ。幹子たちがここを出ていくのは、来月末の約束だ。まだ一月《ひとつき》も先の話じゃないか。弥生をどうするかにしても、まだケリがついていない。女房のやつ、そこまで……。

枕元の眼鏡《めがね》を探ると、あらためて周囲に目をやった。

がらんとした部屋には、鳩時計も、リビングの半分を占領したままの弥生のおもちゃ箱も見当たらない。先週幹子が出した雛《ひな》飾りも、ドライフラワーも、テレビの上の写真立てもなかった。剝《む》き出しの壁に、馬鹿でかい本棚。これじゃあ、独身男のわび住まいだ。まるで、結婚前のおれが……。

何だと？

放り出したままの皺《しわ》だらけのスーツ。昨日着ていたのは、こんな色だったか。ネクタイも、コートも。サイドテーブルの上に、飲み残したグラスとウイスキーの瓶《びん》があった。あとは、吸い殻の山ができた灰皿。

煙草。誰が喫《す》った。おれか？　弥生が生まれた年にやめたはずだぞ。もう何年も前に……。

カーテンもない窓の前に走り、ガラスに額《ひたい》を押し当ててみた。のしかかるように、厚い雲が垂れこめている。

停留所に止まっているバスと、その脇を擦《す》り抜ける車が真下に見えた。人の姿は、豆粒ほどしかない。どうやら今いる場所は、高層マンションの十階かその辺りだ。

そんな。

電気に打たれたように窓から飛び退《の》いた。

おれの家じゃない。

もしかして、ここは……。

まさか。

それにしても、確かにあそこに似ている。あそこに……。

おれは恐る恐る窓に近づくと、右手に目をやった。改修中のビルの先に、貧相な駅舎と真新しいコンビニの看板が見えた。手前には、馬鹿でかいファミリーレストラン。

おれの部屋だ。

やはりここは、百合《ゆり》ヶ丘《おか》のマンションだ。昔、おれが住んでいた場所。間違いない。

いつまでいた？　思い出せない。でも、とにかく昔、おれはここにいた。

だとしたら。いったい〝今〟は……。

ようやく、テレビのことに頭がいった。スイッチを入れる。民放に移ったはずのアナウンサーが、NHKのニュースを読み上げているところだった。

政府が何かに調印したとかしないとかの退屈なニュース。テレビ画面のその男はにこりともせず、原稿を読み上げていた。竹下《たけした》、レーガン、ゴルバチョフ……。

そんな馬鹿な。

しかし、どう考えても冗談には思えない。

ドアポストに挟まった新聞を、引きちぎるようにして抜き出す。衆議院の予算委員長が誰になりそうだとかいう記事、「東京国際マラソン」の全面広告。

そんなことはいい。日付は？　何がどうなっている。いったい誰のいたずらなんだ。

新聞をめくる間も、おれはせわしく煙草をふかし続けた。やめたはずのそれを片時も離すことができない。

同じだ。テレビのニュースと同じだった。覚えている限りで昨日、少なくとも昨日が二月十二日だったことは間違いない。それが一晩経ったら、二月十四日になっている。

おれは家中のカレンダーを指で追い、穴が開《あ》くほどに見返した。二月十四日、日曜日。違う。

こんなはずはない。いくら酔い潰《つぶ》れたからといって、丸二日も眠りこけるものか。

いや、その二日の差をどうこう言っている場合じゃない。そんなことじゃないんだ。おれは、もう一度新聞をめくり直した。一面から社会面、最後のテレビ欄まで。日付はみな同じだった。

一九八八年、昭和六十三年二月十四日。馬鹿な。おれは、どこにいるというんだ。

今度は、スーツのポケットというポケットを引っ掻き回す。手帳、名刺、アドレス帳……。

手帳には、ところどころに「会議○時○分」「TEL誰それ」という走り書きがある。もちろん、おれの字だ。しかし、この二月分だけ見比べても昨日までのスケジュールとはてんで違う。

山岸《やまぎし》、阿部《あべ》、近藤《こんどう》、中島《なかじま》、岡野《おかの》……。おそらくは社員、それも同じスタッフなんだろう。繰り返し、彼らの名前が出てくる。

おかしい。あの山岸さんなら、ずいぶん前に役員に昇格して関連会社に移ったはずだ。阿部も五年前に転職している。それに女性陣、中島と岡野の二人は結婚して名字が変わった。その後中島は、子供ができて社を辞めたはずだし……。

次は名刺だ。間違いなく、おれのものだった。社名もある。しかし、配属は「書籍第一編集部」ではなく、「日韓プロジェクト」となっていた。役職も印刷されていない。

抜き出した煙草に火を点《つ》けると、深くそれを吸い込んだ。「日韓プロジェクト」、山岸以下の名前。一九八八年二月十四日の日付……。

のマンションだ。

辻褄《つじつま》は合う。確かに、その時期おれはそのポジションにいた。住んでいたのも、ここ百合ヶ丘

しかし、これが本当だとしたら〝今〟の自分は……。まだ信じられない。信じろと言うほうが無理だ。

とにかく外に出ることにした。走るように、小田急《おだきゅう》百合ヶ丘の駅に向かう。そこで駅売りのスポーツ紙と週刊誌をありったけ買い込むと、構わずその場で広げた。

一九八八年二月十四日。

同じか。気味《きみ》悪そうに見やる周囲の視線を気にも止めず、おれはしゃがみ込んだ。

みんないなくなった。消えてしまったのだ。おれ一人を残して。

いくら冷め切った仲だったにせよ、妻の幹子も、六歳になる弥生までもが姿を消した。おそらくは実家などではなく、自分の手の届かない彼方《かなた》に……。

いや、逆だ。消えたのは、おれのほうなのかもしれない。突然、この場所に舞い戻ってしまったとしたら。

「夢だ」

低く声に出してみた。

そうに決まっている。昨日の次に、こんな今日が来るはずはない。おれは覚えている。幹子と

言い争った夜、弥生が泣きながら二人の間に割って入ったこと。仕事では、先月六冊を校了《こうりょう》した。うち一冊は、ぎりぎり印刷所に飛び込んで……。あれが嘘なものか。

もっと前のこともそうだ。編集長昇進の辞令を社長からもらった日。弥生が生まれたのは、暑い夏の盛りだった。幹子との披露宴には、誰と誰を呼んだかまで……。

どれも、そのどれもが〝今〟より先のことじゃないか。一九八八年二月十四日。それが〝今〟だとしたらだ。

次々に改札を擦《す》り抜ける人波に押しやられながら、おれは立つことさえできなかった。

「戻ってしまったんだ」

あらぬ方向に向かって、独りそう呟《つぶや》くのが精一杯だった。戻ってしまった。この場所に。おれは何もかも失《な》くした。家族も、財産も、歳月も……。

「待てよ」

もう一人のおれが囁《ささや》く。

「どのみち、その日は目と鼻の先まで迫っていたじゃないか。おまえは離婚届に判を押した。今日までやってきたことを思えば、弥生の親権を争ったところで勝ち目はないだろう?」

そうか。失いたくないと叫んでみても、失うしかないのだ。どう違いがあるものか。この場所を〝今〟と呼ぼうと呼ぶまいと、それは同じだ。

そう考えると、不思議に不安が遠のいていった。

なら、受け入れればいい。戻ってしまったんじゃない。戻ってこれたんだと、そう考えてみれば。

「そうだ。帰ってきたんだ」

おれは呟いた。

ずっと夢にみていたことじゃないか。あの時に戻れたらと。あの場所に、自分がいちばん輝いていた時代にと。

そうだ。ここが〝今〟だとしたら、間に合うかもしれない。もう一つの未来を歩き出すことが。幹子や弥生と辿《たど》った、あれとは別の未来を……。

何とか立ち上がると、おれは尻のポケットに手を入れた。あった。アドレス帳に挟み込んだ、社の連絡網。公衆電話の前に立ち、挿入口にカードを差し込む。

その番号は、最後の行にあった。

自宅にかけるのは初めてだ。相手が驚くことは承知で、でもそうせずにはおれなかった。

「おれは、そのために帰ってきたんだ。きっと、そのために」

おれは繰り返した。

何度も何度も、自分の前に現れた姿。夢。振り払おうと諦《あきら》めていたものが、もしかしたら本当になるかもしれない。ダイヤルボタンを押す指が震《ふる》えた。

二回しくじり、三回目にようやく最後の番号まで行き着いた。呼び出しのコールが響く。

「はい」

出たのは、本人だった。

おれが名乗ると、予想通り相手は狼狽《ろうばい》した。

無理もない。始終顔を突き合わせているとは言っても、自分が相手にその感情を抱き出したのは、〝今〟よりもっとあとになってからだ。

それでも、おれはひるまなかった。

「会いたいんだ」

「でも……」

「休みだから、今日はお母さんの病院に行くんじゃないのかい？　そのあとでいい。食事する時間がなければ、話を聞いてくれるだけで構わないから」

おれは懇願した。

お母さん。病院。なぜそんなことを知っているのかと、相手が考えてくれさえすれば……。

とにかく直接に会って話したら、いくらかでも信じてもらえそうな気がする。自分が本当は何者か。そして、どこから来たのか。

れた。

「わかりました」

こちらの謎掛けが効を奏《そう》したのかどうかはともかく、相手は消え入るような声でそう答えてくれた。

2

「今日は、いやに早くからだったね」

花瓶の水を替えるわたしに、病室のベッドから母親がからかうように呟いた。

「そうだったかしら」

気取《けど》られないように、曖昧《あいまい》な笑みを返す。

だけど、その通りだ。お昼前から半日以上一緒にいるなんて、いつ以来だろう。

母がこの明《みょうじょう》星女子医大付属病院に入院してからの三か月、仕事を言い訳に面会に来ない日もあった。会社のある恵比寿《えびす》から市《いち》ヶ谷《や》まで、一時間とかからないのに。

よかった。わたしは、本心からそう思った。

病室で一人過ごす母の気持ちを思いやるより先に、主婦のいない家で父親や弟のための家事に煩《わずら》わされる身を呪《のろ》わしく思った自分が恥ずかしい。

病気であろうと、仲違《なかたが》いしていようと、身近に肉親がいてくれる。それ以上の安らぎなんてないのに……。

なぜ、そんな当たり前のことに気付かずいたんだろう。母に背中を向けたまま、わたしはフッと息を落とした。

今日という日。いくらかは落ち着いた。驚きも焦《あせ》りも、その見返りだとすれば知れたものだわ。

「だけど、あんまり無理しないでおくれ。仕事のほうは、本当にいいのかい」

背中越しに、母がこちらを覗《のぞ》き込むようにしているのがわかる。

「う、うん」

わたしは口ごもった。

仕事か。無論、忙しくないわけじゃない。今日が十四日だから、韓国との合併出版プロジェクトの計画書は来週中、遅くとも今度のミーティングまでには仕上げなければならない。

書式を整えワープロに打ち込むことなど、ほかの誰でも事足りるのに、口答えもせず、ミスもできない小心な性格が災いしてか、そんな仕事に限っていつも自分のところに回ってくる。

それより、朝のあの電話。

どうして、あの人がわたしに。それも今日……。最初は、息が止まるかと思った。

お母さん。病院。社内ではずっと秘密にしてきたことだ。あの人にも、まだそれを話していないのに。

「まあ、いいわ」

行くと返事したからには、ここで迷っても仕方ないと思った。

父親には、帰りが遅くなることも話してある。大学三年の弟は、どうせ女友達のところに行ったきりだ。

「下着は、明日の夕方届けるから。欲しい物があったら、そのときに言ってね。いつでも持ってくるわ」

エプロンを畳んでから病室を出て、ナースセンターに挨拶《あいさつ》を済ませると、化粧室の鏡にもう一度自分の姿を映し出した。

二十七歳か。歳のわりには地味で、髪にしても服装にしても、どうしてと聞き返したくなるくらい野暮《やぼ》ったかった。

口紅だけ引き直すと、わたしは腕時計に目を落とした。五時十分前。場所は、渋谷《しぶや》の東武《とうぶ》ホテルだと教えられた。約束の六時には、十分間に合う。

エレベーターで一階に降りて、フロアを横切ろうとしたとき、待合室にある大型テレビの画面が目に入った。天気予報の時間らしかった。

「今日二月十四日は、太平洋側を発達した低気圧が覆《おお》い、北日本は雪。関東地方では夕方から、雨または雪となる模様です。バレンタイン・デーの日曜日、東京でもお天気の崩《くず》れが心配です」

二月十四日。夕方から、雨または雪。

わたしは口の中で、今しがたのアナウンサーの言葉をそっと繰り返した。

3

公園通《こうえんどお》りを行き交う若者たちの服装は、ここに着くまでに見かけたどの場所よりも原色に近く、人目を引くためにそうしているとしか思えない格好だ。それでも、〝今〟の渋谷が自分の記憶とさして差がないと知って、いくらか安堵を覚えた。

一階のティーラウンジは日曜ということもあって、ほとんどの席が埋まっていた。

ここに来るまで、本屋があれば平台《ひらだい》に載った表紙を覗き、映画館があれば看板を見上げた。『サラダ記念日』『ノルウェイの森』『ラストエンペラー』『帝都物語』『ロボコップ』。もう疑う余地はなかった。

まるで追われる犯罪者のように、コートの襟《えり》で顔を隠し、他人と目を合わせないようにした。迷い込んだ異星人。彼女も、それに気付くだろうか。いや、こちらから伝えなければならないのだ。

何から話せばいい。どう打ち明けるつもりだ。いくら悩んでも、頭の中が一つにならない。どちらにしても、唐突な呼び出しに応じてくれた彼女を、どうすれば驚かせないで済むだろうか。

おれは、もう一度セーターの襟元に手をやった。なるだけ明るい色を選んだつもりだった。出掛ける前にはシャワーを浴び、髭《ひげ》も当たった。もちろん、それくらいで相手の気持ちを和《やわ》らげられるはずもなかったが……。

おれの不安や焦りをよそに、ラウンジに話し声が響く。通りに目をやると、チョコレートを盛ったワゴンがデパートの入り口に並び、「バレンタイン」の文字が、そこここに瞬《またた》いていた。

その姿をみつけたのは、ウェイトレスが二度目の灰皿を取り替えようとしたときだった。

地味なベージュのコートを腕に抱え、不安げにラウンジを見回す女性。

彼女だ。

おれは椅子《いす》から立ち上がった。約束の時間より、まだ十五分以上前なのに……。

小さく会釈《えしゃく》して、彼女が向かいの席に腰掛ける。薄いパープルのセーターと、膝小僧が覗くくらいのスカートという、前にも見た記憶のある組み合わせだった。耳元に小さなピアスが光っていたものの、取り立てて着飾った様子もない。

彼女は、彼女のままだった。柔和《にゅうわ》なまなざしと、化粧気のない白い素肌。けっして背伸びすることともなく、異性の視線を引くための愚かしさを身にまとうこともなく。

自分は、どうしてこの美しさに気付かないまま、別の人生を選んでしまったんだろう。長く乾いた、砂のような日々が来るとも知らず……。

彼女がウェイトレスに紅茶を注文し、それが運ばれるまで、おれは言葉も発せず、ただ体を固くするしかできなかった。

「病院は？」

煙草を揉み消して、やっとそう切り出す。

「今日の世話は、もう終えてきました。すみません。母の入院のこと、みなさんには黙っていて」

彼女は、うつむきがちに目の前のカップに手をやった。そんな意味ではないと、必死に首を振る。

リウマチを患《わずら》う彼女の母親が長期に入院しているのを知ったのは、こうしている〝今〟より一年以上あとになってからだ。

看病や、留守中の父親たちの身の回りの世話のために、残業を断わったり、夜の付き合いを遠慮したりしていたという事実は、同じ課の誰も知らない。知らないはずのことだった。

「しばらくは大変だろうけど、あまり無理しないようにね」

母親の病気のことを重ねて口に出してみたが、相手の表情に変化はない。おれは、新しい煙草に火を点けた。

「それより、どうしたんですか」

彼女が顔を上げる。

「えっ?」

「だって、自宅に電話なんて、これまで一度もなかったし。仕事の用件なら、明日会社ででも……」

そんなことで呼び出すものか。あの電話のあとでさえ、彼女は、おれをそんなふうにしか見ていないのか。

これも自業自得《じごうじとく》だ。社歴が何年か上というだけで名前を呼び捨てにし、コピーだワープロだと仕事を言いつける以外、言葉らしい言葉を交わしたこともない。

それこそ、彼女を女として意識すらしていなかったじゃないか。少なくとも、まだこのときには……。

おれは意を決して、声をしぼり出した。

「うちのチームは、全部で七人だ。そうだね」

ここに来るまで何度も手帳を睨《にら》み、頭の中で記憶を整理した。間違えてはいないはずだ。

「ええ」

彼女が、きょとんとした顔を返す。

「課長の山岸さん。男は、阿部さんと近藤と僕。それに女性が、中島さんと岡野。そして君」

こっくりするだけの相手を前に、とにかく話を進めることにした。

「〝今〟かかっているのは日韓の合弁プロジェクトで、アジア圏で販売する日本語テキストとビデオソフトの開発だ」

「えっ、ええ」

「完成予定は、再来年春だったね」

「そうです。四月早々には一次計画書の調印のために、先方のスタッフが来日する予定でしょう？」

相手の受け答えに、どこか怯《おび》えたような気配があった。

わかり切ったことを尋ねる自分を、きっと気味悪がっているんだろう。いや、そうあってもらったほうが好都合だ。

おれは続けた。

「いくらうちが古参の出版社でも、外国と共同で一つものを仕上げた経験はない。予定は再来年だけど、実際の完成は四年後さ」

また一本、煙草が灰になった。

「そりゃあ、簡単な仕事ではありませんから、それくらい遅れる可能性も……」

「可能性じゃない。実際に、そうなるのさ。あのテキストの刊行は、一九九二年の春だ」

「えっ？」

初めて彼女が、自分の顔を正面から見据えてくれた。形のいい眉がぴくりと動く。

「今日は二月十四日だったね。日曜日だ」

おれは、それを言葉にした。相手は、小さく口を開いたままだ。

「一九八八年。昭和六十三年のはずだ」

「そうです。そうですけど」

「僕が昨日いた場所は、一九九八年二月十二日だ。昨日、この目に見たのは九八年の東京で、九八年の君で、九八年の自分自身だった」

彼女の手が止まった。五秒、十秒……。沈黙が続く。

「僕は、君より十年多く生きてきた。十年先の未来まで生きてしまったんだ」

4

十年先。

この人は、そう言った。

わたしは、彼の目をじっと見返した。間違いなく、この人は十年と言ったのだ。

今やっている仕事はと聞かれたときには、どう答えればいいのかドギマギしてしまったけれど、まさかそのあとに、こんな言葉が出てくるなんて……。

傍《かたわ》らに置いたチェックのハーフコート。クルーセーターにジーンズというラフな格好のせいもあったが、会社での彼とは明らかに違う。過剰とも思える、自信にみなぎった表情もなかった。

十年先。一九九八年の二月。確かに、二月十二日と言った。

そんな……。そんなわけがない。十年先まで生きてしまっただなんて……。

顔を上げると、相手が悲しそうな表情を見せるのがわかった。

「やっぱり、信じてもらえないか」

失意を隠せない様子で、彼がぽつりと言った。

「いいえ。そういうわけじゃないけど。でも、何があったのかしら。その十年の間に」

「年号が、昭和から平成に替わる。あと一年足らずで昭和天皇が崩御《ほうぎょ》するんだ。ソ連の社会主義体制が終わり、ベルリンの壁も崩壊する。日本では目まぐるしく政権政党が入れ替わって、北海道や関西で大きな地震が頻発《ひんぱつ》する」

相手は、つかれたように話し始めた。

「ちょうど今、長野でオリンピックが開かれているところだ。七二年の札幌《さっぽろ》以来、日本では二十六年ぶりの開催になる」

「オリンピック？ 冬の？」

「そうだ。プロ野球のドーム式球場も、あちこちにできた。東京だけじゃない。福岡、大阪、名古屋。彗星《すいせい》の如く登場した無名の若者が、年間ヒット数を塗り替えて、大リーグで活躍するピッチャーも出てくる」

「大リーグって？ その無名の？」

「違う。別の選手だ」

苛立《いらだ》った口調だった。

馬鹿ね。何があったかなんて、どうしてそんなことを尋ねてしまったんだろう。世の中がどんなふうに変わったって、わたしに関係ないじゃない。

「それより……。それより、どうしてわたしなんかに？ そんなに大切なお話なら、普段仲のいい阿部さんや近藤さんにされたほうが……」

頷《うなず》いた相手の顔に、言い様のない息苦しさが覗いた。

「君に話したかったから。世界がどうなるとか、そんなことじゃない。十年先の僕のことを。そして君のことを」

言い終わるまでに、彼は何度も額の汗を拭《ぬぐ》った。

道玄坂《どうげんざか》に静かなレストランがあるから、場所を移らないかと尋ねる彼に首を振りながら、自分の動悸が高鳴るのがわかった。

もしかして、その店って……。いいえ。まさか、そんなことがあるはずないわ。

目の前の相手にそれを悟られないよう、わたしは赤らむ顔を伏せた。そして、このままでいいから先を聞かせてほしいとせがんだ。

「じゃあ、仕事のことから言うよ。十年先、僕は別の部署の長になっている」

「そう」

「君はその部下というか。いや、パートナーだ。社では女性初の副編集長になってバリバリ働いている」

そうか。わたしには、そんな未来が待っていたのか。そんな未来も……。

「もっと言う。僕は九年前、つまり〝今〟から一年後に結婚することになる。相手は世間知らずのお嬢さんでね。街をふらふら歩いていた僕が彼女の車と接触したのが縁で、あっという間に幸福の出来上がりさ」

吐き捨てるような言い種《ぐさ》。相手は、一際《ひときわ》悲しげな顔でそう言った。

「そうですか。おめでとうございます」

「違う。そんな意味で言ったんじゃない」

彼は、激しく首を振った。

「とんだ弾《はず》みでそうなったあとは、冷え切った家庭しか残らなかった。子供こそ義務のように作った。しかし、後悔の念は一年もしないうちに襲ってきた。先月、つまり十年後の先月、僕たちは正式に離婚を決めた。仕方ないことさ。妻が悪かったわけじゃない。僕にこそ責任があった。ずっと心に抱く相手が、愛する相手がほかにいたんだから」

彼は、そこで大きく息を吐いた。

「君だ」

言葉が途切れた。彼はもう、煙草に手を伸ばそうとはしなかった。

「僕が自分の思いに気付いたのは、こうしている〝今〟から二年ほどしてからのことだ。すでに結婚している身でありながら、君の聡明さや美しさに、息もできないほど切ない毎日を送ることになる。十年後の僕は、来る日も来る日も牢獄の中にいるようだった」

膝の上で組んだ手をほどき、わたしは恐る恐る尋ねた。

「じゃあ、未来のわたしは？」

彼がこっくり頷いた。

「だから言ったろ？　辣腕《らつわん》編集者だって。あんな美人がどうして独身なのかと、周りが溜め息をつくような、そんな存在になってる」

どうして結婚しないのかですって？　この人は、何もわかっていないんだわ。

わたしはまた顔を伏せ、あらためて彼を見返した。

「まさかわたし、あなたの愛人にでもなっていたって言うんですか」

「違う！」

あまりの鋭い声に、隣のテーブルのカップルが、驚いてこちらに顔を向けた。

「そんな割り切り方ができるなら、僕はこれほどの苦しみ方はしていない」

彼は、また額を拭った。

「正直に言えば、結婚後の僕はほめられた生活じゃなかった。女関係もルーズで……。だけど、君に対して断じてそんな振る舞いはしていない。間近に、誰よりも間近に君を見ながら、ただ自分の選択を悔いることしかできなかったんだ」

嘘ではないことが、強い目の光から伝わってくる。普段の話し振りからは想像もつかない、神妙な声だった。

「重ねて言う。君が好きだ。今日ここに呼び出したのは、未来をやり直せないかと君にすがるつもりだったから。〝今〟このときから、君と二人で始めたいんだ。それで、僕は……」

「ひどいわ」

わたしは訴えた。

「えっ?」

相手の言葉がとぎれる。

でも、ほかにどう答えろと言うの。同じ部署になってから今日までの一年半、楽しかったかとも聞いてはくれない。君は僕をどう思っていたんだと、尋ねてもくれないなんて。

「だって、そうじゃないですか。あなたは、わたしなんかに関心がなかった。そして、そのお嬢さんと結婚した。そのあとでご夫婦の間がうまくいかなかったからって、わたしに何の関係があるんですか」

悔しいことに、自分の目から涙が溢《あふ》れるのがわかる。

「あんまりです。やり直すなんて、できるわけないわ。だいいち、あなたがわたしに、そんな特別な気持ちを持つようになったのは、今から二年も先のことだったんでしょう?」

わたしは、必死に涙を堪《こら》えて言った。

「本当のあなたは、一九八八年の二月にいたあなたは、わたしに目もくれなかった。それを、自分の未来がうまくいかなかったからって……。わたし、そんなに都合のいい女ですか。確かに、あなたのことは精力的な編集者だって、尊敬していました。だけど……」

なんて、ひどい言い方。わたしは顔を伏せた。

打ちひしがれている相手に向かって、どうしてそんな言葉しか投げられないのかしら。こんなにも真剣に、そして切々と打ち明けてくれているのに……。

でも、駄目。十年先のこの人が、ここにこうしているんだから。こうするしかないのよ。

「じゃあ、君は僕とは……」

彼の声は、もう呻《うめ》きにしか聞こえない。

「ええ。こんなわたしを、いろいろに言ってくださるのは嬉しいです。でも、できない。あなたと同じ未来を、あなたにとって二度目の未来を一緒に生きるなんて、絶対にできません」

わたしは、すべてを振り切るようにして言った。何もかもを。

そう、振り切ったのだ。彼の気持ちも、自分自身の思いも、わたしにある未来のすべてを……。

5

雨か。

公園通りを、足早に行くいくつもの人影がよぎった。二人で一つの傘に入るカップル、デパートの紙袋を提げた人。チョコレートのワゴンには、シートが掛けられていた。

どうして、あんなにせっかちな話し方をしてしまったんだろう。いきなり十年後からやってきたと打ち明けて、驚かない人間がいるものか。

「すまなかった」

それだけ言うのが、やっとだった。

さっき彼女が首を振ったとき、強引にでも店を替えるべきだったんだろうか。道玄坂にあるイタリア料理の店。あそこなら、もっと穏《おだ》やかに、もっと当たり前の男と女で向き合えたかもしれない。

料理は何が好き? 映画は? 本は? 昨日まで自分がどこにいたかなんて、黙っていてもよかったんじゃないか。

おれは、自分で自分に舌打ちした。

いや。嘘をついたまま済ませることなど、できるわけがない。彼女を失うとわかっていても、彼女がかけがえのない相手だからこそ、真実を告げたかったのだ。

ショックからか怒りからか、まだ目頭を押さえている彼女に、おれはできるだけ静かに声をかけた。

「SF小説に、過去を変えてはいけないって約束事があった。もちろん、それは空想の世界だし、自分の身に降りかかるとは思いもしなかった。でも……」

彼女は、ついさっき自分が見ていた通りの景色に目をやろうとしていた。どこまでも澄んだ目の色。

「でも、本当なんだ。十年後の僕たち。僕だけじゃない。君もいた。わかってくれるだろうか」

おれは、コップの水を口に運んだ。

「わたし、あなたのお話を疑っているんじゃあ……」

「ありがとう。だけど、僕でさえ信じられない。こうしていても思うよ。僕が、今日ここにいること。それこそが、悪い夢じゃあないのかと」

そうだ。これが夢ではないと誰に言えるものか。そう考えると、反対に落ち着きが戻ってきた。

「だけど」

おれは、もう一度相手を正面から見た。

「本当に罪なんだろうか。自分自身の思いに気付くのが、遅かったことが……」

目の前の彼女が、強く首を振った。涙に濡《ぬ》れた顔。こちらを向こうとしなかったのは、その涙のせいだ。

「許してほしい」

おれは、本心から詫《わ》びた。自分にとっていちばん大切な相手に、こんな打ち明け方しかできなかったこと。そして、その人を悲しませてしまったことに。

「君の言う通りさ。僕は、僕自身の手で、自分の未来を造り上げるしかない。僕は……。いや、ひどいやつだよ。さっきから自分のことだけを一方的に喋って、〝今〟の君が何を思って生きているのかを尋ねようともしなかった。本当に許してほしい」

「許すだなんて。わたし、気にしていませんから」

こちらの穏やかな口調に安心したのか、彼女も静かに頷いた。

気にしていません、か。

その一言を聞いたとき、おれは自分の描いた夢が終わったのだと悟った。おれの夢。彼女といることで感じる、幸福という意味も。

「それより、あなたが会った十年後のわたし。どんな女になっていましたか。仕事とかでなく、さっきあなたは独身のままだったって……」

彼女の目にもう涙はなく、微《かす》かに笑みさえ浮かんで見えた。

「ああ。美しい人だった。それと……」

「それと？」

「どこか悲しげに見えることがあった。いつも冬にいるような……。もちろん僕の目にだけ、そう映《うつ》ったのかもしれないけど」

言葉の意味に気付いたのか、彼女は微かに頬を赤らめた。

「馬鹿ね」

彼女が、クスッと笑う。

「ごめんなさい、先輩をつかまえて。だけど、あなたは一旦自分がこうと決め付けたら、他人の声なんか耳に入らないところがあるじゃないですか。でしょう？　だから、それも強引な思い込みなのよ。きっと」

おれは、そうかもしれないと答えた。

ここに現れたときから、わずかずつでも相手の言葉遣いが変わってきた気がする。異性ではない、友人の口調。それだけで、温かい気分に浸れた。

「だけど、未来って本当に一つしかないのかしら」

ぽつりと呟く相手に、おれは瞬間言葉を失くした。

「ううん。あなたのお話を聞いていて、ただ思いついただけ。ひょっとして、どこかの世界に違う未来を生きているわたしがいるかもしれないって」

彼女は、伏し目がちにそう言った。

「四人も五人も子供を抱えて、髪を振り乱しながら、お部屋に掃除機をかけているわたし。大きなお鍋に、旦那《だんな》様と子供たちが好きなカレーをいっぱい作っているわたし……。まさかね」

夢をみているような面持《おもも》ち。こんな彼女を、どこかで見た気がする。昨日か、あるいはもっと昔に。

別の未来。幸福な家庭を手に入れ、はつらつと動き回っている彼女の姿。彼女が描く夢の形。もしかしたら、それこそが本当の未来で、自分の見てきた十年は幻だったのかもしれない。おれはじっと目を閉じた。

どのくらい時間が経ったのか。見回すと、ティーラウンジの席はぽつぽつと空き始め、自分たちのほかに何人も残ってはいなかった。

「好きな人がいるの？」

おれは、恐る恐る尋ねた。

「ええ」

恥じらうような微笑み。それを目《ま》の当たりにしても、もういつもほどに痛みは襲ってこなかった。

「でも、十年後の未来では、わたし独り身だったんでしょう？　きっとその人とも、喧嘩《けんか》別れする運命にあるのかしら。まあ、せいぜい楽しみにしています。わたしを待っているはずの明日を。あなたの言った通りか、それとも別の形か……。そうですよね」

新しい絵本を開こうとする子供ほどにキラキラした目で、彼女はそう言った。

「そうだわ」

彼女が呟いた。

「あなた、将来は編集長になっているんでしょう？　だったら、その頃には朝寝坊の癖は直っていた？」

「えっ？」

おれはカップを置き、彼女の表情をうかがった。

「忘れたんですか、十年前の自分を。遅刻常習犯で鉄砲玉。机の前に座っている時間のほうが、いない時間より短かったんですよ」

さもおかしそうに、彼女が笑う。

そんなふうだったのか、あの頃のおれは。どちらにしても、相手が自分を覚えて、いや、見ていてくれたとわかっただけで十分だった。

「最後に、一つだけ教えてくれませんか」

彼女が顔を上げた。

「母は？　わたしの母は、どうなっていました。あなたの見てきた未来で」

「ああ」

「なら、教えてください。一九九八年の二月、お母さんは……」

繰り返し、彼女が尋ねる。

「元気だよ。病気は回復して、うちに戻れるまでになる。〝今〟から一年もしないうちにね」

一つくらいの嘘は、許されるはずだ。それが嘘だと気付く頃には、彼女はもう今日の話など覚えてはいないだろう。安堵した相手の顔をみつめ、おれは席を立とうかと促した。

そう。行かなければならないのだ。おれはおれの明日に、彼女は彼女の明日に……。

辿った通りなら、この先そう遠くない将来に、おれは幹子に出会う。小さな接触事故。たまま彼女が富裕な家の一人娘だったことも手伝って、おれはあっさり結婚を決めてしまった。流されるまま子供を作り、ぽっかりと穴の開いた胸を押さえて、何年も生き続ける。

「未来は変えられない、か」

レジに向かう手前で、おれは小さく言葉にしてみた。

いや、無理なものか。同じ相手と、同じ人生を繰り返すだけだとしても。おれたちが破局を迎えたのは、けっして幹子と出会った運命のせいじゃない。おれ自身が、正面から自分の人生に立ち向かおうとしなかったからだ。

彼女のこと。

わかっていた。所詮《しょせん》それは、この手で触れたら消える砂の城だ。彼女と生きる未来。愛しているかいないかでなく、おれはただ自分自身を見なくて済む逃げ場所を探していただけなんだ。

この十年、笑ったことが一度もなかったか？　満ち足りた夜が本当になかったのか？

やり直せるかもしれない。〝今〟という日から始めれば。おれの未来、幹子と生きる未来を。そうするしかないんだ。別の誰かを巻き添えにするのではなく……。

一足先にロビーに出た彼女に目をやると、飾られたショールームをぼんやり眺めているところだった。

好きな人がいると言っていた。本当だろうか。相手は、どんな男だろう。

どうであれ彼女は、自分の力で将来を切り拓《ひら》くことのできる女性だ。違う結果を、幸せな未来を手にするだけの資格がある。

病床の母親が亡くなるまで、二年間も看病を続け、仕事も損なうことなくこなした芯の強さに、まだ彼女自身が気付いていないとしてもだ。

「一つ思い出したことがある。十年後の君のことで」

傍らに歩み寄ると、おれは彼女の耳元でそう囁いた。

「何ですか」

「〝今〟より短い髪をしていた。とてもよく似合っていたよ」

返事の代わりに、彼女が小さく微笑みをくれた。

「そうですか。なら、今度思い切りショートにしてみようかな」

表に出ると、雨は雪に変わっていた。濡れた舗道に、鈍くネオンが揺《ゆ》らめいている。

「じゃあ、わたしはここで。また明日、会社で」

「うん……。さようなら」

おれは手を上げず、軽く肩をすくめて見せた。

さようなら。それが彼女に向ける、そして自分自身に向ける、せめてものエールだった。

そして、おれは祈った。どうか違う未来が訪れるようにと。

自分にではない。せめて、彼女の身の上に。同じ人生を分かつことはなくても、彼女が彼女として幸せになってくれればいい。

十年後のおれに、再び同じ苦しみが訪れようと、今度は耐えてみせる。そして、思い続けるさ。けっして口にすることなく、ずっと君のことを……。

6

遠ざかる彼の背中を、わたしはぼんやりとみつめていた。心なしか、別れ際の横顔には、普段のあの人の生気が戻った気がする。

うちは、百合ヶ丘だったかしら。パルコの角を折れて、駅に向かうつもりなんだろう。

柔らかな雪が、髪に、肩に落ちる。やっぱり雪になったのか。予報官の言った通りね。記憶なんて、曖昧なものだわ。

わたしは、一つ深い息を落とした。あの人が背を向けた途端、全身の力がいっぺんに抜けてしまったようだ。

愛しているという一言。嬉しかった。顔つきや言葉から、嘘を言っているかどうかくらいわかる。

お母さんのこと。きっと、わたしを悲しませまいとしたのね。それとも、あの人の生きた未来では、二年後に亡くなったりはしなかったのかしら。

「道玄坂に、静かなレストランがある」

あの人が言ったのは、間違いなく赤と白のテントがある、あのイタリア料理店のことだ。

わたしたちが、最初にデートした店。偶然渋谷で会って食事するうちに、唐突にプロポーズされた。舞い上がるような思いに震えたあの店だわ。

忘れるものですか。あの年のバレンタイン・デー。一九八八年二月十四日。

そう、今日のことよ。これまでの十年間で、あれ以上の幸せはなかった。

本当に、言ってはいけなかったのかしら。あのときと同じように。ずっとずっと前から、わたしもあなたを愛していたと。このまま一緒にいたいと……。

信号の手前に立つ彼の背中が、心なしか揺れて見える。わたしは、無理に顔をそむけた。

だけど、まさかあの人も、わたしと同じ日に同じ時代に戻ってきただなんて、今日の朝、〝今〟というときに……。

あの人は言っていた。十年後、わたしたちは別々の人生を歩き、ただ会社の同僚という間柄でしかなかったと。

本当かしら。未来って、本当に一つしかないんだろうか。

あの人の言葉が真実だとしたら、昨日までわたしが見てきたものは何だったの。夢？　一九八八年二月十四日から、九八年二月十二日まで。十年という、長い長い夢だったの？

わたしは、彼が立つ舗道をもう一度振り返った。

いいえ。二つの未来があるものですか。一つだけ。どちらか一方でしかないのよ。あなたの語った未来と、わたしの生きた未来の、どちらかでしか……。

そのときだった。

ボンという鈍い音。「事故だ」と叫ぶ声のほうで、瞬く間に人だかりができた。

路上に倒れているのは、チェックのハーフコートを着た男の人だ。手で額の辺りを押さえている。彼だ。あの人だわ。

思わず駆け寄ろうとした瞬間、その姿が飛び込んできた。赤い外車から降りる、髪の長い女性。

そうか。この事故のことね。さっきあの人が言っていた接触事故って……。

だとしたら、あの女の人が将来の奥さんなんだわ。さっき聞いたもう一つの未来で、あの人が出会う相手。

わたしは必死に足をとどめ、彼を抱きかかえるその女性をみつめた。

車の色と同じのスカーレットのミニドレスを着ている。青ざめているのが、ここからでも見て取れた。よくはわからなかったが、華奢《きゃしゃ》で、可愛らしい人に思える。

これでいいんだわ。このままで。わたしの辿った未来。もう一つの未来より、こちらのほうがきっと……。

別の未来では、〝今〟から一年後にわたしはあなたと結婚する。だけど、たった三年であなたを失ってしまう。

一九九二年の飛行機事故。あなたは死んだのよ。ちょうどあのプロジェクトが完了して、ソウルに向かう途上。だから、〝今〟から十年後には、あなたはもうこの世にいないの。

今日、あなたの申し出を受けていたら。わたしたちが再び結ばれることになって、もう一つの未来に踏み出していたなら……。ああするしかなかったんだわ。

届くはずのない相手に向かって、わたしはそっと語りかけた。

どうか、あなたの語った未来が現実で、わたしのそれが偽りでありますように。

だって、どんなに奥さんとうまくいかなくても、失意のどん底を味わおうと、死んでしまうよりいいはずよ。あなたにとって、そのほうが幸せな人生じゃない? 違うかしら。

嬉しかった。一瞬でも、今日あなたに会えたこと。あなたと二人でいられたこと。あの日と同じように、愛を打ち明けられたんですもの。

あなたとの三年間。

「いい加減に朝寝坊はやめて」「帰る時間くらい電話して」と口を尖らせ、喧嘩もした。でも、誰にも負けないくらい幸せだった。あの三年があったからこそ、わたしはこの十年を生きてこられたのよ。

だけど、それも諦めていい。あの月日を再び繰り返すことができなくても……。

ようやく乾いた目から、新しい涙が溢れだす。何年も記憶にない、温かい感触だった。

お行きなさい。もう一つの未来へ。

だって、あなたの言う未来にもわたしはいたんでしょう？　取るに足りない存在だろうと、あなたの側にいたのよね。わたしは、それだけで十分だわ。

もう一度歩く、未来という名の過去。今度は、もうわたしに振り向いてくれないかもしれない。けれど、いい。わたしは同じよ。ずっと、あなたのことを思い続けるでしょう。

呟きとも呼べない声で、わたしはそう語りかけた。

遠く視線の先で、彼がその女性に大丈夫だと手を上げるのが見える。周囲のざわめきもやがて治まろうとしていた。

「バレンタイン」のネオン。そうね。これがあなたへの、せめてもの贈り物よ。

わたしは踵《きびす》を返し、反対の方角に一歩踏み出した。白く舞う雪に、渋谷の街がほんの少し滲んで見えた。

若竹七海●ＯＬ倶楽部《くらぶ》にようこそ

著者・若竹七海《わかたけななみ》

昭和三十八年、東京生まれ。立教大学卒業後、業界紙等を経て平成三年『ぼくのミステリな日常』でデビュー。作中に溢れる瑞々しい感性や構成の妙に根強いファンを持つ。主な著書に『閉ざされた夏』『スクランブル』『プレゼント』『八月の降霊会』等。

あたしの勤めてた会社、ご存じかしら？

社名以外はなにも知らないって？　正直ね。あなた、ＯＬやってたことなんか、ないでしょ。あるの？　昔、ちょっとだけ？　へえ、でも大会社で働いたことはないに決まってるわ。そうでしょ、やっぱりね。そうだと思った。

……羨《うらや》ましい？

馬鹿じゃないの、あんた。

そりゃね、大きな会社に勤めていれば、いいことだってあるわよ。だけどさ、人間どこへ行ったって、いいことと悪いこと、両方を持ちあわせることになるものよ。そうよ、内側からみれば、結構づくしってことないんだから。

信じられないって？

あのね、だったらあたしが会社ででくわした事件、教えてあげる。この話を聞いたら絶対に、大会社になんか勤めたくないって思うようになるわよ。なにかお願いしてもいいかしら。

聞きたい？ そうね、あたし、ちょっと喉《のど》がかわいちゃった。なにかお願いしてもいいかしら。あら、嬉《うれ》しいわ。

ええ、あたしがいた社は有名よ。でも名前だけね、中身はたいしたことない。社名で社員の人格を判断するようなまぬけ、世間にはいっぱいいるから、それなりの利用価値はある。でもそれだけ。どう贔屓目《ひいきめ》でみても、社会のためになっているとは思えない、それどころかいないほうが世のため人のためなんじゃないかと思える人材、ごろごろしてんのよ。もちろん、頭も性格もいい優《すぐ》れ者だっていないわけじゃないけど、たとえば無名の会社があったとして、そのなかにいるピンとキリの割合と、うちのそれと、同じなんじゃないかしらね。

愛社精神って……やだ、笑わせないでよ。

おめでたい上層部は、うちは日本経済になくてはならない会社だなんて思っているけど、外からみればうちみたいな会社、つぶれようが乗っ取られようがたいしたことにはなりゃしないのよ。大手の商社がつぶれちゃ悪いって法はないものね。ちょっとばかりマスコミが騒《さわ》いで、社員が路頭に迷って、株主がわめくだけじゃないかしら。

ああ、あたし、株って言葉、大嫌い。ちょっとばかり株の動向を知ってるやつが、どうして経済に詳《くわ》しいことになんのか、わかんないわ。経済って、その基礎は自然資源だもの。魚が獲れなくなって、農作物が土壌の汚染で毒物になって、食うものがなくなったら、株も紙幣《しへい》もなんの価値もなくなるのにさ。ところが、経済に強いって自称するおやじどもにかぎって、エコロジーを危険思想扱いするうえ、ゴミの分別すらまともにできないんだから、呆《あき》れちゃうよね。ねぇ、エコロジーって経済活動よね。れっきとした。

……ああ、ごめん。しょっぱなから話がそれちゃった。本題に戻ることにする。

うちの会社がいったいどんな仕事をしてたかなんて、あたしみたいな内部の人間にすら把握《はあく》しきれないわ。あたしはたんなる人事部の一社員にすぎなかったんだもん。出世する気もないし、とりあえず九時から五時まで働いて、給料と休暇がもらえればそれでいいってヒトだったの。この年になると、早く結婚でもしろって有形無形の圧力がかかるようになるんだけどね、その程度でめげるもんですか。だって、あたしにとって会社は銀行以外のなにものでもなかった。時間を入れて、金を引き出すとこ。それに間違いないでしょ。いくら自分の一生のかなりの時間を費《つい》やしているからって、会社なんかに意味を求めてどうするってのよ。

同僚にだってよ。たまたま同じ会社に勤めているってだけで、なんで親密でなきゃなんないの。会社で知り合った人間は、あくまでも知り合い。友達はよそで作る。そうでしょ、会社ってあくまで金がらみの組織なんだよ。金がらみで友達作れるほど、あたし器用じゃないもん。

え？　そんなにクールじゃ、会社で嫌われてたんだろうって？

とんでもない、あたしほど人望の厚い人間も珍しかったんじゃないかな。

そりゃそうよ、ちょっと考えりゃわかることじゃない。相手が友達なら意見もするし、ときには喧嘩《けんか》だってする。でもさ、知り合いだよ。知り合いなんか、適当にあしらっときゃいいのよ。給料を考えたら絶対買えないようなブランド品を見せびらかしてる娘がいたとして、そりゃ友達なら言いますよ、ローンもほどほどにしとけ、とか、男に貢《みつ》がせるとあとが怖《こわ》いんじゃないの、とか。でも知り合いなら、羨ましそうな顔をして誉《ほ》めちぎっときゃいい。あとで万一サラ金やストーカーから電話がかかってくるようなことがあっても、自業自得《じごうじとく》だものね。気の毒ねとかたいへんねとか同情しておいて、人事のファイルに書きこんどく。それで終わりよ。あとがどうなろうと、そんなのただの知り合いの知ったこっちゃない。

はあ、怖いですって？

失礼ね。それじゃ、あんただったらどうするのさ。

そうでしょ、たかが知り合いの人生に口なんか挟まないでしょ。

ええ、知ってますよ。人間そんなにまぬけじゃない。あたしがもし、面白がってそれをやってるんだとしたら、人望どころか反感買い放題ってことになるわよね。性格ってどう隠そうとしても、ある程度時間を共有してる他人には透《す》けてみえるものだもん。でも、あたしは職務柄やるべきことはやるけど、こうみえても口は堅いし、ゴシップにもそんなに首を突っ込んだりしない。ほんとよ。

そうよ。本社だけで二千人も社員がいれば、ゴシップには事欠かないわよ。社内不倫なんて掃《は》いて捨てるほどあるし、不正だってごまかしだって、笑っちゃうようなものから雑誌に売ったらいいお金になるだろうってものまで、いくらもある。いつだったか、うちの社の娘が雑誌に載ったことがあったっけ。一流企業のＯＬが脱いだ！　とかいうグラビアがあるじゃない、社員証付きでさ。あれよ。あのときなんか、話が来たときから、あたし知ってた。ええ、本人から聞いたのよ。でも誰にも言わなかった。もちろん、人事のファイルに書きこんだのだって、実際に掲載されたあとよ。ね？　口は堅いでしょ。

なによ、どうしてもあたしを嫌われものにしたいらしいわね。そりゃ、あたしだって陰口くらい叩《たた》かれていましたとも。内部の苦情処理の担当だったから仕事がらみで文句を言われることだって、よくあった。けど、どんな人気者だって、誰かしらに恨《うら》まれるもんだわ。人気があるってことで、すでに嫉妬《しっと》の対象だからね。

こうみえてもけっこうもてたのよ。社内で一、二を争ういい男に声かけられたし、一緒に食事をしようってね。でも、容易《たやす》くおつきあいはしないことにしてんの。一度懲《こ》りてるから。あたしだって、はなっから会社は銀行と割り切れたわけじゃないのよ。最初のうちは失敗だってあったわ。社内恋愛に破れたことだってね。悔《くや》しいじゃないの、あたしを振った男って、なにごともなかったように社長の姪《めい》と結婚して、出世街道まっしぐら。その後、あたしの上司になったのよ。あったまきちゃうわ。

でも、根に持たないことにしたの。ていうのも、仲良くしてた娘が屋上から飛び降りちゃったって事件があったから。

原因は不明よ。当時は社内恋愛に破れたせいだろうとか噂《うわさ》があったわ。親が逆上して、毎日のように会社に談判しにきてたし、探偵雇って調べさせたりもしたらしいけど、結局理由はよくわからなかった。なんにせよ、死んだらおしまいよ。もったいない。真面目な娘だったから、よっぽど思いつめてのことだったんでしょうけどね。

悩むなんてエネルギーの無駄だし、他に声かけてくる男はたくさん、いるしね。こないだなんか、誕生日に薔薇《ばら》の花束を贈ってくれた男が……。

あれ、ちょっとちょっと。

寝てんじゃないわよ。話はこれからなんだから。

ある日、出社したら机の上にビラが載ってたの。いわゆる怪文書ってやつね。

自殺した娘の親との話しあいがとりあえず一段落した頃のことで、こっちの気が抜けていたせいもあったんでしょうけど、まさに青天のへきれきだったわ。

一読してさらにびっくり、空前絶後、信じられないようなゴシップだったのよ。総務部長が社長秘書と寝てるって、いかにもどこかおかしくなっちゃったやつが書きそうな、難しい単語を使った文書だった。

あらまあ、と思ったわ。槍玉にあげられた秘書って、有能で美人で性格もいい、それにひきかえ、敵方の総務部長はずる賢いうえ、水虫と口臭と痔の持ちあわせがある。あんなのと寝るくらいなら、サルを相手にしたほうがまだましってタイプだわね。

誰も信じるもんですか。喜んでたのは当の総務部長だけで、廊下で会ったときも、

「こういう根も葉もない噂を立てた犯人が誰なのか、即刻調べたまえ」

なんて、普段話しかけないあたしにまで声かけちゃってさ。

「根も葉もないことは誰にでもわかりますから、お気になさらないことですね」

切り捨ててやったら、がっくりしてたわ。この部長、小さくて細くて、背格好だってあたしと同じくらい。もっとも服装の趣味はえらくちがうわよ、目も覚めるような青いスーツにピンクのシャツ着てたりするんだもん。そのご自慢のスーツがしおたれてみえて、ちょっとかわいそうだったけどね。

ええ、怪文書なんて珍しくもない。半年に二、三度くらい現われるのよ。内容は、政治家への

献金接待疑惑といった、ハードで社会派じみたものから、不倫の失恋でやけくそになった女がばらまくやつから、様々だけど、こういうのは犯人がすぐわかる。

やっかいなのは、犯人がわからないやつ。

いまの世の中、いつどこで誰の恨みを買っているか、わからないでしょ。

いつだったか、総務部あてに無言電話がじゃんじゃんかかってきたことがあったっけ。あまりの回数に業務に支障をきたすようになって、警察に訴えたのよ。それで犯人がわかったんだけど、ターゲットは総務の女の子だった。その娘、中学校のときに同級生をいじめたことがあったわけ。同級生はそれがきっかけでおかしくなっちゃって、たまたま彼女の勤め先を知ったもんだから、嫌がらせを始めたってわけよ。

エッチ電話がかかり続けたこともあった。新宿近辺の公衆電話に、うちの営業部の直通電話の番号が入ったテレフォンセックスのビラがばらまかれてたのよ。たぶん、リストラされた社員が犯人だろうってことになったんだけど、手の込んだことするものね。どうやったら効率よく嫌がらせができるか知りたかったら、大会社に在籍するにかぎると思わない？　あたしが会社からできるだけ距離をおこうとするわけ、わかるでしょ。

そうそう、怪文書の件でした。

丸めて捨てて終わり、と思ってたんだけど、それがそうもいかなくなっちゃった。秘書が泣いて社長に訴え、社長は人事部長を怒鳴り、部長は課長に、課長はあたしに、なんとかせい、と言ってきたわけ。

仕方なく、文書をごみ箱から拾いあげて、しげしげ眺《なが》めてたらだんだん嫌な気がしてきた。怪文書を見慣れているあたしが、よ。

怪文書って、たいてい真実に基づいていることが多いの。ありもしないでたらめを並べて文書にしたてるって、そう容易いことじゃないもの。噂と同じこと。噂がそのまま真実だなんてことはめったにないけど、なにがしかの真実を含んでいるものじゃない?

なのにどう考えてみても、秘書と総務部長の接点が浮かんでこないんだな。

あたしは本腰を据えてじっくり調べることにした。それで、いくつかの点に気づいたの。

まず、マジックインキで『当社の管理体制を疑わせる重大疑惑!!』と大きく書き殴ってあるところ。普通、不倫ごときで管理体制をとやかく言うやつはいない。スローガン大好きな左系の連中だって、きょうびそこまで大風呂敷を広げたりはしないわね。

次に、秘書と総務部長の写真。これがふたりとも正面を向いていて、どうみても証明写真を使ってるとしか思えない。

その下に『疑惑の渦中にあるふたり、社長秘書のA子嬢と部長クラスの大物』とキャプションがついている、その文字がなんと雑誌の切り抜き。で、その下にある、本文、とでも言うのかしら、細いマジックインキでだらだらとつづられてる。そして差出人のサイン。〈ラット〉ってそこだけなんだか申し訳なさそうに、小さく書いてあった。

あたしが出した結論がわかる？　この犯人、〈ラット〉って、スポーツ新聞かおやじ雑誌の読みすぎだってこと。つまり、若い女性というよりは、中年以上の男性である可能性が高い。

驚いたわねえ。中年以上の男性がこの手の怪文書を出すってかなり珍しいことなのよ。家庭持ちで保守的だし、まだまだ出世欲だって捨て切れてないしね。正義感からかさっき言ったような内部告発文書に手を染める場合はある。けど、こういう低級なゴシップはねえ。それも、あんまり他人が信じないような代物だし。ゴシップ系怪文書って、ずっと生臭い書き方がしてあるものなのよ。ラブホテルに入っていったのをみた、なんてのはかわいいほうで、資料室で昼下りの情事とか、それもポルノまがいの描写付きで。

そりゃまあ、いくら保守的で家庭持ちだって、時にはボンノーが抑え切れなくなることもあるでしょうから、身のほど知らずのおやじ（総務部長のことよ）が秘書嬢に相手にされなくて逆上したのかもしれない。

でもそのケースだと、相手の女性を淫売《いんばい》よばわりするのが一般的なわけ。あいつは誰にでも股を開く女なんだとか、ほら、劣等感の強い馬鹿男がよく飲み屋でわめいてるでしょ。怪文書も同じわけ。

それなら、秘書嬢と総務部長の両方に恨みがあって、とも考えてみたんだけど、それはそれで不自然なの。だったらもっとストレートに書きそうなものだし、悪意や恨みがしたたりおちそうなビラに仕上がっているべきなのよね。社の管理体制にかこつけているところは、いかにも腰が引けている感じだし。まあもっとも、そうやってなにかにかこつけて罪悪感を消そうなんてこそくなやり口、真面目な人間にはありがちかもしれないけどさ。

そう、犯人像としてはいかにも中年男がにおってくる感じなんだわ。犯人が若い男だったら、手書きで切り貼りなんてことせず、ワープロかパソコンを使うでしょ。全体として、一昔前の出来だもの。いまだったらきっと、社内メールって手を使うんでしょうけど、事件があった頃はまだＯＡ化も進んでなかったから。旧態依然としてたのよ、うちの会社。イントラネットが完備されたのも二年前のことだったしね。

そうそう、大切なこと忘れてた。

紙よ。怪文書の紙。

これが上質のコピー用紙だったのよね。しかもＢ４サイズの。

それがどうしたんだって？　鈍いわね、あんた。

ひとつ、うちの会社ではその頃から、全社あげてリサイクルペーパーを使ってた。会社内のコピー機を使ったんだとしたら、怪文書もリサイクルペーパーになるはず。

ふたつめ、パーソナルコピー機はたいていA4サイズまでしかとれない。もちろんB4サイズまでOKのコピー機も売っているけど、値段がぐんと高くなるのよ。つまり、この怪文書はコンビニかどこかで、複写された可能性が高いってことになる。

調べた結果、ビラは本社社員の机の上に、ほぼ例外なく置かれていたことがわかったの。約二千人分よ。一枚十円かかったとして、コピー代だけで二万円。伊達や粋狂ではたける金額じゃないわよね。

ここで問題よ。

どうして、犯人は会社のコピー機を使わなかったのでしょうか。

あたしが一番頭を悩ませたのはここだわね。

そりゃもちろん、どのコピー機にもカウンターというものがついてる。毎月どの部署が一番コピーを使ったか調べるためにね。でも、たとえば毎日数十枚ずつコピーしてためておけば、そりゃたいへんな作業にはちがいないけどばれないと思うの。

だけど、いったい犯人はなんでまた律儀に全社員にビラを配ったのかしら。

各部署五枚で十分なはずよ。そうすれば金も手間もかからないで同じ効果をあげられるじゃないの。

そう、手間よ。

いったいどうやって、誰にも見られずに、一夜にして全社員の机の上にビラを置くことができるわけ？

正確に言えば、一夜にしてじゃないわね。警備員に確かめたんだもの。ご多分に漏れず、経費節減の一環として残業禁止令が出ていたから、前夜九時過ぎには四、五人をのぞいて帰宅している。そのあと、夜警が一時間おきに午前六時まで見回ってくる。その時点で、ビラが机の上にあったら絶対に気づいたって、警備員は言うの。となると、ビラが配られたのは朝七時——それ以前は会社に入れないから——から始業の九時までの二時間。けど、朝早い年寄りで七時過ぎに会社に来ている人もいるし、そういう人の目を盗んでビラ配るのって、けっこうたいへんだと思うのよね、ひとりやふたりでは。

私の得た結論はこういうこと。〈ラット〉は集団。怪文書の作成者にひとり以上の中年男性が含まれている。そして、間違いなく会社にいる人間たち。

問題の朝に紙束を持ってうろついてた男を見たって人も見つけた。もちろん、会社なんて書類が飛び交う場所なんだから、不審には思わなかったそうだけど。

それに例の証明写真は、人事課の資料室にあったのと同じものだった。二年おきに証明写真を撮《と》って保管しておくことになってるの、うちの会社。それを持ち出すことのできた人間、というより証明写真の存在を知っている人間、これが内部犯説のよりどころだわね。

ただし、あたしはこの結論を上司のところに持っていくのには、ずいぶん悩んだものだった。絶対言われると思ったんだもの。それじゃ、そいつらの目的は何なんだ、って。案《あん》の定《じょう》、言われたわよ。

「きみの言っていることは一応の筋道が立っていると思うが、しかし確たる証拠はなにもないうえに、いくつかの強引な推論のうえに成り立っている。犯人がコピー用紙持参で会社のコピー機を使用した可能性だってあるし、いくら高価なものとはいえB４まで複写可能なパーソナルコピー機を持っていないとはかぎらないだろう。二千枚のビラをひとりで配るのが不可能と断定していいのだろうか。そもそもこんなくだらないことをする動機がまったく不明である」

とまあ、課長はえらそうな口調で述べ立てたうえで、小声になって、こうつけくわえたわ。

「俺の感じじゃ、きっと酔っ払いの悪戯《いたずら》だな、これは」

「はあ?」

「つまりだな。きみの言うように〈ラット〉が集団でビラ撒きをやったんだろうが、きっかけはささいなことだったんだよ。飲んでいるうちに、気に入らない上司や同僚の悪口で盛り上がることなど珍しくもない。酒が入っているからつい中傷の度が過ぎて、ビラを作って配るようなことにまでなっちまったんだ」

「つまりなんですか、課長は社内の人間が秘書の彼女と総務部長が気に入らなくて、悪口言っているうちに止まらなくなって、怪文書までこしらえて二万円かけてコピーして、それでも足りずにご丁寧に朝早くみんなの席に配ったっておっしゃりたいんですか。動機は酔っ払ったせいだって」

「きみは酒をやらないから酔っ払いの気持ちがわからないんだよ。酔っ払うと人間、馬鹿をやるもんだ」

課長は、自分の酒のうえでの失敗談をえんえんご披露《ひろう》してたけど、あたしはほとんど聞いちゃいなかった。

だってそうでしょう。酔っ払いの悪戯がこれほど手が込んでいるものかしらね。

一枚一枚、机にビラ配って歩くほど？　それも早朝に、よ。

課長は勝手に自分の推理をつけくわえて上に報告したらしいし、この仕事はこれで一応終わったわけなんだけど——犯人の特定にはいたらなかったけど、そこは秘書嬢と話しあって、これ以上騒ぎを大きくしないほうがいいってことに落ち着いたのよ——あたし個人としちゃ、どうも落ち着かない気分だったわね。嫌な予感、ほんとになんの根拠もない勘にすぎないんだけど、〈ラット〉の悪戯がこれで終わるとは思えなかった。

念のために総務と連絡をとって、コピー機の使用制限を強化してもらったり、人事資料室への立ち入りを禁じてファイルボックスに鍵をかけたりしたんだけど、それでも不快感は拭《ぬぐ》えなかった。

その予感はあたったわ。それから一週間もたたずに〈ラット〉が総攻撃を開始したの。

つまり、怪文書はほんの手始めにすぎなかったのよ。


いま、思い返してもうんざりする。その当時は、一か月というもの、あたしは〈ラット〉に振り回され通しだったんだから。

まず、悪戯電話。これが総務部にかかりっぱなしになった。どうせ、さっき話した嫌がらせと同じ手口だろうと思って、すぐに駅前に行ってみたんだけど、驚いたわね。うちの会社で一、二を争う美人受付嬢の写真がついた、本格的なテレフォンセックスのビラがやたらとあるんだもの。あとで調べたらその写真、三年前の社員旅行のときのだってわかったんだけど、いったい誰が買ったんだかいまとなってはわからない。

ビラは一種類じゃなかった。ストレス解消にかけてみちゃどうだって挑発してるやつ、株の極秘情報を教えてやるってやつ、ラーメン屋の広告まであったっけ。全部電話番号は総務部のものになってるんだもの、呆れちゃったわよ。いったい〈ラット〉っていくら金を使うつもりなんだろうって。

怪文書も数え切れないほど来たわ。それも会社にじゃなくて、社員の自宅に。幸せな家庭にいきなり、いきなりよ。あんたの夫は（または娘は）会社で不倫をしていますって手紙が舞い込む。身に覚《おぼ》えのあるやつなら仕方がないけど、ターゲットになるのはそんなこと絶対にしそうもない真面目な社員ばっかり。あんまり気の毒だから、特別サービスで自宅まで出張しましたよ、あたし。実は最近会社内でこの手の根も葉もない怪文書が横行してて、おたくの旦那さん（娘さん）で十二人目なんです、って家族に説明してあげるの。そうまでしてやってるのに、あたしこその不倫相手なんじゃないかって誤解されることまであって、そりゃたいへんだったんだから。

なによ、笑うことないでしょ。

そりゃまあ、考えてみりゃ、お笑い草だけどさあ。亭主もてると思うは女房ばかりなりってことわざを、地で行くようなタイプばっかりなんだもの。だからってねえ、あんたの旦那はタイプじゃありませんっていうわけにもいかないじゃないのさ。苦労したんだからね。

〈ラット〉に対してあたしがいかに頭にきたか、わかるでしょ。

秘書と総務部長のケースにしたって、あのビラが部長の家に送りつけられていたら、部長の奥さん、きっと信じたわよ。人間ってたいてい最悪の結果のほうが好きなのよね。なんでかしら。

とにかく、業務にさしさわりがあるわ、なんの罪もない人間ばかり選んでひどい目にあわせるわ、上司の命令抜きでもあたし、〈ラット〉のしっぽをつかんでやるって決めたのよ。

〈ラット〉はたくさんの証拠物件と、重大なヒントを残してた。

ターゲットよ、ターゲット。

人間が二千人もいればねえ、ほんとゴシップのネタには事欠かないの。それなのに、どうしてわざわざ火のないところを選んで煙を立てようとするのか、それがわからなかった。

たとえば、あたしが憂《う》さ晴《ば》らしに誰かに嫌がらせの手紙を出そうとするわね。まず、最初に選ぶのは、実際に社内不倫をしてるカップルだわ。誰にも知られてないと思ってるのは本人たちだけ、給湯室に行ってごらんなさい、噂の的《まと》だから。あたしが知ってるだけで、五組はいた。

え？　誰もが知ってるのに、どうして問題にならないんだって？

おめでたいわねえ、あなた。うちの会社はね、不倫くらいで馘《くび》だの左遷だのにはしないのよ。不倫を理由にして首を切ることはあってもね、そんときは表沙汰にはしない別の原因があるんだから。ましてやセクハラが賞罰の対象になることなんか、ほとんどないわねえ。男社会ってそんなものよ、下半身は見ぬふりをするのが礼儀だと思ってんの。

念のためにその本物の不倫おやじたちにかまかけてみたんだけど、みんなきょとんとしてるの。中傷の手紙が送りつけられた節《ふし》はまったくない。

なんで？　どうしてよ。

もってこいのターゲットをどうしてはずすのかしら。

解答はふたつ思いついた。ひとつは、〈ラット〉はわざと傷つきにくい対象を選んでいるという答え。〈ラット〉には他の目的、そうね、会社という組織を攻撃するという目的があるんだけど、その手段として選んだのが個人攻撃だった。組織という、確かに存在しているんだけど、でも把握し切れないほど複雑な存在をそのまんま攻撃するのは難しいと思うの。総会屋や政治家との癒着なんていう、致命傷になりかねない情報を握っているんなら話は別よ、でもそれを知らなかったら。他に手段を考えなきゃならないわ。で、組織はあくまで人間によって成り立っているわけだから、個人という組織の細胞をつぶして屋台骨を揺るがせようとした。けど、個人攻撃が本来の目的ではないんだから、笑い話になりそうな対象をあえて選んだ。

ね、いかにもありそうな話でしょ。実際、〈ラット〉のおかげで、ずいぶん会社の空気がざわついたし、数字にして見せるわけにもいかないけど、勤労意欲も減退して、結果として会社は不利益を被《こうむ》ったと思うわ。

もうひとつの答えのほうは、これに比べたら説得力がないかもしれない。でもはずすわけにはいかないわね。

〈ラット〉はゴシップを知らなかった。

実を言うと、説得力がないと言いつつ、あたしはこっちのほうがありうると踏んでたの。これって最初の〈ラット〉イコール中年の男性集団って推理につながると思わない？ ゴシップが嫌いな人間は少ないけど、忙しくてゴシップなんかにかまっちゃおられない人種なら、たくさんいる。ゴシップに耳を傾けることが、むしろこけんに関《かか》わると考えるような連中ね。

出世して部下を持つようになれば、ゴシップに聞き耳立てるのは必要なことなんだけどね。人間関係をちゃんと把握しておかなきゃ、管理職はつとまらないわよ。

でも、忙しいうえにそれほど気が回らないって人種だったらどうかしら。ゴシップを知ってるあたしからみたらてんで見当はずれなんだけど、案外〈ラット〉は的を射たつもりだったのかもしれないじゃない。

こっちの解答で問題になってくるのは、動機だわね。〈ラット〉はなんの目的があって怪文書をばらまくのか。この、ばらまくってところに、あたしは着目したわけよ。木の葉は森のなかに、死体は死体の山のなかに隠せ。森がなければ森を作ればいいって有名な話があるじゃない。噂を噂の山のなかに隠そうとしてるやつがいるんじゃないかしら。どう？ いかにも現実感があるでしょ。あたし、ついに〈ラット〉の正体に近づいたんだって思った。

意気揚々とあたしはこの話を上司に持っていったんだけれど、課長はがばとばかりに起き上がって怒鳴ったわ。

「きみ、それは危険な発想だぞ」

「どうしてですか」

あたし、すっかり面《めん》くらっちゃった。

「噂のなかにどれか本物があるということになるじゃないか」

「そういうことになりますね」

「どうやって決めるんだ、それを」

「調べればわかりますよ」

「どうやって調べる」

これにはさすがに困ったわね。やましいところのない連中は、すぐに苦情処理のあたしのところにやってきて手紙を見せてくれたんだけど、もし手紙が金的を射止めていたんだとしたら、わざわざ見せびらかしにやって来るわけないんですものね。でも、〈ラット〉の一件を問い合わせる電話がかかってきていたおかげで、ある程度は被害者の実態がつかめてた。ひとつひとつ手紙の内容をチェックしていったら、いずれは〈ラット〉にたどり着く、あたしにはその自信があった。

課長はものすごく渋い顔になったわ。それを見てあたし、そういえばこの上司の奥さんからも問い合わせがあったんだって、不意に思い出した。

「いくら細かく調べても、噂にまぎれた本物を見つけることはできないだろう。やりすぎると、人権侵害にもなりかねないし」

「だとしたら、〈ラット〉を見つけることもできなくなります」

「そうかもしれないがね」

課長はいやな笑い方をしたわ。

「人の噂も七十五日と言うだろう。〈ラット〉の活動も、じきおさまると思うよ」

なんの根拠も理由もないのに、あたし、それ聞いて寒気を感じたの。なにか、事態がもっと悪くなっていくような、そんな気がして。その寒気を信じればよかったんだよね。

なんだかんだ言ったって、人間、一度気を許した相手には弱いわよ。

……ええ、そうよ。最初に言ったでしょ。あたしを振って社長の姪と結婚した上司。

その課長のことだわよ。


明くる日、出社するなり課長に呼ばれたわ。

会議室に行ってみて驚いた。課長だけじゃなくて、例によってとんでもない色合いのスーツを一着に及んだ総務部長が待ってたの。

「きみ、〈ラット〉の捜査が進まないようだが」

「そんなに簡単にはいきませんよ」

あたしは半ば膨《ふく》れっ面で答えたわ。匿名の犯人を捕まえるのが、そんなラクなわけないだろうっての。

そしたら、総務部長はにやにやしながら、あたしに一枚の紙をほうって寄越したの。

「実はうちにこんなものが送りつけられてきたんだがね。きっと捜査の参考になるんじゃないかな」

また手紙かい、と思いながらそれを読んで、いっぺんで目が覚めちゃった。その内容ときたら！　不倫なんて生易しいもんじゃない、犯罪よ、犯罪。総務部長やその取り巻きの飲み友達が集団でＯＬを襲って、その娘が自殺したって書いてあるの。

全身の血が逆流するって、こういうことを言うのね。その途端、あたし、わかっちゃったんだもの。

課長に総務部長、その取り巻き、こいつらが〈ラット〉なんだって。

噂の山のなかに隠そうとしてたのは、これなんだって。

「これは」

あたしはすっかり乾き切った唇をなめて、総務部長に問いかけた。

「本当のことなんですね」

「馬鹿なこと言うんじゃないよ、きみ」

部長はとってつけたような渋面を作ったわ。それを受けて、課長は嬉しそうに言いつのったの。

「〈ラット〉はいつも見当はずれのことばかり書いてくるって、きみも言っていたじゃないか。それにこんな突拍子もない手紙より、今までの手紙のほうがよほど信憑性《しんぴょうせい》がある。誰だってそう思うだろうよ」

「そうとはかぎらないんじゃないでしょうか」

あたしは必死に言ったけど、すぐに罠《わな》に落ち込んだことに気がついた。課長の言ったとおり、これは危険な発想だった。だって、何の罪もない、ただ嫌がらせのターゲットにされた人たちまで巻き込みかねないんですものね。

あたし、思わず歯がみをしたわ。〈ラット〉の一員である課長は、昨日《きのう》図星をさされたもんだから、もっと噂をばらまいてからおもむろに取り出す予定だった本命を、慌てて出してきたのね。なおひどいことに、このままじゃあたし、共犯になっちゃう。

あたしがここで、これは真実に違いないと言えば、他の手紙も本当だってことになる。どれが本当でどれが嫌がらせにすぎないのか、調べようもないんですもの。

自殺した娘の親が、あんまりその件を掘り返そうとするから、こいつらは先手を打って真実を噂の山のなかに沈めてしまおうとしてる。

それがわかっていながら、あたし、手も足も出なかった。

証拠はなにひとつないんだから。こいつらが〈ラット〉だったら、自分たちに都合の悪い話を持ち出すわけがないって言われて、それで終わりよ。残るのは噂だけ、人ひとり殺しておいて、少しばかりの悪い噂でそれをすまそうとしてる。

会議室を出るとき、総務部長があたしに言った。

「余計なことを言い触らすんじゃないぞ。まあ、今となってはきみがきみの上司について良からぬことを言ったとしても、信じるやつはいないだろうがね」

閉まりかかるドアの向こうから、笑い声が聞こえてきたわ。いかもの食いがどうしたって言葉もね。

あたし、トイレに籠《こも》って泣いたわ。あたしと課長のことまで、あいつらに知られてて笑い話にされてんのよ。殺してやりたいって、マジに思った。

でもね、神様っているのよ。翌日、早朝またビラを配った馬鹿がいたのね。それを見つけたのが、あの社長秘書の娘。遠くから派手なスーツの男を見つけて、なにやってるんだろうって近づいたら、そいつ、ものすごい勢いで逃げちゃったんだって。後に残されたビラは、あの最初のやつとまったく同じやつ。派手なスーツのおかげで誰だか一目瞭然よ。秘書は即座に社長に訴えた。

いい気味だったわよ。総務部長はあくまで自分じゃないって言い張ってたらしいけど、そこであたしが昨日、総務部長に渡された怪文書、あの自殺した娘の件ね、あれを皆に見せてやったの。内容については皆、半信半疑だったでしょうよ。でも、自分で自分の悪口を書いてまき散らすとは、なんてアブないやつ、ってことになって、休養をとらされた。その後復帰したって話は、ないみたいねえ。

あたし、そのあと会社やめた。それでこの店で働くことになったの。会社員をやってたときより身分も将来も不安定だし、どこに行ったって人間のすることだからね、汚いことが皆無とはいえないわ。

でも、ここで働くのは好きよ。ここに就職してから、会社に行って課長に挨拶しちゃった。一度遊びに来て下さいねって。みんな目をむいてたわ。これで課長だって噂をごまかしきれなくなったでしょ。ね?

……え? ビラを配ってたのは総務部長じゃなくて、あたしだったんじゃないかって? 背格好は同じだし、スーツだけ彼とそっくりなのを着込んだんだろう、で、わざと秘書にその姿を見せて誤解させたんだろうって?

ふうん、あんたもまんざら馬鹿じゃないのねえ。

ま、もっともここにこうして来て、あたしの姿見てりゃわかるよね。一応、あたしだって会社員の頃は男の格好だったし、名前だって大川五郎《おおかわごろう》だったんだから。うふ、信じらんないでしょ。

あら、お帰りになるの。面白かった？　そう、お上手ね、女のくせにお愛想なんか言っちゃってさ。それじゃまたぜひうちの店〈オカマ・レディー倶楽部《くらぶ》〉、通称〈ＯＬ倶楽部〉に遊びに来てちょうだいね。待ってるから。よそのお店なんか、行っちゃだめよ。

そんなことしたら、怪文書、送っちゃうぞ。

永井するみ●重すぎて

著者・永井《ながい》するみ
昭和三十六年、東京生まれ。東京芸術大学中退、北海道大学農学部卒業。平成八年「隣人」で第十八回小説推理新人賞受賞、同年『枯れ蔵』で第一回新潮ミステリー倶楽部賞を受賞する。細やかな心情をすくう観察力に力強い筆致を併せ持つ期待の新人である。近著は『樹縛』。

九月に入った途端、急に日が短くなった。暑さだけはまだ相変わらずだというのに。もう少ししたら、東京タワーにライトが点灯されるだろう。その瞬間を見てみたいと、いつも日比野亜紀《ひびのあき》は思っていた。けれど夕方五時を過ぎた頃から何故《なぜ》か溢《あふ》れ出す雑多な仕事に追われているうち、いつも窓の外を見ることさえ忘れてしまう。きょうもきっとそうだろう。タワーにライトのつく、その瞬間を見ることなどできはしないのだ。もう一度、窓の外の東京タワーに目をやってから亜紀は立ち上がった。明日大阪に出張する予定になっている社員のために、出張旅費を仮払いしてもらってくる必要があった。営業部のオフィスを出て、二十六階の経理部へと向かう。

スタリオン・コーポレーションは大手の事務機器メーカーで、オフィスは神谷町《かみやちょう》のインテリジェントビル内にある。亜紀の勤める営業部は二十五階、上のフロアには経理部や総務部といった本社機構が入っていた。

上の階との間を行き来する際、亜紀は迷わず階段を使う。わざわざボタンを押してエレベーターを呼ぶような手間をかけてはいられなかった。エレベーターホールと化粧室の中間辺りに『非常口』と表示されたドアがある。階段へと続くそのドアを開けたちょうどそのとき、後ろに足音が聞こえた。構わず亜紀は階段を足早に上る。

「亜紀ちゃん」

村岡《むらおか》の声だった。仕方なく途中の踊り場のところで立ち止まり、心の内でため息をつきながら振り返った。

「ちょっとちょっと」村岡が階段を上ってくる。「今夜、会えないかな」すくい上げるように亜紀を見て言う。

「きょうはちょっと」

亜紀が言うと、

「じゃあ、明日は？」

亜紀は大きく肩で息をついた。

「村岡さん、この間お話ししたように、もうお会いしないほうがいいと思うんです」

「だからね、そのことをもう一度話したいと思って」

「この間、充分お話ししたじゃないですか」

「亜紀ちゃんの話は聞いた。でも僕の話は終わってないんだよ」

亜紀は無言で村岡を見た。村岡は二、三段低いところに立って亜紀を見上げている。

「今、話して頂《いただ》けませんか」

亜紀が言うと村岡が笑った。

「ここで？　階段で？」呆《あき》れた様子で両手を広げてみせる。

「ええ」

「こんなところで、男と女の話ができるわけないじゃないか」村岡はそう言いながら階段を上ってくると、亜紀の肩に手をかけた。

亜紀は体を引いてその腕を避け、小走りに階段を上った。

「ちょっと待ってくれよ」

村岡が後ろから追ってくる。亜紀はひたすら足を動かす。

「亜紀ちゃん」

伸ばされた村岡の腕が、後ろでシニヨンにまとめていた亜紀の髪をかすめた。バレッタが飛び、長い髪が解《ほど》けてゆらりと広がる。

「やめて下さい」

肩に置かれた村岡の腕を思いきり払いのける。そのとき背後で短く息を吸い込む音がした。それは、あっとも、ひっとも聞こえるような声だった。反射的に亜紀は振り返った。村岡の右腕が空を掻《か》き、どこにも支えを見いだせずにバランスを失って、そのまま後ろ向きに転《ころ》げ落ちて行った。途中の階段に頭をぶつけたのか、鈍《にぶ》い音がした。亜紀はあと三段ほどで二十六階に至るその場所で、呆然と村岡を見下ろしていた。身動きができなくなってしまっていた。薄暗い階段の途中にしゃがみ込んでしまいたい衝動に駆られる。けれど、そんなことをしていても何にもならないのだと自分に言い聞かせる。一度目を瞑《つむ》り、ゆっくりと開く。それからようやくそろりそろりと一歩ずつ階段を下りて行った。村岡は途中の踊り場のところに頭を下にして転がっていた。目と口を半開きにしたその顔は、笑っているようにも泣いているようにも見えた。亜紀は落ちていたバレッタを拾い、しゃがみ込んで村岡の顔をじっと見た。掌《てのひら》を村岡の顔の上にそっとかざす。息をしているのか、いないのか。少なくとも、呼気と思われるものは感じられない。亜紀は肩で数回息をついた。それから一息に階段を駆け下りた。

化粧室で髪を直し、オフィスに戻る。

吉野《よしの》部長のところに来客があったので、コーヒーをいれて持って行った。それからしばらくすると、沢田《さわだ》が亜紀の席にやって来た。

「亜紀ちゃん、仮払い、お願い」

「あ、ごめんなさい。まだ経理に行っていなくて」

亜紀がそう応じたとき、沢田の後ろから別の男が顔を覗《のぞ》かせて、

「亜紀ちゃん、悪い。これ英訳して。急ぎで頼む」そう言ってレターを一枚置いていった。

亜紀の仕事は、本来、部長秘書ということになっているが、それだけにとどまらず、営業部全体の雑用の一切を引き受けている。ひっきりなしに部内の誰かが何かしらの仕事を持って亜紀のところにやって来る。

「村岡さん、どこか知りませんか」

亜紀の真後ろに座っている派遣社員の志摩《しま》が、受話器を掌で塞《ふさ》ぎながら訊《き》いた。

「さあ」

亜紀が首を傾《かし》げると、志摩はちょっと肩をすくめてみせてから、

「あいにく村岡は席を外《はず》しておりまして」受話器に向かって言った。

それから志摩はコールバックのメモを簡単に記《しる》して、村岡の机の上に置いた。

「村岡さん、席外し？」沢田が志摩に訊く。

「みたいですね」

「困ったな。見積りの確認をしたかったのに」

「すぐ戻られるんじゃないですか」志摩は簡単に請け合う。

「沢田さん、ちょっと待ってて下さい。今、経理に行ってきますから」沢田と志摩の会話に割り込むようにして亜紀が言った。すぐに立ち上がろうとするのを沢田が手振りで押し止《とど》めて、

「いいよ、いいよ。亜紀ちゃん、忙しそうだもんな。オレ、自分で行ってくる」

「そうですか」

「うん。申請用紙ちょうだい」

「すいませんね」

沢田は亜紀が手渡した旅費申請用紙をぴらぴらと振り、オフィスを出て行った。

亜紀が辞書を取り出してレターの英訳に取りかかったとき、出て行ったばかりの沢田が血相を変えて戻ってきた。

「大変だ」息を弾《はず》ませている。「村岡さんが」

「どうしたんですか」志摩がのんびりと訊き返す。

「階段の踊り場に倒れている」

「え」志摩が声を上げる。

「救急車を呼んで。早く」

志摩がおろおろと立ち上がる。沢田は再びオフィスを出て行った。亜紀は息を深く吸ってから、デスクの上の電話に手を伸ばした。

救急車に運び込まれた村岡には沢田が付き添って行き、亜紀は連絡係としてオフィスに残った。十分ほどして沢田から、村岡の運び込まれたのは虎《と》ノ門《もん》のS病院だと連絡が入った。すぐに村岡の自宅に電話を入れる。

「村岡でございます」落ち着いたアルトが言った。亜紀が話し始めようとしたとき、「ただ今外出しておりますので、メッセージをお願いします」留守番電話になっているのだった。

「スタリオンの日比野と申します。実は村岡さんがオフィスの階段から落ちて、救急車で病院に運ばれました。虎ノ門のS病院です。私もこれから病院に向かいますが、奥様もできるだけ早く病院のほうにお越し頂けませんか。連絡は直接、病院にお願いします。番号は……」沢田から聞いておいたS病院の電話番号を、ゆっくりと二度繰り返して、受話器を置いた。

部長室から吉野が足早に出てきて、

「日比野くん、すぐ病院に行くのかい？」

「ええ。部長は？」

「悪いね。N社の取締役と会う約束をしていてね。どうしても外せないんだ」

「そうですか」

「何かあったら、すぐに連絡してほしい」

「分かりました」

亜紀はバッグを取り上げ、オフィスを後にする。タクシーで病院に駆けつけ、廊下を小走りに行くと、救急病棟のベンチに沢田が座っているのが目に入った。

「沢田さん」

亜紀を見て、沢田がほっとしたように立ち上がった。

「亜紀ちゃん」

「どうですか。村岡さんの様子は？」

「まだ出てこないんだよ」ぴたりと閉じられた治療室のドアを目で示した。

沢田を促《うなが》して、亜紀はベンチに腰を下ろした。

「医者にも村岡さんがどういう状況で階段を落ちたのかとか、いろいろ訊かれたんだけど、なんとも答えようがなくて」沢田がそう言って、顎《あご》の辺りを所在なげにこすった。

「それはそうですよね。沢田さん、その場に居合わせたわけじゃないんですから」

しばらく黙ったまま腰を下ろしていた。

「村岡くんのご家族には連絡取れたのかい」やがて沢田が口を開いた。

「留守番電話になっていたので、メッセージは入れておいたんですが」

「そうか」

ちょうどそのとき、ストレッチャーに乗せられた村岡が廊下に運び出されてきた。村岡は青白い顔をしていたが、その表情は思ったよりも穏やかだった。左腕には点滴の管。

「どうなんですか。村岡さんは？」沢田が医師に村岡の容態を訊いた。

医師は沢田と亜紀を見比べるようにしながら、ご家族ですか？　と訊《たず》ねた。

「いえ。同じ会社の者です。家族の者にはまだ連絡が取れなくて」

医師はうなずき、

「検査の結果では、今のところ特に異常は見られません。しかし、まだ予断を許さない状況です。ご家族がみえるまで、どなたか付き添って頂けますか？」

「私が」反射的に亜紀が言った。

「僕も一緒に行こう」沢田も言う。

沢田にうなずき返し、看護婦の後を追いながら亜紀は思った。

村岡は生きていたのか。死んではいなかったのか。


ちょうど夕食の時間にかかろうというときだったらしく、病院の廊下はざわめき立っていた。配膳台の押されていく音。患者達の話し声。野菜の煮物やけんちん汁の匂い。小学校の給食の時間を思い出させる。

食べ物の匂いのたちこめた長い廊下を抜けた奥の集中治療室に、村岡は運び込まれた。ベッドの周囲に人工呼吸器や血圧モニター、心電図モニター、点滴がセットされている。入り口部分の壁は上部がガラス張りでナースセンターから見通せるようになっている。看護婦が村岡をベッドに横たえ、機器類を確認してから、亜紀と沢田に何かあったらすぐナースセンターに知らせるようにと言い置いて出て行った。沢田と亜紀は入り口付近に置かれていたパイプ椅子《いす》を広げて腰を下ろした。村岡の横顔が見える。人工呼吸器がつけられていないところをみると、呼吸は自力でできているらしい。

「ちょっと電話をかけてきます」

亜紀が立ち上がる。沢田は小さくそれにうなずき返した。

廊下の奥にある公衆電話から、まず村岡の自宅に電話を入れた。相変わらず留守番電話だった。先ほどとほぼ同じメッセージを吹き込んで電話を切る。それから亜紀は再び受話器を取り上げ、加納雄一《かのうゆういち》の勤めるM商事に電話をかけた。アシスタントの女性が電話をつないでくれる。

「おう。どうした?」仕事がうまくいったのか、雄一は機嫌の良い声を出した。

「雄一さん、ごめんなさい。きょう会えなくなっちゃった」

「どうして」

「会社でちょっとごたごたしちゃって。部の人が階段から落ちて病院に運ばれたの。それで今、私も病院にいて」

「え？　そうなの？」雄一が驚いた声を上げる。それから、「それで、その人、大丈夫なのか？」と訊いた。

雄一の声には心からの心配が滲《にじ》んでいた。亜紀はそんな雄一が好ましくて、我知らず微笑《ほほえ》む。

「まだ意識が戻らないの」

「そうか」

「ごめんね」

「そういうことなら仕方ないよ。又、今度にしよう」

「本当にごめんね」もう一度詫《わ》びて、亜紀は受話器を置いた。

雄一の声が耳の底に残っていた。今夜は銀座かどこかで食事をし、その後、雄一の部屋に行くつもりだったのに。そう亜紀は思う。雄一と会うために、新しいスーツをおろしたのだ。薄いブルーは雄一の好きな色だった。

亜紀が雄一と知り合ったのは半年前。大学時代の友人の結婚式の二次会の席でのことだった。お決まりのビンゴゲームで一番先に上がったのが、雄一と亜紀の二人だった。賞品はペアの東京湾クルーズチケット。それが一人分しか用意されておらず、二位の賞品はかなり落ちてスポーツタオルだった。「僕は遠慮します」と雄一は亜紀にペアのクルーズチケットを譲《ゆず》ろうとした。私こそ、タオルで結構です。いや、僕こそ。と譲り合いになったところで、それだったら二人で行ってくれれば、と声をかけたのは、かなり酒の入った新郎だった。しばらく揉《も》めた後、結局、そのチケットは亜紀と雄一の二人で使うことに決めたのだ。そうして付き合いが始まった。

雄一は総合商社であるM商事の情報機器事業部に勤めている。その部署がスタリオン・コーポレーションのコピー機やファックスなどを扱っていたことも、亜紀との付き合いを促す要因となった。映画や音楽、スポーツといった一般的な話題ばかりでなく、カラーコピーの新機種や、携帯用端末の効果的な使用法など、二人の間には共通の話題が数限りなくあった。

亜紀ちゃんと話してると、次から次から話したいことが湧《わ》いてきちゃってね。雄一はいつもそう言って笑った。けれど、雄一と会えるのは二週間に一度か十日に一度がせいぜい。会えないときは電話するよ。そう雄一は言ったが、残業時間も半端でなく、接待で飲みに行くことも多い雄一から、亜紀のところへ電話がかかってくることは滅多になかった。

もっと一緒にいる時間がほしいな。雄一は会う度《たび》そう言うようになった。そして亜紀もそれにうなずき返した。会えない時間が、お互いを必要とさせた。そして先月。雄一は来年の春に海外支店に赴任することが内定したと、亜紀に告げた。

「一緒に行ってくれないだろうか」

それが実質的なプロポーズとなった。

「赴任先はおそらくは北京《ペキン》か上海《シャンハイ》らしいんだ」

そう言ってから、雄一は反応を確かめるように亜紀を見た。中国で暮らすことを亜紀が嫌がるのではないかと心配しているようだった。亜紀は雄一を安心させるためににっこりと微笑み、内心ではさらに大きな笑顔を作っていた。アジア諸国のほうが、下手に欧米で暮らすより、商社マンの家族は優雅な生活を送ることができるとも聞いている。嫌がるはずがないではないか。亜紀は雄一の手に自分の右手を滑《すべ》り込ませることで、プロポーズを承諾する意志を伝えた。そしてその瞬間、もっと早く、村岡とのことを清算しておくのだったと、焦りに似た感情を覚えたのだった。

雄一と知り合うより一年近く前のこと。その頃、亜紀は退屈していた。スタリオン・コーポレーションに勤め始めて五年経《た》ち、仕事は可もなく不可もなく。ほとんど頭を使わなくともこなせるほどになっていた。周囲の男性社員からちやほやされる時期も終わり、女友達の多くが結婚する時期でもあった。自分で意識しないうちに亜紀の心の中に鬱屈《うっくつ》した思いが溜まっていたのかもしれない。何か今までと違うことがしたい、刺激がほしい、そんな気分だったのだ。それで、部の飲み会の後、二人で飲み直そうという村岡の誘いに付き合ったのだ。そしてその晩、村岡は亜紀のアパートを訪《おとず》れた。村岡は営業部の中ではやり手の営業マンで、話題も豊富で一緒にいて飽きない相手だった。妻と娘が一人いるが、かなり外でも遊んでいるらしい、というもっぱらの噂《うわさ》だった。だからこそ、亜紀も少しくらいならいいかと思ったのだ。

それからしばらくは、あれほど退屈だった会社勤めが楽しくなった。部のメンバーの目をかすめて、村岡に待ち合わせのメモを渡したり、ミーティングの席で人に知られないように目配せをしたり、オフィスの片隅にあるライブラリーで二人きりになったとき、そっと手を握ったり。そんな他愛もないことが、生活の彩《いろど》りになった。けれど、幾ら楽しいとは言っても、所詮《しょせん》遊びだった。亜紀は決して本気にはなるまいと思っていたし、事実本気にもならなかった。村岡との付き合いは、言ってみれば、正規のメンバーで試合をするまで、補欠でつないでおくようなものだった。ところが、村岡のほうが本気になったのだ。村岡は誰にでも愛想良く、他人を楽しませる会話に長《た》けているので、軽いイメージをもたれがちだが、実際は違った。周囲の評判とは違って、妻以外の女性とは遊んだこともない至極《しごく》真面目な男だった。亜紀と付き合い始めたのも、村岡にとっては一大決心の上でのことであったらしい。

「ずっと日比野くんのことをいいと思っていたんだ」最初の晩、村岡は亜紀にそう言った。「しかし、僕は所帯持ちだ。気軽に誘うわけにはいかない。誘うときはそれ相応の覚悟がいるとそう思っていた」そうも言った。

そのときは亜紀は軽く聞き流していた。亜紀に対する一種の世辞のようなものだろうと思っていた。それが村岡の本心から出た言葉だと後で知った。

「女房とは別れようかと思っているんだ。娘もいるし、そう簡単なことではない。それはよく分かっている。しかしね、亜紀ちゃんとこういう関係になったからにはきちんとけじめをつけないことにはどうしようもないだろう」村岡は思い詰めた表情でそう言った。

「よくあるだろう？　妻子ある男との関係に疲れた若い女性の悲劇。僕は亜紀ちゃんにそんな思いをさせたくないんだ」

それを聞いた亜紀は、バーのスツールから転げ落ちそうになった。

冗談じゃない。何を言っているのか。これは遊びだと、お互い割り切っていたはずではなかったのか。

「村岡さん、私、そんなつもりじゃなかったんです。村岡さんのご家庭を壊そうなんてそんなつもりは少しも」

慌《あわ》てた亜紀の声は動揺で少し震えていた。それを村岡は勘違いしたのか、

「分かってるよ。亜紀ちゃんはそんなつもりじゃなかったってこと。ただ僕の気がすまないんだ」そう言って亜紀の手を強く握った。

ちょうどその頃だった。亜紀が雄一と知り合ったのは。本気になり始めた村岡を前に、これはまずいと亜紀が思い始めた頃だった。絡みついてくるような村岡から逃《のが》れたい気持ちもあって、亜紀は急速に雄一に傾倒していった。そして、雄一との付き合いの度合いが深まった頃、亜紀は

思い切って村岡に打ち明けた。

「好きな人ができたんです。できればその人と結婚したいと思っているの。そうすれば、村岡さんの家庭を壊さずにすむし」

それを聞いた村岡は長いこと黙って考え込んでいたが、やがて言った。

「亜紀ちゃんが僕の家庭のことを思いやってくれるのは分かる。しかしね、それでいいんだろうか。誰も傷つけずに幸せになるなんてこと、できるんだろうか」

好きな人ができたと亜紀が言ったのも、村岡の家庭を壊したくないがゆえだと、無理矢理他の男に目を向け、村岡を忘れようと努めていると思い込んでいるのだった。

何という間抜けさ。何というおめでたさ。

亜紀は心の内でため息をついた。

その後、亜紀が幾ら言葉を重ねても村岡の態度は変わらなかった。そればかりか、亜紀のアパートに頻繁《ひんぱん》に電話をかけてきて、彼の真情を訴えるのだった。たまに雄一がアパートに来ているときなど、亜紀は電話のプラグを抜いておかなければならなかった。

そんなことが続いて、いい加減、頭にきた亜紀は鋭い口調で言い放った。

「もう、個人的にはお会いしません」それが先週のことだった。

「どうだった？　村岡さんの奥さんに連絡ついた？」

亜紀が病室に戻ると、沢田が小声で訊ねた。亜紀は首を横に振って、

「まだ帰っていないみたいなんです」

「そうか。困ったな」沢田がちらりと腕時計を見た。七時半を過ぎたところだった。

「沢田さん、用事があるんだったら、どうぞ。ここは私が付いてますから」

「悪いね。オレ、明日、大阪に出張だろう？　どうしても今日中に用意しておかないとならない見積りがあって」

「じゃあ、これから会社に戻るんですか」

「うん」

「ここは大丈夫ですから。もう少ししたら、奥さんもみえるでしょうし」

「そうかい？」

「ええ」

「じゃ、悪いね」沢田は亜紀の肩を軽く叩いて出て行った。

病室には亜紀と眠り続ける村岡だけが残された。ナースセンターにいる看護婦が、時折りガラス越しにこちらを見ている。そして何事もないと分かると再び視線を戻し、何かノートに書き留める作業を続けた。

村岡は意識を取り戻すだろうか。取り戻すとしたら、いつ？

亜紀は額《ひたい》に掌を当てた。頭が重く、常にぐらぐらと揺れているような気がする。

村岡が意識を取り戻したら、階段から落ちたのが私のせいだったということが分かってしまう。意図的ではなかったとはいえ、私が乱暴に村岡の腕を払ったために、階段から転げ落ちたのだということが。いや、村岡のことだ。私をかばって、本当のことは言わないかもしれない。しかし……。もしも、雄一との結婚が本決まりになって、それを村岡が知ったら。

そう考えて亜紀は唇を嚙《か》んだ。

村岡は妻と別れることも考えていたほど、私との恋愛に入れ込んでいたのだ。今まで私に注《そそ》ぎ、これからも注ぐつもりでいた愛情が、怒りや憎しみに変わるのにそれほど時間はかからないだろう。私が雄一と一緒になろうとするのを、はい、そうですか、と黙って村岡が見送ってくれるとは思えない。私のせいで階段から落ちたこと、そのせいで危うく命を落としそうになったことも口外するのではないだろうか。そしてもし、それが雄一に分かってしまったら。無論、これまでの村岡と私の関係も雄一の耳に入るだろう。そうなったらおしまいだ。

亜紀は両手の中に顔を埋《うず》めた。さまざまな考えが頭の中で渦《うず》を巻いて、止めようとしても止まらなかった。

あの階段。と亜紀は思った。村岡があの階段から落ちたときは、てっきり死んだものとばかり思った。それが生きていたなんて。幸い、私と村岡があの階段にいたのを見た者はいない。このまま村岡さえ何も言わなければ、何ごとも起こりはしないのだ。

村岡の左手に点滴の管がついていた。あれは何なのだろう。あれを取り外したら、村岡は死ぬのだろうか。けれど、ただのブドウ糖だったら何の意味もない。亜紀はそう思い直してため息をついた。危険を冒すからには、確実に村岡に死んでもらわなければならない。それもできるだけ事故に近い形で。どうすればいいのか。天井に一列に並んだ蛍光灯を見つめる。照度が落とされているので、まともに視線を当てても、目は痛くならなかった。村岡の口と鼻を、たとえばサランラップのようなもので塞ぐ。今この状態で、村岡が窒息死したとして、それが殺人だと分かるだろうか。そこまで考えて亜紀は顔を上げた。

うまくやれるかどうか分からない。しかし、このまま放っておいて、村岡が意識を取り戻したら。そうなる前に何とかしなければならなかった。とにかくやってみるしかない。今、この場で何とかしなければ二度とチャンスは巡ってこないだろう。

亜紀は席を立ち、ナースセンターに顔を出して化粧室に行くことを断わった。看護婦は、わざわざ言いにこなくてもいいのに、という表情で軽くうなずいただけだった。

化粧室で亜紀はバッグを開いた。何か適当なものはないだろうか。村岡を窒息させるのに使えるようなもの。と言っても、仕事場に持っていくバッグの中に、サランラップやビニール袋が入っているはずもなかった。財布に定期に手帳。化粧品の入ったポーチ。文庫本。バッグの底のほうに一対の汗脇《あせわき》パッドが入っていた。スーツやブラウスの脇の下に汗じみができるのを防ぐためのもので、雄一に会う前に、スーツの上着に付けているものを取り替えるつもりで、今朝出がけに入れておいたのだった。亜紀は掌の中に包み込んでしまえるそのパッケージを一つ開けてみた。二つ折りにして包装されていたが、広げてみるとほぼ円形で、肌に触れる側は、汗を吸い取りやすくするためのガーゼ状のメッシュの布が貼ってあるが、衣類に付着させる側は防水加工のビニールシートである。そこにポストイットの糊《のり》のような剝《は》がれやすい接着剤がついている。亜紀はそのビニールシートの部分をそっと口と鼻に当ててみた。その上から掌を当てて強く押さえるようにすると、完全に密閉された。呼吸ができなかった。

亜紀はポケットに汗脇パッドを突っ込み、バッグを肩にかけて化粧室を出た。

ナースセンターと向かい合う位置に椅子を移動させ、看護婦達の動きを目で追う。今センターに詰めているのは三人で、そのうち二人は亜紀に横顔を見せる形で奥のデスクでパソコンに向かっている。集中治療室に顔を向けているのは、一人だけだった。その看護婦さえ、いなければ。

亜紀は看護婦の動きを注意深く見る。看護婦は時折り目を上げて病室内を確認する。亜紀と目が合うとうっすら微笑んで、亜紀の労《ねぎら》うようにうなずくのだった。とても行動を起こすわけにはいかなかった。今、何か目だつことをしたら、すぐにあの看護婦に見とがめられてしまうだろう。亜紀はいらいらと時計を見る。

そのとき廊下にばたばたと足音がした。亜紀はびっくりして立ち上がる。ガラス越しに覗くと、きちんと外出着を着た中年の女性と小学校の高学年くらいの女の子が走ってくるところだった。集中治療室の手前で看護婦に止められている。女が看護婦に早口で何か言い、看護婦は小刻みにうなずき返した。そして女は部屋に入ってくるなり、

「あなた」と一言、言ってその場に立ちすくんだ。少女も女の傍《かたわ》らに呆然とつっ立っていた。

「まだ意識が戻りません」看護婦が村岡の妻に言う。

村岡の妻はおそるおそるといった様子で村岡のベッドに歩み寄り、体を傾けて眠っている村岡を覗き込んだ。それから低く、あなた、と数回呼びかけた。呼んでも無駄だとようやく納得したのか、やがてゆっくりと振り返った。怪訝《けげん》そうに亜紀を見る。

「会社の日比野です」

言うとすぐに分かったらしくうなずいた。

「村岡の家内です」丁寧に頭を下げる。「お電話頂きまして。いろいろとご迷惑をおかけしました」村岡の妻はもう一度深々と頭を下げた。「香《かおり》。お父さんの会社の方」村岡の妻が亜紀を娘に紹介する。

娘はぼんやりした様子で、小さく頭を下げた。色白で小作りな顔。綺麗な目をした少女だっ

た。

「主人、階段から落ちたってことでしたよね？」村岡の妻はベッドの脇を離れ、村岡に背を向けた。

「ええ、二十五階と二十六階の間の階段です。たった一階なので、いちいちエレベーターを使うのも面倒なんで、私達、行き来する際には階段を使っているんです。村岡さん、そこで足を滑らせてしまったようなんです」

「そんなに急な階段なんでしょうか？」小声で重ねて訊いた。

「いえ。特に」

「主人は急いでいたのかしら？」

「さあ」亜紀が首を捻《ひね》る。

「滑りやすいとか？」

亜紀は少し考えてから言った。

「そんなこともないと思いますけど」

村岡の妻が一瞬黙る。やがて長いため息をついた。

「主人、おっちょこちょいなところがあるから」そう言って同意を求めるように亜紀を見た。

「村岡さん、先生がお話があるそうです」看護婦がそう村岡の妻を促した。

「分かりました。香ちゃん、どうする？　そこにいる？」

「私も行く」香は慌てて言った。病室に残されるのが堪《たま》らないとでも思ったようだった。

「お嬢さんはここで待って頂いたほうが」看護婦の言葉に、

「イヤ。私もママと行く」香は言い張った。

村岡の妻は困惑の表情で看護婦を見て、お願いします、と頭を下げた。

「この子も一緒に」

看護婦がため息混じりにうなずき、村岡の妻は香を連れて部屋を出て行こうとしたが、ドアのところですがるように亜紀を見て、

「日比野さん。すみませんが、もう少しだけここにいてもらえませんか」

「ええ」亜紀はしっかりとうなずいた。

再び病室には亜紀と村岡だけになった。ナースセンターを見ると、病室に顔を向けていた看護婦は村岡の妻に付き添って行ったらしく姿がない。残りの看護婦はそれぞれ奥のほうで何かの作業に打ち込んでいる。

どこからか聞こえていた話し声や物音が止んで、周囲がしんとなる。今しかない、と亜紀は思った。村岡の妻が戻ってきたら、二度と亜紀が村岡と二人きりになれるチャンスはないだろう。

耳の奥で血管がどくどくと脈打っていた。指の先まで震えがくるようだった。一度目を閉じ、

呼吸を整《ととの》える。階段を落ちて行くとき、懇願するように亜紀を見ていた村岡。そして目も口も半開きにして踊り場に横たわっていた村岡。それらが次々に浮かんでは消えていく。

掌に汗が浮いてぬるぬるする。スカートにこすりつけて、亜紀はそれを拭《ふ》いた。緊張のあまり、気を失いそうだった。上体を屈《かが》めて村岡を見る。村岡は唇を薄く開いていた。口の端が下がり、頬の筋肉が緩《ゆる》み、疲れきった老人のように見える。村岡はこんな顔をしていたのか、と亜紀は思った。村岡の寝顔をしげしげと眺めたことなど今まで一度もなかった。震える手を伸ばして、額に垂れた村岡の髪を静かにかきあげてやる。ちらりとナースセンターに視線を投げる。亜紀の動きに注意をしている者はいなかった。ポケットから汗脇パッドを取りだし、掌の内側に隠すようにして、そのまま腕を伸ばす。村岡の口元にあてようとしたときだった。それまでの村岡の規則正しい呼吸がふいに止んだような気がした。亜紀は喉の奥で声にならない悲鳴を上げた。村岡が目覚めているように思えたのだ。目覚めていて、密かに亜紀の動きを観察しているように。亜紀は血管の浮いた村岡の瞼《まぶた》をじっと見つめながら、そのままの姿勢でいた。数秒の後、村岡はそれまでよりも早い呼吸を再び始めた。伸ばしていた亜紀の手に村岡の生暖かい息がかかる。亜紀は震える右手を左手で押さえつけた。

だめだ。できない。

亜紀はがっくりと首を垂れた。

無理なんだ。無理だったんだ。こんなこと。窒息させようなんて。

亜紀は唇を固く嚙みしめた。

村岡が意識を取り戻したらきちんと話そう。結局、村岡に分かってもらうしかないのだ。階段で村岡の腕を振り払ったのはわざとではない。そして、すぐに救急車を呼ばなかったのだって恐くなったからなのだ。そう言おう。二、三度、涙でも見せれば、案外村岡はすんなり信じてくれるような気がした。そのほうがずっと賢明だ。殺人を犯すよりも。ずっと。

そのとき、けたたましいアラームが病室内に鳴り響いた。

亜紀は弾《はじ》かれたように立ち上がり、手に持ったままでいた汗脇パッドを慌ててポケットに突っ込む。ほぼそれと同時に看護婦が部屋に入ってきた。慌ただしい動作で機器類の表示を確認して、先生、と呼びながら出て行った。血圧モニターか心電図モニターか、何かが異常な価《あたい》を示したらしい。そうすると自動的にアラームが鳴るシステムになっていたのだろう。廊下に慌ただしい足音が響く。看護婦達の声と医師の切迫した声。看護婦達が銀色のワゴンのようなものをものすごい勢いで押してきた。看護婦の一人がどん、と入り口近くに立っていた亜紀にぶつかり、そのまま物も言わずに村岡の枕元に走り寄る。村岡の妻も娘の手を引いて走ってきた。医師や看護婦に取り巻かれた村岡を見ると、呆然とした様子でドアのところに立ち尽くした。紙のように白い顔をして、両手をきつく握り合わせている。

医師が心臓マッサージを始めた。あまりにも乱暴に思えるその動きに、思わず亜紀は目を背《そむ》ける。その場にいるだけで、亜紀は息ができなくなりそうだった。胸が苦しくてならなかった。どれだけの時間が経ったのか。気が付いたときには、医師が目の前に立って村岡の妻と亜紀に向かって頭を下げていた。

「ご臨終です」

亜紀がくたくたとその場にしゃがみ込んだ。それまで張りつめていた気持ちがぷつんと切れてしまったのだ。看護婦が慌てて脇から支え、廊下にあるベンチに座らせてくれた。

「大丈夫ですか」亜紀の顔を覗き込む。

「ええ」もうろうとした意識のまま亜紀は返事を返した。

病室では村岡の妻が、気丈にも涙も見せずに医師と話をしていた。しばらくすると村岡の妻が医師に付き添われて部屋を出てきた。香は村岡の傍らに放心した様子で座っていた。それから親戚や知人に電話をかけるためだろう、村岡の妻は廊下の奥の公衆電話へと向かった。亜紀はまだ立ち上がることもできず、ベンチにぼんやりと座っていた。壁にかけられた丸い時計が静かに時を刻んでいた。しばらくして、一通り電話をかけ終えたらしい村岡の妻が戻って来た。亜紀の前で足を止め、小さく会釈をした。それから病室に入ると、ドアをきちんと閉めた。まるで亜紀を排除するかのように、ぴたりと。看護婦が亜紀のところにやってきて、

「少し休んだら」

そう言ってナースセンターのソファへと亜紀を連れて行ってくれた。熱いお茶をいれてくれ、しばらくそこで休んでいるようにと言い置いて、看護婦は又すぐに出て行った。ソファに半身だけ横たえる。このまま眠ったら、もう二度と起き上がれないような気がした。廊下を行き来する看護婦達の足音。低く囁《ささや》き交わす声。器具の触れ合う金属の音。それらが混じり合って病院の夜を覆《おお》っていた。しばらくすると、廊下を行き交う足音が途切れ、静寂が訪れた。

村岡の妻と娘はどうしているのだろう。亜紀はまるで別世界のことのように、すぐ間近にある村岡の病室を思い浮かべた。もう二度とあの病室に足を踏み入れたいとは思わなかった。

いつの間にかうとうとしていたようだった。目を開くと、奥のデスクに看護婦が座って仕事をしていた。

亜紀はゆっくりと起き上がり、自分でもう一杯お茶をいれ、時間をかけてそれを飲んだ。熱い液体が喉から胃へと落ちていく。その度に体温が少しずつ戻ってくるようだった。飲み終わって、ようやく気持ちが落ち着いた。自分自身を見回してみるとスーツはしわだらけで、ストッキングはいつ引っかけたのかデンセンしてしまっていた。シニヨンにまとめていた髪が乱れ、肩に落ちている。亜紀はのろのろと立ち上がり、看護婦に礼を言ってからナースセンターを出た。

取りあえず化粧を直しておこうと化粧室に入った。青ざめた顔をした亜紀が鏡の向こうから見返している。まずティッシュを水に浸《ひた》し、アイラインを拭き取った。強くこすったせいで瞼《まぶた》が赤くなってしまった。口紅はとうにとれてしまっている。化粧ポーチの中から小さなブラシを取り出し、髪に当てる。何度か髪をすいてから、両手を後ろに回し、くるくると長い髪を巻いて一つに束《たば》ねる。きょうの午後、オフィスビルの化粧室で同じようにして髪を直したことを亜紀は思い出した。村岡が階段から転げ落ちた直後のことだった。あのときは、不安に手を震わせながらやっとのことで髪をまとめた。今、亜紀の手は震えてはいなかった。毎朝、自宅のドレッサーの前で素早く身支度《じたく》を整えるのと同じような要領の良さで髪をまとめていた。バレッタを留めて、亜紀は鏡を見る。そして思った。村岡は死んだのだと。

何という運の悪い男。そしてなんて運のいい私。これで何の問題もなく雄一と結婚することができる。殺人などという愚かしい犯罪を犯すこともせずにすんだ。ポケットの中にある少し滑稽な物を思い出して、亜紀は笑い出しそうになった。あんなもので、汗脇パッドで人を殺そうとするなんて、我ながら血迷っていたとしか思えない。

ふう、と亜紀は小さく息を漏《も》らした。それからふいに微笑んだ。それは意図したものでも何でもなく、自然に沸き上がってきた微笑みだった。口紅のとれた白っぽい唇が鏡の中で心の底からほっとした笑みを浮かべていた。

　そのとき、奥の個室のドアが開く音がした。誰もいないものとばかり思っていたのに。亜紀は慌てて、たった今まで唇に浮かんでいた笑みを消し、口元にコンパクトのパフを押し当てた。鏡の中で個室から出てきた女と目が合った。村岡の妻だった。彼女も亜紀を見て驚いたようだった。眼鏡の奥で目を見開き、唖然とした表情をしている。二人の女は黙ったまま、鏡の中でしばらくの間、見つめ合っていた。数秒の後、ふっと村岡の妻が表情を緩めた。亜紀の方へ歩み寄って来ると、

「見られちゃった？」と訊いた。彼女の吐く息にタバコの香りがした。どうやら個室でタバコを吸っていたらしい。

　亜紀は何も答えなかった。けれど亜紀はすでに見ていた。亜紀をみとめて驚いた表情をするそのほんの一瞬前、鏡の中の村岡の妻の顔に安堵の微笑みがあったことを。それは少し前、亜紀の顔にも浮かんでいたものだった。

「あなたがトイレにいるとは思わなかったわ」それからじっと亜紀の顔を見て、「でも、村岡も幸せだったわよね。泣いてくれる人がいるんだから」ため息の混じった声で言った。

「え？」問いかけるように亜紀が顔を上げる。

「目が赤いわよ」亜紀の目を指さした。「あなただったんでしょう。村岡の恋人って。あなたを見たときすぐ分かったわ。村岡、私と別れたいって言ってね。別に、あなたを責めているんじゃ

ないのよ。別れるのは全然構わなかった。条件さえ折り合えばね。でも、村岡ったら香まで連れて行くって。私には渡さないって。それだけは私、許せなかったわ。それに村岡って、あれで案外お金に細かいところがあってね」

村岡の妻の表情には少し崩《くず》れたところがあって、先ほど病室で会ったときの良妻然とした彼女よりもずっと美しく、魅力的だった。

「それにしても、あなたにはかなわないわ」亜紀の全身を嘗《な》め回すように見て言った。「村岡が亡くなったとき、あなた、腰を抜かしたでしょう。そのあなたの横で、妻の私が平気でいるのがまるで犯罪のように思えた」

「ごめんなさい」

亜紀が謝ると、彼女は首を横に振った。

「ううん。村岡のためには良かったと思って。あなたみたいなお嬢さんにそこまで思ってもらったんだから。でも……」そこで一旦、言葉を切った。「村岡、階段から落ちるなんてね。不注意にもほどがあるわ。ねえ……案外、あなた、村岡と階段で痴話喧嘩でもしたんじゃないの?」そう言って亜紀の反応を確かめるようにじっと見る。亜紀は胸に手を当てた。そうすれば、暴《あば》れ出しそうな心臓の拍動を抑えることができるとでもいうように。

「いやだ、そんな顔しないで。だからと言って、あなたをどうこうしようってわけじゃないんだから」村岡の妻は穏やかに言った。それから、「実は私ね、ちょっと弱みがあって、離婚するにしても村岡に強くお金を要求できなかったの」そう小声で付け加えた。

亜紀が視線を上げると、

「昔の恋人と会っていたこと、村岡に知られちゃったの」と言い、スーツの襟元に手をやった。華奢《きゃしゃ》な金のネックレスがきらりと光る。

もしかしたら、今夜も彼女は昔の恋人と会っていたのかもしれない。夕方からずっと連絡のつかなかったことを思い出して、亜紀は密かにそう思った。

「まいったなあって思ってたわ。それがこれでしょ。この事故。びっくりしたけど、でもねえ」彼女は洗面台に片手をついた。「村岡、生命保険にも一応入っていてくれたし」彼女は洗面台のシンクに張り付いていた髪の毛を指先で摘《つま》み、ごみ箱に捨てた。それから亜紀のほうに屈み込むようにして、

「あなた、村岡といて疲れなかった？　あの人の馬鹿正直な愛情が重くなることなかった？」真顔で問いかけた。

亜紀が言葉に窮《きゅう》していると、彼女は視線を外し、そのまま黙って化粧室を出て行った。村岡の妻の肉付きのいい腰が視界から消えて初めて、亜紀は肩で息をついた。

奥さん。私もおんなじ。重すぎたの。村岡さんの愛情が。

それにしても……。と亜紀は考える。

村岡は妻に娘を渡さないと言っていたらしい。ということはコブつきで私と一緒になろうとしていたのか。私に香の母親になってくれと言うつもりだったのか。先ほど病室で顔を合わせた香という娘の顔を思い浮かべた。可愛らしい顔立ちをしていたが、それを充分自覚しているような傲慢さも合わせ持っていたような気がする。

亜紀はもう一度、鏡の中の自分の顔を見た。先ほどよりは生気が戻って、顔色もよくなっていた。

ああ、良かった。村岡さんが死んでくれて。

柄刀一●エデンは月の裏側に

著者・柄刀《つかとう》 一《はじめ》

昭和三十四年生まれ。北海道札幌市在住。同市のデザイナー学院を卒業後、推理作家を志しながら、各種のフリーターをこなす。『本格推理』シリーズに三作が掲載された後、第八回鮎川哲也賞の最終候補作となった『3000年の密室』が初の長編として出版された。

1

預金通帳の心もとない残高数字に、時が何らかの変化をもたらさないかとじっと目を凝《こ》らしていると、横に座ってそれを覗《のぞ》き込んだ龍之介《りゅうのすけ》が、「うわぁ、すごいですね」、と子供じみた歓声を上げた。

馬鹿にされているのかと、眉間《みけん》に皺《しわ》が寄る。「どこがすごいの？」

「だってほら、この口座番号も、最後の金額も、双子《ふたご》素数になってる」

「ふたごそすう？」

「口座番号が281283じゃないですか。281と283の、その差が2しかない素数の並びですよ。しかも、残高のほうまで、149151！　これも双子素数でしょう。いやあ、こんなこともあるんですね」

それがそんなに喜ばなけりゃならないこと？　数値の組み合わせなどではなく、六桁《けた》の金額としてこの数字を見ているこっちの空虚感をよそに、龍之介の奴は美しいものでも発見したかのように瞳《ひとみ》を輝かせている。まったくわけが判らない。少なくとも、ちょっと追いついていけない、理解しがたい感覚の持ち主だ。

ほとんど初対面のこの従兄弟《いとこ》が、我がアパートにやって来たのは昨夜《ゆうべ》だった。ドアの向こうから流れ込む夜風には、わずかに秋の気配もあったか。

天才、っていうのがどんな顔をしているのか見てやろうと、幾らか視線をとんがらせていたのだが、現われたのは、どうってことのない風貌をした男だった。分け目もない髪の毛はハサミを入れただけというシンプルさだし、表情は気の弱さを感じさせるほど穏《おだ》やかだ。とても二十八歳には見えず、どこか幼いという印象すらある。

「よ、よろしくお願いします。龍之介です」

頬が紅潮していたが、それは緊張からくるもののようだった。まるで人慣れしていないというか、世慣れていないという感じがありありだ。

「ボクは光章《みつあき》。ま、気楽にどうぞ。まずは上がって」

「は、はい。どうも」

足を出そうとした龍之介は、身の回り品を詰めた不格好なバッグに蹴《け》つまずき、新調したばかりだった壁紙にガリガリと爪を立てた。

龍之介はついこの間まで、彼の祖父《そふ》と二人、小笠原《おがさわら》諸島の小島でのんびりと学究ざんまいの生活をしていたのだ。あのじいさん――色々な大学や研究機関から引き合いがあり、博士号を四つ持っていた――天地《あまち》徳次郎《とくじろう》が、あとつぎと目してその頭脳に大いに期待していたのがこの龍之介だとは、見た目だけではちょっとにわかには信じがたい。『ひなたぼっこ』というタイトルの、彫刻か絵画のモデルにこそふさわしいとは思うけれど。

確かに、どういう役に立つのかも判らない雑学的な知識は膨大にあるようで、「もうすぐ三十四歳だよ」と私が自己紹介すると、「ポパイと同《おな》い歳《どし》ですね」なんてことをニコニコと、愛想のようにのたまわったりする。生活力は極めて乏《とぼ》しそうだった。セルフサービスのハンバーガーショップに連れていけば、トレーの上のペーパーを、「こ、これも捨てていいんですか？」と、おどおどしながら見つめている。エスカレーターへの第一歩がなかなか踏み出せないし、街頭配布のチラシやティッシュなどは、お礼を言いながらすべて受け取ってしまう（これは、生活力があるというべきなのか？）。とにかく、都会の中で生きていくすべなどはまるで身につけていないようで、はなはだ頼りない男なのだ。

彼が東京へ出て来なければならなかったのは、徳次郎じいさんの死という事情による。じいさんは、自分の死後、ある旧友に龍之介の身を託するつもりだったらしい。約束は交わしてあるということで私が問い合わせたのだが、当の相手は八年も前にその職場から退職していた。浦島太郎《うらしまたろう》じゃあるまいし。あのじいさんは、島の外での変化の速度というものを認識していないのか。これでは、約束を交わしているなどという話も怪《あや》しいものだ。だがとにかく、その職場の関係者が連絡先を捜《さが》してみるということだったので、はっきりと調べのつくまで、龍之介はここに荷物を解《ほど》くこととなったわけだ。

こっちはようやく一美《かずみ》さんとの仲が進行し、部屋へも招待できそうなムードになってきているところなので、はっきり言ってとぼけた従兄弟は邪魔な存在ではあった。庶務課からメインロビーの受付担当に抜擢《ばってき》された我が社の花、一美さん。あがってしまって縮《ちぢ》こまりそうになる心臓を奮《ふる》い立たせてのアタックが功を奏し、ようやく恋人らしくなってきた今日この頃。しかしまあ、お邪魔虫に屋根を貸すのも二、三日のことだ、我慢できないこともない。……そう思っていたのに、まさか、あんなとんでもない事件にまで巻き込まれることになるとはね……。

2

小雨の中、私と龍之介は、武蔵野《むさしの》市の少々辺鄙《へんぴ》な郊外にある未来企画総合研究所というシンクタンクを訪れた。徳次郎じいさんの旧友、中畑《なかばたけ》さんはここに勤めていたのだ。退社時刻も過ぎて閑散としているロビーには、立ち話をしている二人の男性がいたが、私達に気付くと、何か？という目を向けてきた。そして、その中の一人の表情がぱっとなごむ。

「もしや、天地さんですか？」

私は当事者の龍之介を前に出して紹介し、私はその従兄弟です、と応えた。「この度はご丁寧《ていねい》な対応、ありがとうございます」と、頭も下げておく。龍之介も、深く、深く、お辞儀をしている。

「いえ、理事長に聞きましたが、天地徳次郎さんにはずいぶんお世話になったそうですし。あ、わたくし、総務で人事を担当しております、蒲生《がもう》と申します」

四十半《なか》ばの年齢で、横に広い、がっしりとした体形をしている。顔立ちも四角に近いが、その中で、如才《じょさい》のない表情が丸く収まっている。

「このような天気の中、ご苦労様です。ではさっそく、オフィスのほうへ」

それを機に、蒲生と話をしていた高級スーツの年輩者は、こちらに一礼すると別の方向へと足を向けた。

「わたくしは、直接には、天地徳次郎さんも中畑さんも存じ上げないのですがね」歩きながら蒲生が言う。「どちらも、当研究所のキーパーソンであったようですね」

「祖父は、こちらでは、橋脚強度の測定システムの製作などで特に貢献していたようで」

と、龍之介が嬉々《きき》として語り出す。その話の中身はどんどん研究内容へと進み、発散振動現象だとかウルトラスチールだとかいう用語がずらずらと登場し、蒲生の口数を極端に少なくさせた。

オフィスは三階にあり、応接スペースは広い窓に面していた。

「いやあ、しかし……」ソファーに掛けつつ、私は本音の感想をもらした。「凝《こ》った美術館みたいな建物ですね。素敵です」

さいぜんまで吹いていた強い風が収まったこともあり、雨雲に滲《にじ》む残照と、深まりゆく夕闇が、大きな人工池に静謐《せいひつ》な情感を与えている。

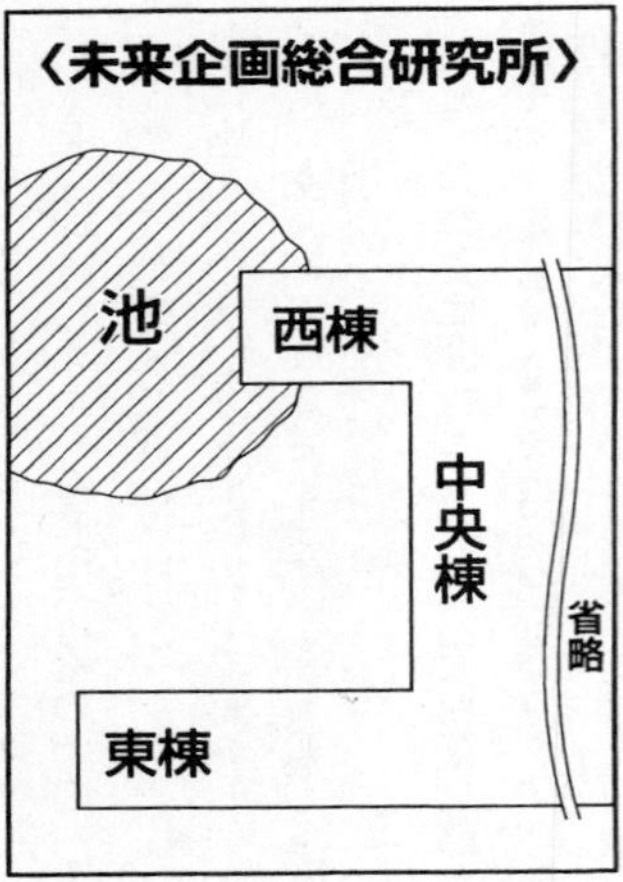

こちらと向かい合う短い棟が、その池の上に張り出していて、それはどこか、瀟洒《しょうしゃ》な未来的景観でもあった。私が通う営業所とはえらい違いだ。
「あの池は実験にも使えますが、福利施設でもありましてね。小さなボートもけっこう人気があるんですよ」
蒲生は衝立《ついたて》の奥に行き、「ちょっとお待ちくださいね」と、ガサガサと書類を集め始め、「中畑さんは、うちの記録に残っているご住所にはもうおられませんで」と、事情説明も加える。「定年後は、具体的な連絡はほとんどどことも取っていない様子でして……。まあいささか、そのぅ、ユニークな方だったようですからね」

変わり者ということだ。類は友を呼ぶ。

私達の前に座り、蒲生は何枚かの用紙を示す。

「御存じかもしれませんが、これが一応、中畑さんの実家などの連絡先です。そして、最近の中畑さんの消息ですが、どうも、フィリピン辺りへ行っているということでした」

「フィリピン……」

「戦友の遺骨がどうの、ということで、もう長いこと向こうで生活しているみたいですよ。ルソン島の奥地のこの村に、二年前までいらしたらしいことはつかめたのですが……」

蒲生は、その記述個所を指差し、

「それ以上のことはねぇ」と、理解を求めるような柔和な苦笑を浮かべる。いかにも場数を踏んで身につけたという絶妙な表現方法だ。「情報などは容易に集められない、近くて遠い隣国とい う感じでして。ハワイなどは年々近くなっていますのにね」

「そうですね」龍之介が真面目に言う。「ハワイ諸島は、年に数センチずつ移動してきている太平洋プレートの代表みたいにとらえられていますから」

「……」さしもの蒲生も、業務用の表情を一瞬惚《ほう》けさせた。

「反して、月が年に三・八センチずつ遠ざかっているのを、我々は潮の満ち引きだけでは——」

昨夜も聞かされた、起潮力《きちょうりょく》は引力の空間微分がどうのなどという話がまた始まってはたまらないので、私は龍之介の言葉を遮《さえぎ》った。「それで、蒲生さん、この電話番号が、中畑さんが滞在していた家のものなのですか?」

「いえ、それは、現地の事情通の事務所のですよ。電話では、そうたやすくは……」

予想以上にゴールは遠そうだった。私は困惑ぎみに、雨のぱらつく窓の外に目をやっていた。池の上に張り出している、規模の小さな、三階建ての向こうの棟。どの窓にも明かりはない。その屋上に、二つの人影があった。

「……何やってんだ?」思わず声が出てしまっていた。

池と中庭を挟んだ五十メートルほどの距離と、戸外の暗さとで良くは見えなかったが、その二人は争っているようなのだ。龍之介と蒲生もそちらに目をやる。室内の明かりを映《うつ》す濡れた窓ガラス、残照の逆光。恵まれない視界の中、私は目を凝《こ》らした。たぶんあれは、二人とも男だ。

さほど険悪なムードではなくなった、と思っていると、一人がふらっという感じで低い手すりをこちら側——外側に越えたではないか。そして膝《ひざ》を突く。手すりの向こうに立っている相手と向き合う形だ。私は得体の知れない緊張感で腰を浮かせていた。——と、次の瞬間、手すりを越えていた男がぐらっと揺れた。落ちた——そう思った刹那《せつな》、男の体が二つに分かれたように見えた。背中から剝《は》がれた影がふわりと落下する。コートか何かのようだ。しかし、事はそこで終わらなかった。体勢を崩していた男は、結局そのコートの後を追う。背中からの、真っ逆様の転落。

「ふひゃっ」という情けない声を龍之介が発していた。

転落した男は、暗い水面に水柱を立てた。小さくではあったが、その音がここまで聞こえた。

「何てことだ！」愕然《がくぜん》とした様子で蒲生が窓に駆け寄る。

私は転落した男を助けようと、反射的に廊下へ向かった。ついてこようとした蒲生が途中で足を止める。「あっ、け、警備のほうに電話してから行きます」

不案内な建物だったが、勘を頼りに私は走った。遅れがちながら、龍之介の足音も続く。一階、中央の棟の、中庭側。そのガラス壁の一枚がドアとなっており、外側にひらいていた。庭の細い道を進むと、池の端《はた》に背広姿の男が見えた。その彼が振り返る。ロビーで会った男だった。

「届かない……」

青ざめたまま男は呟《つぶや》き、池に向き直ると竹竿で水面を叩いた。その先、数メートルの所に、二つのものが浮いていた。薄い灰緑色の、フード付き雨ガッパ。そして……うつ伏せの人体。ギョッとした。その背中に一本、細い棒が突き立っているのだ。そしてその突端に、プラスチックか何かの矢羽根《やばね》……。矢だ。矢が刺さっている。ただの転落事故ではなかったのだ。そしてあの様子では、この男はすでに死んでいる。

物音に振り返ると、龍之介が腰を抜かしていた。

3

「ぼ、僕はちょっと小競《こぜ》り合いをしただけだ」

被害者、能戸浩志《のとひろし》と屋上にいた男、前島虹一《まえじまこういち》が、包帯をきつく巻かれた左手を振り回して主張する。

「呼び出されたのは僕のほうなんだ。その上あんな暴言を吐かれてはね」

「どんな暴言かね?」と、向かい合っている五十嵐泰三《いがらしたいぞう》が訊《き》く。

「それは、前からの……」語尾を濁《にご》した前島は、室内ただ一人の女のほうにちらりと視線を向けた。

女の名は小野安芸子《おのあきこ》。男性雑誌のグラビア以外にも、自意識を伴《ともな》ったこのてのフェロモンを匂い立たせる女性は多くなってきた。スカートの丈などもそれほど短いわけではなかったが、妙に惹《ひ》き寄せられる肉感が随所で浮き立ってくるようで、男は理性の下の落ち着きを奪われる。彼女なら、ヨロイを着ていても男を籠絡《ろうらく》することができるだろう。……まあ、龍之介タイプは、ヨロイのほうに興味を引かれるのかもしれないが。

彼女と前島、そして能戸は、いわゆる三角関係にあったらしい。しかも男二人の対立は公私ともにエスカレートし、研究内容の盗用をあげつらったり、産業スパイの容疑を掛け合ったりと、その反目は泥沼化していたという。そんな話を私は、平常心をなくして口数が多くなっていた蒲生から聞いていた。

若い三人は共に工学系の研究者であり、その上司が五十嵐泰三だった。能戸の体を池から引き上げようと奮闘していたのが彼だ。上等なスーツやズボンのあちこちが水で濡れている。なかなか男前の、彫りの深い顔立ちが、今は、神経質な様子を通り越した重い深刻さで灰色になっている。

室内には他に二人、警備員がいる。竹《たけ》尾太《おふとし》という若いほうは、細身の体形ながら、目鼻の周りにむくみのようなふっくらとした肉付きがあり、それは先程から緊張で強張《こわば》っている。もう一人は警備主任の飛田《ひだ》睦友《むつとも》。半白髪で、堂々たる体軀《たいく》。警察が来るまでの間、この警備室で、事態の収拾を図《はか》ろうとしているのが彼だった。元鉄道公安官で、しかもその上、ドラマの役柄からそのまま抜け出したような宇津井健《うついけん》そっくりの顔をしているのだからすごい。何がすごいのか、よく判らないが……。

他に勿論、龍之介がいる。東京へ出てきたとたん殺人事件に巻き込まれてしまったのだ、都会を犯罪と悪意の巣窟ととらえてしまっていても不思議はない。パイプ椅子《いす》の上で、彼は、海から揚げられたマンボウのようにぐったりしている。

さて、それぞれの申し立てによると、事件の概要はこうだ。

パソコンを通したメッセージで、前島虹一はあの西棟の屋上に呼び出された。そこで乱暴な言いがかりをつけられ、かっとなり、小突き合いになった。前島は、確かに一度は能戸を殴ったという。この辺りのシーンは、防犯と事故対策用の監視カメラで竹尾警備員がモニターしている。その先は死角に入ってしまうのだが、それ以上の暴力は振るっていないと前島は言う。ただ揉み合いは終わっておらず、二人は手すり際まで行った。二人ともちょうど東棟のほうを向いていて、前島が能戸の襟首を押さえようとした時だった。「うっ」という呻《うめ》き声を発して能戸がのけ反るようにし、続いて前に倒れ込む形で手すりを越えた。その様子に戸惑って前島が手を伸ばしそびれている何かぽかんとしたような表情で前島を見た。そして、跪《ひざまず》いたような格好のまま、間に、能戸は後ろ向きに落ちていったのだった。

その落水の音を、五十嵐も聞いていた。彼のオフィスは、私達のいた東棟寄りの中央棟の一階に位置し、現場には近かった。ただならぬ気配の水音だったので五十嵐は様子を見に行き、水面に浮いている能戸を発見したという経緯《いきさつ》だ。

蒲生から連絡を受けた竹尾は、裏口で施錠システムについて業者と話し合っていた飛田警備主任を無線で呼び出し、それぞれが、距離的に近い屋上と池とへ駆けつけることにした。飛田は、私達より少し遅れて中庭にやって来た。

「君達の背後から矢を射た者がいると主張するわけだね？」

その飛田が、前島虹一に問いかけていた。

「そうとしか考えられない……」

「能戸さんは、あなたのどっち側にいたのかな？」

「右です……」

「そして、同じ外側を向いていた。彼は、前のめりに手すりを越えたわけ？」

「いや、体を横にして、ベリーロールみたいに足を外側に……」

「その時はもう、能戸さんは雨ガッパを羽織《はお》ってはいなかったんだね？」

「小競り合いになってからは、手に握っていて……。手すりを越える時、それがバサッとあいつの体を覆《おお》う感じで……」

「それで、背中の矢がよく見えなかったのだ、と？」

前島は右手で目元を覆い、弱々しく頭を振った。「よく……、思い出せないんだ」

その時の光景を目撃した私達にも、矢までは見えなかった。手すりを越えてからは、雨ガッパは偶然、能戸の背中に張り付く形になったようだ。そして能戸の体が大きく傾《かし》いだ時、まずはその防水外套《がいとう》が落下した。

「しかし、屋上にあなた達しかいなかったことは確かだ」と、静かに竹尾が指摘する。

監視カメラのビデオを見直したところ、前島と能戸の姿しか映っていなかった。屋上への出入り口は、真正面からとらえられているにもかかわらず。隠れている人間や怪しい物がないかと、屋上は二人の警備員が中心になって調べられてもいた。

「でも、矢なんて、僕は……」憔悴《しょうすい》しきったように、前島は言葉を切った。

「では、その矢のほうも考えてみようか」と言ったのは五十嵐だ。

彼は、研究所の人間達が容疑者として警察に扱われることに嫌悪感を感じているらしい。そのような印象が世間に広まることを回避したがっている。そのため、飛田と協力して、かなり時間が経ってから通報した警察が到着するまでに、事件の背景を絞り込んでおこうと動き回っているのだ。

そして私は思い出した。五十嵐が能戸の上体を抱え、その背中を覗き込んだ時のことを。場違いなほどに赤い色の矢軸《シャフト》が、濡れそぼったグレーの背広を、少し吊り上げるような皺を寄せて男の体に縫いつけていた。そして、その矢の羽根の近くに目を寄せた五十嵐が、「小野くんの紋章《クレスト》だ……」と呟いた。

小野安芸子と能戸浩志は、この研究所のアーチェリークラブに所属しているということだ。図器の矢の目印などを聞かされた時、小野安芸子は、「わたしの矢みたいですね」と、戸惑いながらも投げやりに答えていた。

「君の弓や矢は、クラブにあるのかい？」

五十嵐が小野に訊く。

「研究室のロッカーに入れてあります。持って帰るつもりでしたから。週末に、友達とプレーの予定が……」

「その道具を、ちょっと確認させてもらえないかな」

五十嵐をにらみ返すようにしてから、小野は厳しい表情で立ち上がった。一応恋人であったはずの男の死より、自分の身に降りかかる嫌疑のほうが、彼女にとっては重大な関心事のようだった。

みんなが戸口に向かうと、龍之介が小さく声をかけてきた。

「残されるのも恐いから、ボク達も行きましょうか」

小野安芸子が所属する共同研究室は、事件の起きた西棟の最上階、三階にあった。東西方向では、転落現場のちょうど真反対に当たる。事件発生時、彼女は一人、ここで仕事の追い込みをしていたという。

龍之介は見渡す限りの最先端の分析装置に感動して元気を回復しつつあったが、他の人間達の興味は一つだった。小野はロッカーの一つからゴルフバッグに似たケースを引っぱり出し、そのジッパーをあけた。矢入れの中の矢の本数が十一本であることを確認した小野が、悔しそうな吐息を漏らす。

「やっぱり、一本なくなっています。今朝運んできた時はあったのに……。まったく、誰なのよ」

ぶつぶつ言う彼女に、警備主任の飛田が問いかける。

「弓はあるのかい？」

樹脂製のケースには、弦も張っていない分解された状態ながら、きちんと弓が収まっていた。居心地のよくない沈黙が落ちる。

「まさか皆さん」ときつい調子で言い、小野安芸子が細い眉をしかめる。「わたしが浩志さんに矢を射ったなんて、本気で考えているわけじゃないでしょうね。この研究室は今日は何度も無人になったから、矢を盗んでいくことなんて誰にでもできるはずよ。そうだわ、虹一さんにだって盗めたはずよ」

その思い付きに興奮した様子で、彼女は前島虹一の眼前に顔を突き出して言い募る。

「矢が凶器だからって、なにも弓で射る必要はないじゃない。彼は、矢だけを隠し持って行って、それを手にして浩志さんを刺し殺したのよ」

「しかしあの矢の刺さり方は……」と、口をぽかんとあけた前島に代わって反論したのは五十嵐だった。「かなり深いもので、人が手で打ち込めるものではないと思うね。矢というものは握りづらいし、前島くんは今、片手が利かない」

前島虹一は一週間前の機材運搬中の事故で左手の中指と薬指を骨折しているということだった。それは保険も適用された、嘘偽りない本当の怪我で、確かに、包帯で固定されている左手はまったく使いものになりそうになかった。

「それに」と、竹尾警備員も言う。「一本の矢とはいえ、前島さんが隠し持って行けたとは思えないな。彼の服装を見てください」

前島虹一は白いワイシャツ姿だった。

「彼は能戸さんと揉み合うようにしてクルクル動いていたから、モニターでその全身を見ることができたでしょう？　矢などはなかったはずです。ズボンにもそんな様子はなかったと思う。それに包帯だって、矢を隠せるほど大げさなものじゃない」

「屋上のどこかに、あらかじめ隠してあったのかもしれない」

「あそこへ呼び出したのは、能戸さんのほうじゃないんですか？」

小野は不機嫌そうに口をつぐんだ。しかし、本当にシビアな女だ、と思わざるをえない。彼女は、前島虹一ともそこそこにいい関係であったはずだし、今でも同僚だ。だが、それもこれも、自分可愛さの前にはほとんど意味をなさないらしい。

飛田が窓をあけ、屋上を見上げていた。「ここはカメラの死角かな?」と問われ、部下の竹尾も制帽を押さえて仰ぎ見る。

「そうですね。映らない角度です。身を隠す場所もある……」

「ちょっと!」小野安芸子が色をなして叫ぶ。「わたしがロープでも使ってそこから上り下りしたとでも言うつもり!?」

「いえ、ただね……」飛田が、渋い声で淡々と言う。「ここにたまたま非常用縄ばしごの装置がありましてね。その縄ばしごを上向きに掛けることも可能ではあるかな、と」

「どうしてわたしが浩志さんを殺さなきゃならないのよ。あの人が一番、今のわたしには……」

「標的が逸《そ》れたのかもしれない」飛田が言う。

「え?」

「本当は前島さんを狙《ねら》ったのかもしれないでしょう。二人はもつれ合っていた。矢は、前島さんの脇をかすめた形ですね」

「――――」

これはまた、なかなかの推理だと私は思った。皆の同じような気持ちが作り出す、沈んだ沈黙の中で、小野安芸子は下唇を軽く噛み締めていたが、やがてその口をひらいた。

「いいわ。じゃあ話します。浩志さんが計画していたことを」

室内の空気がざわめいた。被害者である能戸浩志が計画していたこと？　誰もが懐《いだ》いたであろうそんな疑念を、蒲生が口にした。

「何のことです？」

「……彼は、虹一さんを追い払ってしまおうと考えていたのよ」小野は椅子を引き寄せ、腰を落とした。「暴力事件を起こさせてね。うやむやにできない、派手な暴力沙汰よ。屋上で虹一さんを焚《た》き付けて、殴らせたり突き飛ばさせたりするの。そして、その勢いで屋上から転落する」

「なんと……」あっけにとられた顔で五十嵐が呟いた。

「転落場所は吟味しました。池の深さが充分にあって安全なこと。それに、建物の下につかまりやすい柱などがあること。それであの場所を選んだの。手すりの親支柱に目印を付けておいたわ。それに、予行演習もしたし」

十日ほど前だったという。その頃は研究所が一部改装工事中で、現場の屋上を見やすい東棟は防護ネットで囲われ、目隠しされている状態だった。さらに、二日間の日程で、この研究所の創設二十周年の記念祭が重なった。まあ、そういう様子だったらしい。

「わたしが警備室の竹尾さんの注意を逸らしている間に、浩志さんが屋上へ出たりしてね」小野安芸子が続ける。「もちろん、研究所が無人に近い時を選んで。一度は休日出勤、一度は残業のふり……。でも、見つかってもかまわなかった。記念祭の余興みたいなノリで済みそうな空気が、あの時の研究所にはあったものね」

彼女は足を組み、少し遠い目をして頬杖を突いた。

「彼、スキューバダイビングも得意だったから、そのエントリー方法を使って飛び込むことにしていたのよ。背中から海に入るやつ。そして空中で爪先《つまさき》を下に回転し、足から池に飛び込む。ちゃんと成功したわよ。それで、今日、本番の決行だった。争っているところはカメラで見られている。そして、池の近くのオフィスに人も残っている。人が集まってきて、浩志さんは、『虹一さんに落とされた』と証言する。騒ぎを聞きつけたわたしが駆けつけ、警察だ、訴訟だと、問題をヒステリックに拡大するわけ。

これだけの騒動になれば、さすがに研究所側も、虹一さんを解雇しないではいられなくなるでしょう？　二人とも優秀な人材だから、今までは見ないふりをしていたみたいだけど、刑事事件まで起こしてはね。それに、浩志さんがまさか自分からダイブしたとは思わない虹一さんは、自分がしたことに負い目を感じて、消極的姿勢に落ちていくでしょうし……」

なるほど。雨ガッパを羽織ってでも、屋上に呼び出さなければならなかったわけだ。それに、羽織っただけという軽い感じも、自分のほうには暴力を振るうつもりなどなかったのだということを強調するための演出だろう。

前島虹一は、屋上での能戸の行動を思い返しているらしく、ようやく納得がいったという顔をしていた。そして力が抜けるかのように、ふと沈んだ眼差《まなざ》しになる。無理もない、と私は思う。そこまで女に拒絶を示されれば……。小野安芸子は、能戸浩志の計画、というような表現をしているが、彼女が加わっていたことは明らかであり、共同謀議という責任を彼女が負うことは間違いなかった。

そしてもう一つ、思うことがあった。ライバルを職場から叩き出し、恋人を完全に自分のものにするためとはいえ、かなりのリスクを負って転落事件まで演出するとは、いささか常軌を逸している。彼らは、男女関係としての小さな競争原理の中で視野が狭まり、自分達の愛憎の行方だけがすべてになっていたのか……。

「しかし……」蒲生が困惑の面持ちで小野に尋ねた。「弓矢が登場するような計画ではなかったんだろう？」

「もちろん、考えもしなかった」彼女は顔を上げ、周りの人間を昂然と見回した。「誰かが、あの計画を殺人に利用したんだわ。便乗して、わたし達の目をくらまそうとしてるのよ」

「利用するといっても、君と能戸くん以外の誰が知っていると――」

「盗聴どころか、盗撮《とうさつ》でさえ簡単にできるんですよ。誰かが知っていた可能性は充分あると思います」

「それは確かに……」小声で五十嵐が認めた。

「とはいえ」飛田警備主任はまだ嫌疑を懐いたままだった。「小野さん、今の話であなたの無実が証明されるというわけではないでしょう、残念ながら。依然としてあなたは――」

その言葉を、小野安芸子の甲《かん》高い声が遮《さえぎ》る。

「わたしじゃないわ！ 竹尾さんはどうなのよ。そうよ、竹尾さんがやったのかもしれないわ！」

この告発には、特に警備員の二人が驚いた。上司のほうが聞き返す。

「何を言い出すんだ、きみ。どうしてそんな――」

小野安芸子は、軽蔑的に、鼻を鳴らすような音を立てた。「その男はね、わたしの部屋の前で待ち伏せしたり、しつこく電話してきたりしてるのよ。警備の立場を利用して、個人情報を手に入れたのよ。迷惑してるったらありゃしない」

私は何となく、その若い男に視線を向ける気にはなれなかったが、飛田は鋭い視線を部下に投げかけた。

「本当なのか、竹尾？」

竹尾太は、顔を赤くしたり青くしたりしている様子だった。

「わ、私は、こんなことをするほどいかれてはいませんよ」

肝心な点は否定したが、他は大筋で認めたといったところだろう。大筋で認めた……何だか、新聞発表みたいだ。

「屋上に最初に駆けつけたのは彼なんでしょう」小野がたたみかける。「怪しい人間とはすれ違わなかったなんて言ってるけど、自分自身が怪しいことをしていたんじゃないの？　三階の窓から屋上へのぼるなんて、男のほうがふさわしいわ。それに弓がなくたって、矢を射ることはできる。ボウガンみたいな、発射装置を作ればいい。その程度なら、研究員ほどの知識や技術もいらない」

「そ、そんな物が、どこにあるっていうんだ」警備員が被告の立場に転じている。「なんなら徹底的に調べてみればいい」

「分解して、姿をまったく変えられるのかもしれないわ。ありふれた物に化けるのかも。あなたが屋上にいたとしても不思議ではないでしょう。だって、監視カメラの死角の位置などに、一番詳しいみたいですものね。それに彼の制服は雨に濡れているけれど、わたしはどこも濡れていないじゃない」

警備室へ引き上げながら、私は首の後ろを掻いていた。あれではまるで、罪をなすりつけるための、嫌疑の絨《じゅう》毯《たん》爆撃だ。小野安芸子は、誰彼なく容疑を振る。

竹尾太警備員に関しては、アリバイが成立していた。能戸浩志が転落した直後に蒲生が警備室に電話をしたが、それにちゃんと、竹尾太が応対している。共犯関係は、疑えば切りがない。あの内線電話を、無線機なり携帯電話なりへ簡単に転送するのは、現実的には無理ということだし。それに、屋外に出た者が雨に濡れているのは当然で、それをもって嫌疑とするのは無茶な話だ。

4

あの後、小野はもう一度、前島虹一にも容疑をふっかけた。矢を手で刺すのはむずかしいという話だったが、発射装置を使えばいいのだ、という論理である。飛田や竹尾の調べでは屋上にそんな物は隠されていなかったが、池へ投げ込めばいい、と小野安芸子は主張する。だとしたら、警察が池を浚《さら》って、重大な証拠物件を発見することになるだろう。

しかしそれを主張したということは、彼女が利用したかもしれない防水用の小物が池の底から発見される気づかいはないということか。非常事態ということで他の人間のロッカーも改められ、湿気《しけ》っている白衣などがないことは確認されたわけだが……。

それにしても、と首をひねらざるを得ない。なぜ男達が、こんな女に夢中になるのか。無論、薄情で身勝手で情理に乏しい女ではないかと、単純に断じてしまう気はない。自己防衛に思わず狂奔してしまうのは、人としては自然な姿なのかもしれない。少なくともあれはあれで、彼女の生命力の燃焼だ。それに、彼らの欲求、同性としてまあ理解できなくはない。確かに小野安芸子は、素晴らしいルックスと蜜のような色香を持っているのだから。他にも、彼らと対等に渡り合える頭脳という要素、あるいは話術？　刺激や、思わぬ献身ぶり？　だが、しかし……。

「月ですよ、光章さん」

「え？」

龍之介の言葉に、窓の外に目をやる。いつの間にか晴れ間が見え、夜が始まりつつあるその東の空に、薄く剝《は》いだ光のハムみたいな満月が乗っていた。月が出ているから何だっての、と普段なら思うところだが、殺伐とした地上の檻《おり》の中にいる今は、龍之介の呟きに含まれているものが感じ取れるような気がした。手が届きそうでいて遠い、身じろぎもしない静かな光……。冴え冴えとした、なんて表現を久しぶりに思い出してしまう。……これからそれが照らすものの中で、自分達はどれほどの小ささなのか……。

「じいちゃんは、月に関しての非科学的なことはよく話してくれました。月は愛情を引き寄せる魔法の元でもあるし、狂気の源でもある……そう、昔の人は考えていたって」

「……ボクも思い出したね。月狂条例なんて法律があったって話。満月の夜の犯罪には、寛大な措置がとられたとか……」

愛情ってやつも、つまるところ狂気なのかもしれない。男と女の始祖が、禁断の木の実を食べてからずっと……。そんなことを思うと、色々なイメージが頭の中でごちゃごちゃになった。楽園でかじられたリンゴ。木から落ちるリンゴと、夜空から落ちない月。少年の頭の上の、ウイリアム・テルのリンゴ。月の光の中を落ちるリンゴが……。

「屋上で矢を受けたとは限らないのか……」

それが自分の声であることに私は驚いた。

これは、少し前を行く一行にも聞こえたとみえ、六つの顔が一斉に振り返った。自然に、全員の足が止まる。どぎまぎしたが、彼らの視線に応える意味で、私は自分の閃《ひらめ》きを見直してみた。

「いえ、転落する時に、能戸さんの背中に矢が刺さっていたのをはっきりと目にした人はいないわけじゃないですか」龍之介の、「あっ」という声以外、これという反応が返ってこなかったので、私は先を続けた。「転落の演技をした後で、能戸さんは殺されたのかも……」

言ってしまってから、私はその仮説が意味する指摘に気付き、狼狽した。

「でも、それでは……」

と思案しつつ、飛田が五十嵐泰三へ視線を向けた。そう、池の中の能戸浩志の所へ、真っ先に到着していた男の顔へ。

「それなら、他へ容疑を逸らせる上、確実に殺せる……」現段階では依然として最有力容疑者である小野安芸子の声は、どこか怯《おび》えを含みながらも興奮していった。「池から上がってきた浩志さんの背中に……。その時、五十嵐さんの背広も濡れてしまうから、浩志さんの体を引き上げようとして水がかかったっていう状況にしたのよ」

水で濡れたスーツ姿の五十嵐泰三は顔を強張らせたまま立ち尽くし、その時ようやく、パトカーのサイレンの音が遠くから聞こえてきた。

「私が……」五十嵐は、憤慨の気をどうにか抑えているという様子だった。「能戸くんを殺しただと？　本気で言っているのかね？」

「動機は、産業スパイとか、仕事上のことなんてことも考えられますよね」小野安芸子の頰は紅潮していた。「浩志さん達は、口にしてはいけない真実に迫っていたのかもしれない……」

「ばかばかしい」紳士的な態度を保ちながらも、五十嵐は吐き捨てた。「私が見つけた時、能戸くんに矢が刺さっていたのは間違いないんだよ。私が矢の発射装置だかを構えて狙いをつける間、能戸くんがおとなしく背中を向けていてくれたと言うのかね？　だいいち、屋上から前島くんが見下ろしていたんじゃないのか？」

「あそこはかなり薄暗くなっていてはっきりとは見えませんでしたが……」控えめな口調で前島虹一が発言する。「能戸はずっと水面に浮いている状態だったと思いますけどね……」

わずかに生じた沈黙をついて次に口をひらいたのは、なんと龍之介だった。

「あのう、矢が発射されたのは屋上ではないという案は、大きな可能性を含んでいると思うんですけど」

龍之介が初めてまともに自分達に口をきいたので、彼らは意外そうな顔をしていた。そして、

「君も、落水後の犯行を支持するのかね？」と、五十嵐が皮肉な声音を出した。

「い、いえ、両者の中間が核心だったのではないでしょうか」龍之介は緊張しきっている。「能戸さんの上着の皺の寄り方こそがポイントだったのでは？」

「両者の中間？」飛田警備主任が聞き返す。

「はい。つまり、落下している間です」

「皺の寄り方と落下が、どう関係するのかな？」飛田の半白の眉が、不可解そうに寄る。

「能戸さんの上体を五十嵐さんが抱きかかえて起こした時、矢の刺さっていた所より上のほうに背広の皺が寄っていたことを覚えていませんか？」

まあ、そういえば、という、戸惑い混じりの声が幾つか上がる。

「前島さん」と、龍之介が声をかける。

「はい？」

「あなたは、能戸さんの襟首をつかもうとしていたということでしたが、実際につかんだりしていたのですか？」

前島は戸惑いつつ、「いや、あの辺りでは、具体的な力を加えたつもりはない……」

「それで」と、竹尾警備員が龍之介に訊く。「矢と上着がどうだっていうんです？」

「あの状態からすると、背広が持ち上げられていた時に、矢は刺さったということになります」

静かに龍之介が答える。なるほど、あの山形の皺は確かにそうだ。「屋上で、前島さんが能戸さんの背広をつかみ上げていなかったのなら、残る可能性は一つ。能戸さんの体が空中にある時ですね」

「空中で、誰が背広を持ち上げる？」と飛田が問う。

「空気です」

「……ああ」

「能戸さんは足から着水しようとしていたそうですから、下から風圧を受け、背広は上向きに膨《ふく》らむことになりますね」

「そこで矢を受け、背広が普通の状態に落ち着けば……」

顎《あご》に手を当てて呟いていた五十嵐が、ふと口調を切り替え、皆に提案をした。

「現場を見ながら聞くことにしないか？　すぐそこだ」

ほとんどの者が頷《うなず》き、そして全員が歩き始める。私も、龍之介の後につくことになった。こんなことは初めてではないか？　龍之介が推理を話し始めた時は、おいおい、大丈夫なのか？　という不安で冷や汗を覚えたが、それが変わってきていた。龍之介の何かが動きだした——私は、そんな感覚を得ていた。


我々は、中庭に出られるガラスドアのそばに立っていた。右手が、人工池に張り出す西棟だ。中庭には一つ、庭園ライトが灯《とも》っている。

「でも、移動している標的を射つなんて、無理な話よ」小野安芸子が言い始めた。「アーチェリーって、静かな集中力がいるのよ。動く標的に確実に命中させられる腕なんて、わたしの周りのベテランにもいないと思うわ。ましてこの研究所の中には一人も……」

「落体の法則にのっとれば可能ですよ」龍之介の語り口は、水を得た魚という調子になってきた。いつものようにピントはずれに終わらなければいいが。「小野さんが早くから想定しておられる発射装置を、公式どおりにセットしておけば」

「自動発射装置か」あの時の、能戸の落下の軌跡を追うように、五十嵐はじっと窓の外を凝視していた。「後ろ向きにダイブして足から先に水面に着くように回転したとすれば、背中は……」

五十嵐の腕がぐいっと、東棟——左のほうへ振られる。私達が問題の屋上の光景を目撃した、あの東棟だ。私の横で、蒲生が体を硬くした。

五十嵐が龍之介に尋ねる。

「五十メートルは距離があるが、それでも正確な射撃が可能だと？」

「理論的には可能でしょうけど、今日は予報どおりに風が強かったですよね。風の影響を受けてしまう長距離の矢の飛行計画を推《お》し進めたとは思えません」

「すると……？」

「もう一つ、可能性が残っています。能戸さんは背中から落ちたのですよね。それから足を振り下ろす回転運動に入るのですから、頭を真下に向けた状態になる時があります。しかもこれは、落下が始まった直後ですから、下からの空気抵抗は少なく、背広は重力のままに下に引かれるでしょう。この時に矢が刺さっても、結果は同じになります。落下時は無風状態でしたから、風による背広の乱れという不確定要素は排除していいはずですしね」そして龍之介は、「ほら」と、西棟を指差した。

一階は食堂で、高さのあるガラス張りになっているが、二階、三階は通常の窓の様式だ。その三階の窓。その上部の、横長の空気取り窓が、わずかにあいているようだった。龍之介が指差しているその窓の位置は、能戸浩志の落下コースとも一致していた。

「いずれにしろ、東棟方面は捜索範囲が広すぎる。警察にまかそう」五十嵐は、上級管理職という組織人間の顔に戻っていた。「西棟のあの部屋を調べてみようじゃないか」

サイレンの音はもう止まっている。警察は到着しているのだ。五十嵐としては、ここまできたのだから、犯人なり重要な証拠なりを、すんなり警察に引き渡したいと考えているのだろう。

移動が始まると、飛田が疑問を口にした。

「その、落体の法則とやらは何なんです、天地さん？」

「は、はい、つまりは、重力は万物に公平に働くということです。無論、空気抵抗を加味して算出するストークスの運動方程式もありますが、落下距離の短い今回のケースでは考慮しなくてもいいでしょう。同じく、極点以外での地球自転による遠心力などの作用も微細なものですから、実用上の重力加速度、９・８０ｍ／s^2をそのまま採用していいという程度の楽なレヴェルの数式でしょうね」

それはようござんした。

「龍之介、具体的な数字はともかく、犯人はコースを計算できる、ということなのか？」

「あ、そうか。光章さん、べつに計算する必要もないことでした。図面を引いて、ちょっとテストしてみれば済むことです。ほんとに単純なことなんですよ」

一同歩きながら、龍之介の説明を聞く。

「自由落下する標的と、それを狙う弓矢や弾丸がとる放物線の関係ですね。発射された弾丸や矢が放物線の軌跡を描くのは、おおまかに言えば地球の重力の影響です。標的の落下のほうも同様ですね。従って、両者の、同一時間内における落下距離は、まったく同一のものになるわけです」

そうなるわけか。……なるんだろう、たぶん。

「ですから、照準の正確な弓矢を、一直線に飛ぶという仮定のもとで標的に向けておけばいいのです。そして、標的が落下すると同時に矢も発射される仕掛けにしておけばいい。それだけでいいんですから。それ以外の場所や時間では、能戸さんがどこでどのように動くかは容易に予測できません。でも、一番むずかしそうに思えるこの落下中の時間こそが、実は、重力だけを考慮すればいい、犯人にとっての最も安全確実な状況なのです。飛ばされた矢に、標的の落下軸を越えるだけの初速が与えられていれば、矢は確実に標的を貫くのです」

「確かに……」工学系の部長、五十嵐がそう呟いた時に、私達は問題の部屋に到着していた。

備品室となっている部屋の鍵を、飛田があけた。明かりが灯り、全員が東向きの窓を見つめる。その上部、細長い欄間窓《らんまど》部分が、下向きの角度で振り出されている。

「あんな細い隙間から矢を？」

蒲生の不審ももっともだった。通常のアーチェリーを想像したら、とても標的を狙える空間には思えない。

「それに」と、機材がごちゃごちゃと置かれている室内を見回していた竹尾警備員が言った。

「弓みたいな装置はどこにもありませんよ」

しかしいつになく動じることのない龍之介が、窓との角度などを目測しつつ、廊下側の壁に並ぶ機械類を調べ始めた。ややあって、「これですよ」という声が聞こえる。

龍之介が示したのは、スチール棚と背後の壁との隙間だった。棚の裏には筋交《すじか》いの支柱があり、窓へ向けて上昇角を持つ一本には、一メートル半ほどの長さの細い金属棒が張り付いていた。

「矢を飛ばすのに弦を使わなければならないという決まりはありませんから、こんなカタパルト方式でもいいわけですね」龍之介が言う。「ガス圧で飛ばすみたいです」

確かにその、四角柱の細長い金属棒の上には、矢の軌道であるらしいへこみがあった。その溝も、長さの半分まではトンネル状の金属で覆われ、つまりは銃身のようになっている。矢羽根が通るだけの隙間はあいているようだが、充分な発射速度を得るのに必要なガス圧は生み出せるわけだ。金属棒の根本に、その発生装置の本体が見える。スリムな、小型水筒程度の大きさと形だ。そうした雄弁な証拠を見せられ、全員が――犯人を除いた全員が――感嘆の息を呑んでいた。この仕掛けは、その気で捜さなければ、とてもではないが発見できないに違いない。

龍之介が最後の説明を始めていた。

「この発射装置の軌道は一直線に延長すれば、天井を突き抜けて、屋上の縁にいた能戸さんに達するわけです。落下を始める場所は、被害者である能戸さんのほうで、事前から厳密に設定していました。そして、落下と発射が同時に起こる。無線コントロールみたいですね。矢は天井ぎりぎりで下方への運動に変わり、下向きにあいているあの窓からも飛び出していきやすくなります。一、二度は実験をしたのでしょうが、正確にセットできれば、リンゴを射抜くことも可能なシステムなのですよ」

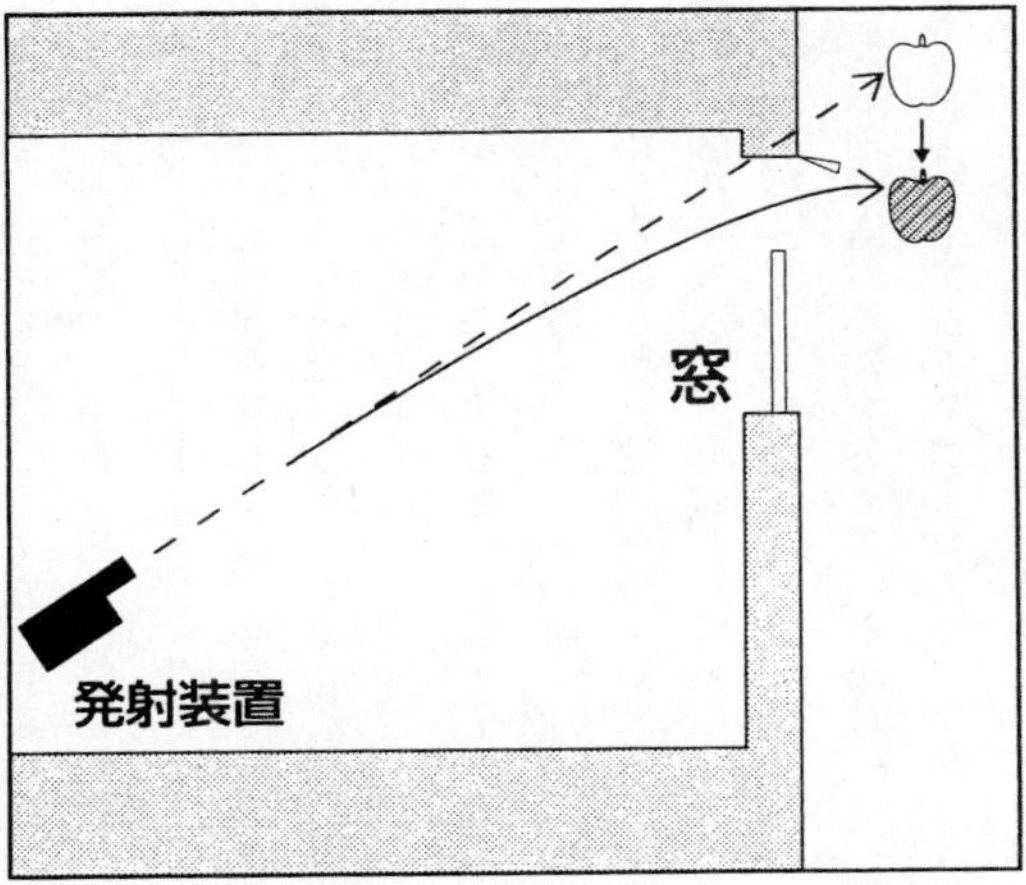

まさか、標的を見ることもなく正確に命中させることが可能とはね……。

「音波や赤外線の反射を利用した感知装置を……」神経を集中させるようにして五十嵐が言う。

「探知ラインにし、それを能戸くんの体が断ち切った時に作動するように……」

「そ、そのての自動感知器は、今回は使われていないのではないでしょうか」龍之介の声は、遠慮がちに小さかった。「能戸さんより早く雨ガッパが落下しましたから。これは、誰にとっても計算外だったはずですよね」

「そうか、確かに。すると、手動スイッチだったわけだ……」

手動だとするなら……。あの暗くなっていた現場。下方や離れた場所から見ていた人間は、能戸の背中から剝がれたフード付き雨ガッパの動きを、能戸の体の動きと見誤ったのはほとんど確実だ。凶器の矢は、誤発射されているはず……。

何秒かが過ぎ、

「四日前の盗難事件を覚えているかね」と、飛田警備主任が誰にともなく言った。「強力な血液毒と成りうる薬品が紛失したろう。能戸さんの急所に矢が刺さるかまでは確信が持てなかった犯人は、あの毒を矢に塗ったのかもしれないな」

「そ、そうかもしれませんね……」恐ろしそうにゴクッと喉を鳴らした龍之介は、首をすくめるようにして頷いていた。

「能戸さんが自由落下とやらに移るタイミングに合わせて正確にスイッチを押せたのは、間近にいた君だけじゃないかな」

と、飛田は一人の研究員に向き直った。

「それに、この仕掛けが能戸さんを殺したのなら、屋上で『うっ』と呻いて彼がのけぞったという君の証言はどうなる？　さらに言えば、この部屋の責任者は君だろう」

痛みでも増したかのように包帯の巻かれた左手を抱え、前島虹一は青ざめた表情を押し殺していた。

5

真夜中近くになってようやく警察から解放され、私と龍之介は帰路のタクシーに乗っていた。

前島虹一はこう考えたらしい。自分の立場と知者の多い周りの環境を考慮すれば、完全なアリバイなどを持ってはかえっていつまでも疑惑を囁《ささや》かれるのではないか、と。一度疑われるほうが自然というわけだ。小野安芸子に疑いが向くようにすれば、追及される過程で、彼女は、前島に仕掛けようとしていた能戸との計画を話さなければならなくなる。ここで一転して、前島は被害者の立場に立て、関係者が懐く印象は同情的に変わるだろう。

能戸と小野の計画はやはり盗聴器で盗み聞いていたし、矢を発射する、手に収まる小さな遠隔スイッチは、人工池のかなり遠い場所まで放り投げたということだった。スイッチひとつ押すだけで、充分な電波を飛ばせる、なかなか精巧な装置だったらしい。

夜風を入れるために少し窓をあけ、私はやけにまばゆい満月を見上げながら前島虹一の思いを探った。小野安芸子が能戸浩志と一緒になって前島を放逐しようとする計画を練ったということが、何より我慢できなかったと前島は語ったそうだ。二人だけが楽園に残り、自分は恥辱の淵に放り出されるとでも思ったのだろうか……。奇妙な果実を食べてから、人間はこっけいな物狂いからなかなか解放されない……。

「龍之介……」

「はい?」

「月が少しずつ離れていってるってことは、昔はもっと近くにあったのかい?」

「ええ。十二億年ぐらい前には、今の二十二倍ほどの大きさに見えたそうですけど」

「そりゃすごい。……そんな月、見てみたかったたな」

「ええ……」

部屋の明かりをつけ、龍之介と二人、靴を脱ぐ。

一美さんからのファックスが届いていた。

彼女の得意料理が書いてあり、材料に嫌いなものがないかと尋ねてきている。

返事を書くためのマーカーをちょっと止め、私は龍之介に訊いた。

「中畑さんの消息がはっきりつかめるまで、どれくらいかかるか判らないが、ここにいたらどうだい？」

穏やかに返されてくるその表情が、龍之介の返事だった。

近藤史恵●最終章から

著者・近藤史恵《こんどうふみえ》

昭和四十四年、大阪生まれ。大阪芸術大学文芸学科卒業。平成五年に『凍える島』で第四回鮎川哲也賞を最年少で受賞。今後の活躍が期待される俊英である。著書に『ねむりねずみ』『ガーデン』『スタバトマーテル』『散りしかたみに』『演じられた白い夜』等。

うつむいて、彼の顎《あご》に唇を押し付けた。かすかな髭《ひげ》の感触が、唇に痛い。額《ひたい》から頬《ほお》にかけては、見る影もなく爛《ただ》れているのに、顎先だけが、今まで通り、白く綺麗だ。

彼は、わたしの傍《かたわ》らに横たわっている。

冷たい爪先に、温《ぬく》みが通うことも、剃り残した髭がのびることも、もうないだろう。

わたしが、殺したのだから。

ありふれたことばで言えば、心中だ。それも、売れない役者と、売れない女流作家、と聞けば、多くの人たちが揶揄《やゆ》まじりの苦笑いを浮かべるだろう。わたしたちが、どれだけ本気で寄り添いあったか、なんてことは、他の人々が思い描く「ありがちな」という表現の中に、簡単に沈み込んでしまう。

だから、わたしはこうして、彼の遺体の傍らで、ワープロを叩いている。黄泉路《よみじ》では時間など、忘れ去られているだろう。少し遅れたところで、彼とはぐれてしまうなんて、考えられない。時間は、いくらでも浪費できる。

作家としての最後の仕事が、自分の死の理由を書くことだなんて、考えもしなかった。だれが、この原稿をフロッピーから呼び出すのだろうか。警察だろうか、家族だろうか、それともわたしの数少ない、担当編集者だろうか。だけど、わたしは今まで通り、まだ見ぬ読者へ向けるように、この原稿を書くだろう。認めてくれる人は少なかったけれど、自分がたしかに物書きであった、という誇りを込めて。

菊川公平《きくかわこうへい》とはじめて出会ったのは、あるテレビ局のロビーだった。わたしは、アルバイトとしてドラマのエキストラをやっていた。

テレビ局ということばが連想させるような、垢抜《あかぬ》けた印象など、そのロビーにはなかった。病院やカルチャーセンターだって、もっと気の利《き》いたソファやテーブルを使っている。ビニール張りの黒いソファに腰を下ろして、わたしはいらいらと、時間をつぶしていた。

エキストラなんて、待つのが仕事のようなものだ。たった、数分の撮影のために、何時間も待ち続けなければならない。その日の撮影は、ホストクラブのシーンだった。このロビーで待たされて、また撮影場所までバスで運ばれたあと、そこでも待たされるに違いない。わたしは、コンパクトを取り出して、もう何度目かの化粧直しをした。

ホストクラブのＯＬ客の役だから、なるべく派手にしてきて、というプロダクションの指示で、わたしは手持ちの服の中でいちばん悪趣味な、目の覚めるようなブルーのぴったりとしたスーツを着ていた。以前、ブティックの福袋を買ったときに、入っていたものだ。

髪は、自分で巻いて、アップに結《ゆ》い上げた。美容院など行かない。そんなことをすれば、ギャラで足が出てしまう。大きめのピアスにくっきりと描いた眉《まゆ》、派手なフューシャピンクの口紅。鏡に映る見慣れぬ自分の姿に、苦笑して、それでもつけ睫毛《まつげ》の位置を確かめ、白粉《おしろい》をはたいた。

コンパクトから顔を上げたときだった。十メートルほど先のソファに座っている男と目があった。どさまわりの演歌歌手でも着ないような、紫のスーツ。長く伸ばした髪を、後ろでまとめ、先の尖《とが》った白い靴を履《は》いている。

一目で、同じ撮影組だとわかる。間違いなくホストの役だろう。そうして、たしかなのは彼もわたしと同じような居心地の悪さを感じていること……。

わたしたちは、ほぼ同時にふきだした。

彼も似たようなことを考えていたらしい。笑いながら、軽く右手をひらひらさせる。こっちにこいということだろうか。でも、わたしはわざとらしく顔をしかめてみせる。彼は、おどけて口をゆがめ、自分のスーツを引っ張ってみせる。わたしも、自分の服を指さして、肩をすくめる。

まるで、間にある数組の椅子やテーブルなど存在せず、同じテーブルで向かい合っているかのように、わたしたちは身ぶりで会話を続けた。

スタッフが呼びにきて、撮影場所の新宿のクラブに移動するために、バスに乗った。わたしたちは、それをきっかけに横に座り、話をはじめた。

簡単な自己紹介のあと、彼はこうたずねた。

「女優志望なの？」

わたしは軽く首を振る。

「そういうわけじゃないけど、アルバイトで」

「へえ、珍しいね」

たしかにエキストラの仕事は、時間と仕事量が不規則なため、劇団員だとか役者志望の人が多い。でも、家で執筆しているため、いつでも時間が作れるわたしには、気を使わなくてはならない時間給でのバイトより、都合が良かった。プロダクションも、急な呼び出しにも応《こた》えられるわたしを重宝《ちょうほう》がってくれていた。

「なにしてるの？」

彼は少し関西弁がかったイントネーションで、たずねた。いつもは、適当に話を濁《にご》してしまうのだが、つい答えてしまう。

「小説書いてるの」

「へええ、じゃあ新人賞とかに応募したりしてるの。それとも同人誌とか」

よくある反応だ。たぶんほとんどの人の頭の中には、プロの小説家というのは、ほんの一握りの有名な作家しか存在していないのだろう。

「一応デビューはしてるの。雑誌にたまに書いてるし、本も一冊だけ出てる」

彼は小さな目を輝かせた。

「それって、すごいんじゃない」

わたしは首を振った。最初に、小説雑誌で賞を取ったときには、自分でもすごいと思った。これから、華々しく作家としてやっていけるのだと信じ込んだ。だが、現実はそんなに甘いものではなかったのだ。

一冊目の本の評判は、決していいものではなく、デビューして二年たった今でも、わたしに次の本の執筆を頼んでくる編集者はなかった。ただ、賞をくれた雑誌のみが、数カ月に一度、お情けのように短編を依頼してくるだけだ。業《ごう》を煮やして、その出版社に持ち込んだ二作目の長編も、何カ月たってもゲラにさえならなかった。

筆を折るつもりなどなかった。デビューする前に一年通った小説学校では、活字にならない小説を書き続けている人たちが、何人もいたのだ。その人たちに比べれば、わたしは格段に恵まれている。そう自分に言い聞かせて、わたしは書き続けた。

根気がある、と友だちは言った。だが、そうじゃない。わたしは単に、失望を先送りにしていただけなのだ。失望するのは、明日でもできる。やめるのはいつでもできる。そう思うことで、胸にたまった不安感を、なしくずしにしていたのだ。

彼は、わたしの心中など気にせぬようすで、やたら、すごい、すごいを繰り返している。

その日の撮影が、ホストクラブの場面だったことも、わたしたちには幸運だった。彼はちょうどいい具合に、わたしについたホストの役を割り振られ、撮影のあいだ、ずっと話し込むことができたのだから。

「おれ、役者やってるんだ」

公平はそう言った。たぶん、そうだろうとは思っていた。背が高く、細身で色白の彼には、普通の男とは違う華やかさがあった。歌舞伎の色悪《いろあく》を思わせるような、切れ長の目、少しふっくらとした頬のあたり、暗めの照明の下では、紫のスーツもそれなりにはまっている。

少しジゴロやホスト的な印象を与える、自堕落そうな物腰も、女心をくすぐるだろう。

「ま、まだ大した役はやらせてもらってないけどさ。今に見てろよって感じだな」

夢中になって芝居のことを語るときの、子どもっぽい目の輝き。わたしは、そんなふうに希望を語ることを忘れてしまっていた。

そう、一冊目の本を出す前は、わたしだってこうだったはずなのだ。

やっと気がついた。たとえどんなに挫折してもスタート地点よりも、後ろに行くことはない。もう一度、目を輝かせてスタート地点につけばいいだけなのだ。

わたしたちは、カメラに映らないように、こっそりとテーブルの下で、手をつないだ。別にカメラに映ってもよかったかもしれない。傍目《はため》には、演技しているようにしか、見えなかっただろうから。

多くの、恋に落ちた貧乏な男女の例に漏れず、わたしたちは一緒に暮らしはじめた。

共通の趣味や話題などなかった。わたしは昔から、読書以外に趣味を持たなかったし、彼も役者莫迦《ばか》と呼ばれるような人種だった。生活するのにぎりぎりの収入しかなかったから、外に遊びに行くこともなかった。

いささか、ロマンティックすぎることばで言えば、わたしたちは人類最初の恋人みたいだった。

会話を交わすことにも、楽しみで時間をつぶすことにも不器用だったから、ただ手をつないだ。キスをするのにも、理由などいらなかった。

あるものだけが、いとおしかった。好きな音楽に蘊蓄《うんちく》を述べるより、そのときラジオから流れる音楽を愛して、数枚のTシャツと、ジーンズだけで装《よそお》った。彼と出会う前は、ただ貧乏で我慢しているだけだと感じていた生活。その、同じ生活が、彼と一緒なら、だれよりも豪華で素晴らしいものだと思えるのだ。

役者なんかとつきあうのはやめなよ、そういう友だちも多かった。彼は仕事先で、たくさんの美女と接する。浮気だってするだろうし、簡単に飽きられるかもしれない。成功しなければヒモ同然だし、よしんば成功しても、そんな場合は昔からの女は、捨てられてしまうもんだ。したり顔に、みんなそんなことを言った。

だが、彼はわたしだけを愛していてくれた。つきあっているあいだ、彼から別の女性の匂いを感じたことはない。わたしが気づかなかっただけかも……。いや、そうではない。わたしはそういうことに関して、勘の鈍いほうじゃない。そんなことはなかった、と断言できる。

彼のいいところは、自分を卑下《ひげ》したり、他人に嫉妬したりしないことだった。オーディションで失敗したときも、落ち込むことなどなく次の募集を雑誌を繰《く》って探していた。同じ劇団の役者が、いい役を貰ったからといって不機嫌になることもない。

わたしのような人間には、信じられないほどの美徳だった。今のところ、役者としての彼より、作家としてのわたしのほうが、少し先にいる。だが、そのことに対する嫉妬心など欠片《かけら》もないようだった。

　彼は口癖のようにこう言った。

「いつか、ゆかりの小説のドラマ化に、おれがタイトルロールで出演するんだ」

「そうなるといいけど……」

「なれる、絶対になれるさ。ゆかりは大丈夫だ、才能があるんだもの。問題はおれだけど、おれだって、おまえに遅れをとらないように、死に物狂いでやってやるよ。ふたりで、このぼろアパートでの生活を、いい思い出話にするんだ。だれにも妥協せず、嫌な奴に頭を下げなくてもいい生活を、絶対に手に入れてやる」

　公平は誇り高い男だった。口ではえらそうなことを言っていても、自分に利益を与えてくれるものには、へらへらと愛想笑いを振りまくような、多くの男とは違った。たとえ、どれほどギャラが多くても、気に入らない仕事は受けなかったし、演出家との意見の衝突などで、仕事を棒に振ることも多かった。

「プライドを失ってしまえば、おしまいなんだよ」

　彼はある日こう言った。

「プライドを失わないものだけが、一流になれるんだ。今だけ、生活のためだ、そう思っていても、負け犬の匂いは、間違いなくそいつの身体に染み着いてしまうのさ」

そのことばは、お金のために意にそまぬ仕事を受けていたわたしの胸に、ひどく応えた。でも、なにも食べず、なにも着ずに生きるわけにはいかないのだ。わたしはかまわない。彼が成功するために、わたしは喜んで彼の踏み台になろう。でも、そう言うと、彼は間違いなく激怒しただろう。彼にとって、片方だけの成功なんて、無意味なことだったのだろう。

わたしが作家となり、彼が役者となる、それこそが彼の夢だったのだろうから。


出版社から呼び出しがあったのは、彼と暮らすようになって、はじめての夏のことだった。

ひさしぶりに化粧をし、もう何シーズンも着ているワンピースを着て、わたしは出かけた。

わたしに賞をくれ、はじめての本も出してくれた出版社。担当の中里《なかざと》さんは、四十過ぎの背の低い男性で、最初からわたしのことをとても買ってくれていた。彼には、少し前に書き上げた長編を送っていた。たぶん、そのことについての話に違いない。

何度かたずねた広い応接室で、わたしは薄いお茶を啜《すす》りながら、中里さんを待った。

「ああ、お待たせ」

中里さんが封筒をふたつ抱えて入ってきた。

わたしはあわてて立ち上がってお辞儀する。

「ご無沙汰しています」

「ああ、いいよ、座ってて」

彼はソファに浅く腰を下ろした。肘《ひじ》を自分の膝について、軽くため息をついた。

「あのね、甘糟《あまかす》さん、この前、送ってくれた長編なんだけどさ」

「はいっ」

わたしは身を乗り出した。

「悪いけど、使えないよ」

彼は、早口でそう言った。しばらくの沈黙。わたしはどう答えていいのかわからなかった。

「たしかに、下手じゃない。むしろ、最初の作品よりうまくはなっている。でもね、どこかで読んだような話なんだな」

信じられないようなことばだった。必死になって考えたプロットだった。なにかを参考にしたり、真似をしたつもりはない。

中里さんはわたしの考えを読んだかのようにことばをつなげた。

「もちろん、だれかの真似をしているわけじゃない。まったくオリジナルのストーリーにもかかわらず、どこかで読んだような印象を受けるんだ。これは問題だよ。ある程度、名の売れた作家ならともかく、悪いけど、目新しいところのない新人っていうのはね……」

「そんな、わたしは自分なりにオリジナリティは出したつもりなんですけど」

「そこが問題なんだよ。よくある話を書こうとしてこうなったんじゃなくて、オリジナリティを出そうとして、こんなんじゃ……」

つかいものにならない、そう言うのだろうか。わたしは、スカートの生地をきつく握りしめた。

「甘糟さん、別にこれが駄目だからって、作家としてもう駄目なわけじゃない。ただ、あんたはまだ若いんだ。専業になるのは、まだ早いんじゃないかな。いろいろ、人生経験を積んで、それから書き始めても遅くはないと思うよ」

ことばは優しいが、要するに作家になるのを諦《あきら》めろということではないか。わたしは返事をすることもできずにうつむいた。

ドアを開けると、公平は背中を向けて格闘ゲームをしていた。

その背中に向かって言った。

「公平、わたし、もう小説書くのやめる」

画面の中で、公平の使うキャラクターが、敵に続けざまにキックを浴びた。

「どうして……。なにか、言われたのか」

彼は、コントローラーを投げ出して、こちらを向いた。

「言われたわ。使いものにならないって。もっと人生経験を積んでから書けって。つまり、面倒を見るのをやめるってことでしょう。あそこに見捨てられたら、わたし、書かせてもらう場所がない」

鞄《かばん》を投げ出して、わたしは台所にしゃがみ込んだ。

「莫迦な……。そいつが見る目がないんだよ。諦めちゃいけない。ほかの出版社に持ち込んでみればいいじゃないか」

「駄目よ、中里さんはプロだもの。あの人が駄目だというんだから、わたしは駄目なのよ」

一瞬、頬に焼けるような熱さが走った。

公平にひっぱたかれたのだ、と気づく。

「どうして……？」

「そんな簡単に、諦めるなんて言うな！」

こんな目をした彼をはじめて見た。鋭い、憎むような目。

「書くんだ。負け犬になりたいのか」

「負け犬でもいいわよ。かなわない夢を追い続けるのだって、惨《みじ》めだわ」

もう一度、手が飛んでくる。わたしは、勢い余って、壁に背中をぶつけた。

抵抗する間もなく、髪を摑《つか》まれて引きずられ、わたしは悲鳴を上げた。

もう一度はり倒される。彼が、のしかかってきて襟首《えり》を摑む。

「そんな弱気なことを、二度と言うな」

痛みで涙がこぼれる。彼はわたしを揺さぶった。

「書くだろ、なあ、書くだろ……」

わたしはそれでも、首を横に振った。今度は拳《こぶし》で殴りつけられた。口の中が切れて、血の苦い味がする。

続いてもう一度。身体が吹っ飛んで、壁に頭を打ちつけた。

どうして、こんな目にあうのだろう。いったい、どうして……。

だが、その瞬間、頭の中に閃光《せんこう》が走った。この痛み、こんな経験を今までしたことがなかった。

子どものころから優等生だった。挫折やつらいことなどほとんどなかった。中里さんが、「どこかで読んだような話」だと言ったのも無理はない。わたしの小説は、今まで読んだ小説の寄せ集め、焼き直しなのだ。わたしは語るべき、自分のことばを持っていない。

でも、この痛み。わたしは叫んだ。

「もっと、ぶって！」

公平の手が止まった。わたしはその手首を摑む。

「書けそうなの、お願いだから」

わずかの躊躇《ちゅうちょ》のあと、彼の手がまた飛ぶ。激痛に声が出るけれども、もう怖くない。

この痛みが、わたしの出口になるのだ。


「よかったよ、あれ、甘糟さん、ああいう激しいものも書けたんだね」

書き上げた短編を送ってすぐ、中里さんから電話があった。

「いやね、このあいだはきついことを言い過ぎたかもしれないと思っていたんだ」

「いいえ、そんな。言っていただかなきゃ、わたしもわからなかったし……」

わたしは腕に浮いた痣《あざ》を撫《な》でながら、受話器に向かってまくしたてる。

「本当に、今までのわたしって、甘かったなって思ってるんです。中里さんに言われたことが、いい突破口になりました」

「ほんと？　じゃあ、この調子でまた長編書いてみてよ。楽しみにしてるから」

思った通りだ。受話器を置いたあと、わたしは笑みを抑えきれなかった。

公平に殴られたあの日から、わたしは変わった。今まで小説を書く、ということは、作り上げた物語を、紙の上に写していくことだと思っていた。でも、そうではないのだ。あの日から、わたしは、生まれてくる感情や物語につき動かされて、ワープロを叩いている。

あの痛みこそが、わたしへの天啓だったのだ。

小説が行き詰まると、わたしは公平に、暴力を振るうように頼んだ。最初は、怯《おび》えたように拒む彼も、わたしの懇願によって、最後には言うとおりにしてくれた。

殴られている間は、悲鳴も涙も出た。だが、それが終わると、わたしの身体は、まるですべての部品が新品になったかのように、軽やかになるのだ。

激しいひとときが終わると、彼は、ぐったりとしたわたしを胸にかき抱いて、少しだけ泣いた。

傍目には、彼がわたしを苛《さいな》んでいるように見えたかもしれない。でも、本当はわたしこそが、彼を苦しめ、苛んでいたのだ。わたしの痣は、時間が経てば消えるけど、彼の心の痣は、そう簡単には消えはしないだろう。

わたしと彼の物語は、少しずつ、最終章へと向かっていく。すべてが終わってしまったこの場所から、それを書き記すのは、ひどく疲れる作業だ。

だけど、あの時点では、わたしたちは幸せだった。だから、できることならあのころの自分を少しでも、思い出したい。あのころの自分の気持ちを取り戻して、この原稿を書きたい。

でも、顔を上げると、目の前に彼が横たわっている。もう二度と目を覚まさず、口も開かない彼が。

　ワープロの画面が、涙で曇る。

　次の長編が、本になることに決まった。中里さんも絶賛してくれたし、出版社としても力を入れて、宣伝してくれると言う。

　公平は、お祝いにそのプランを考えてくれたのだ。

「だからさ、いい気分転換になると思うよ。樹氷が綺麗なんだってさ」

　彼の友人が、八ヶ岳《やつがたけ》に山荘を持っているという。冬の間は雪が深くて、あまり使わないので、それをただで貸してくれるというのだ。

「おれ、金ないから、ろくに旅行にも連れていってやれないしさ」

　山荘の見取り図や、室内の写真など、借りてきた資料を広げて、彼はうれしそうに語った。

　わたしに印税が入ったところで、それは生活費のため無駄遣いはできない。それは、旅行するひさびさのチャンスだった。

「電話もテレビもないっていうから、すっかり現実世界から離れて、のんびりできると思うよ」

　彼は照れくさそうに、そう勧めた。そう、なにかとわずらわしい生活上の問題から離れて、ゆっくりとするのも悪くない。普段読めない本を持っていって、読書三昧《ざんまい》というのも素敵だし、ひさしぶりに刺繍《ししゅう》や編み物などの、手芸をしてもいい。

公平が一緒ならば、どんな場所でも退屈などとは無縁でいられる。

一週間のバカンス。わたしたちは、友だちから借りたワゴン車に、必要最低限のものだけを積み込んで、八ヶ岳に出かけた。

交代で運転しながら、山荘に向かう。目的地に近づくほど、雪は濃くなり、景色は白く輝いた。彼の肩にもたれて、少し眠ったりもした。

途中、少し道に迷ったが、なんとか日が落ちる前に山荘にたどりつく。

「ほら、たぶんあれだ」

片手で指さされたほうに、目をやる。林を分けるように、一軒の家が建っていた。写真で思っていたよりは、かなり小さい。ログハウス風の外観。まるで、クリスマスケーキの上に建ったウエハースのように、可愛い家だった。

「可愛い」

はしゃいでみせると、彼の表情がゆるむ。たぶん、わたしが気に入るかどうか、心配だったのだろう。

雪を蹴散らして、家の脇に駐車する。車のドアを開けると、痛いほどの冷気が流れ込んできた。わたしたちは、荷物を引っぱり出すと、玄関へと走った。

早く、七日間の城を見たかった。かじかむ手で、鍵を開けて中に入る。友人から、教わっていたのか、公平はヒーターのスイッチに飛びついた。

床はワックスの匂いがするほど、清潔に輝いていたし、空気も濁ってはいなかった。

「案外、きれいにしてあるんだぁ」

最初は掃除を始めねばならない、と思っていたわたしは、拍子抜けしてつぶやいた。

「あのペンションの主人がいろいろ管理してくれているらしいよ」

ここへくる前に、そのペンションに寄って鍵を借りてきたのだ。急ぎの電話なども主人が取り次いでくれるらしい。

「ふうん、あ、すっごくいいステレオ」

わたしはリビングのAV機器をのぞき込んだ。近くの棚には、カセットやCDもたくさん揃っている。

「明日になったら、あたりを探検しに行こうな」

彼は子どものようにはしゃいで、そう言った。

本棚には、古いミステリが背表紙を並べていた。わざわざ本を持ってこなくてもよかったようだ。

そのあと、家を探検した。といっても、リビングのほかは、バスルームとキッチン、寝室が二部屋あるだけだ。狭くてもかまわない、むしろ、狭いほうがいい。わたしたちは、常に一緒にいるのだ。寄り添って眠るだけの空間があれば、それで満足だ。

疲れていたわたしたちは、簡単にカップラーメンの夕食をすませると、同じ寝室で眠った。


そのあとの五日間のことを思い出す。わたしは、パッチワークで壁掛けを作っていた。公平は、その横で難しい顔をして、ミステリを読んでいた。

その気になったときのために、と持ってきたワープロには、手を触れなかった。彼も、次の自主公演の台本を持ってきていたけれど、台詞《せりふ》を覚えようともしなかった。

まるで、すべてから切り放されたかのように、静かで平穏な時間。なにを話したのかさえ、わたしは覚えていない。たぶん、なにも喋《しゃべ》らなかったのだろう。たまに顔を上げ、彼がそばにいることを確かめる。それだけで、充分だった。

あれが、わたしたちの最後の五日間だったのだ。

わたしたちは、意味もなく明日が続いていくと信じていた。けれど、もし、わたしたちがそれを知っていたら、どうだったのだろう。

自分たちが、五日後に死ぬ運命だとわかっていたら。

それでも、たぶんわたしたちは、同じように過ごしただろう。

休暇もあと一日を残すのみ。明日の夜には、ふたりはワゴンで東京に向かっているだろう。

公平は珍しく、十一時くらいに、もう眠い、と言った。だるそうに、肘をつき、欠伸《あくび》ばかりをしている。

「じゃあ、もう寝たら？　東京に帰ったらまたバイトや芝居の稽古《けいこ》でゆっくりできないでしょう」

「ゆかりはどうするんだ？」

わたしは、手元のキルトに目をやった。あとは、最後の縁かがりをすれば、できあがり。東京に帰れば、こんなことをする暇もなくなるだろう。今日中に仕上げてしまいたかった。

「わたしは、もう少し起きてる」

「そうか、じゃあ、先に寝るよ」

彼は大きく伸びをすると、立ち上がって寝室へと向かった。しばらく、シャワーを浴びる水音や、歯を磨く音がしていたが、そのうち、家は静寂に包まれた。

どのくらい針を動かしていただろう。わたしは、いつのまにか、うとうととしていた。

獣の吠えるような声が、響いた。

わたしは、はっと、ソファから起き上がった。時計は三時を指していた。

なにごとだろう、こんな夜中に。

その声が、公平の声だと気づいた瞬間、背筋が冷えた。そして、かすかに焦げ臭いような匂い。

わたしは飛び起きて、寝室へと走った。

扉を突き飛ばすように開ける。

公平のかすれた悲鳴。暗闇の中で火が燃えていた。炎は舐《な》めるように、シーツを這《は》い、ベッドに広がっている。ベッドのそばのストーブが倒れていた。

ベッドの上で、うつ伏せになった公平の髪が火に包まれている。

しばらく、どうしていいのかわからなかった。わたしは、がくがくと震えながら、ただ立ちすくんでいた。声も出なかった。

いきなり、雨のように水が降る。スプリンクラーだ、と気がついた。火が、見る見るうちに、小さくなっていく。

わたしは、激しく降ってくる水の中に飛び込んだ。公平の身体を抱き起こす。彼は、かすかに痙攣《けいれん》しながら、頭をかかえている。

「公平！」

わたしは、息を呑んだ。

彼のかすかに茶色がかった髪は、ほとんど燃えて捩《ねじ》れていた。そして、彼の顔。あんなに白かった皮膚は、赤く爛《ただ》れ、どこが眉なのか瞼《まぶた》なのかさえもわからない。かすかに目と鼻の穴だけが、くらい穴のように穿《うが》たれているだけだ。

唇だけが、もとのまま、かすかに開かれて息をしていた。

恐怖がわたしを鷲摑《わしづか》みにした。喉から嗚咽《おえつ》が洩《も》れる。

髪を摑んだのか、彼の掌《てのひら》も、赤く焼けて妙なふうに、ひきつれている。

どうすればいいのか。こんなひどい火傷《やけど》の場合でも水で冷やしていいのだろうか。そう、なによりも救急車だ。だが、ここには電話などない。

「待ってて、公平。今、救急車を呼んであげるから」

公平が低く呻《うめ》いた。

「ゆかり……」

「しっかりして。ちょっとの辛抱だから」

「駄目だ、ゆかり、ここにいてくれ」

彼ははっきりと唇を動かして、そう言った。

「そんなこと言っても、その火傷じゃ」

「どんなふうなんだ」

「え？」

口ごもったわたしに、彼は問いかける。

「おれの顔、どんなふうになっているんだ」

返事ができなかった。本当のことなど伝えられるはずはない。だが、彼はわたしの沈黙から、真実を読みとった、

「ひどいのか」

「大丈夫、手当をすれば治るわよ」

「嘘を言うな！」

彼は手で顔に触れようとした。止める間もなかった。痛みで身を捩りながら、彼はしっかりと自分の皮膚に触れた。

「触っちゃ駄目」

わたしは、彼の手を押さえた。すぐに振りほどかれる。

彼は、喉の奥から洩れる呻きを押し殺した。かすかに、身体が震えている。

「公平、大丈夫だから」

わたしは、無意味にそのことばを繰り返す。ほかに、なにをすべきかわからなかったのだ。

公平は、唇をかすかに震わせた。そして、はっきりとこう言った。

「ゆかり、おれを殺してくれ」

　わたしは泣いた。

「だめよ。だめ。病院に行けばなんとかなるわ。きっと、案外軽い火傷よ。最近の医学ってすごいもの」

「生きてるだけじゃ、意味がないんだ！」

　彼が叫ぶ。わたしだって、彼がなにを言いたいのかはわかる。でも、だからといって。

「こんな顔じゃ、もう役者になれない。それくらいなら、死んだほうがましだ。頼む、殺してくれ」

「いやよ。役者になんかならなくても、わたしが養ってあげる。ひとりになんか、絶対しない。お願いだから、落ちついて」

「おまえは、おれに夢も忘れて、ただ生きろというのか。ただ、その日を暮らすだけの、人間になれって……」

　わたしは彼を揺さぶった。

「それのどこが悪いのよ。公平を失いたくないのよ。お願いだから」

「いやだ。おまえの重荷になんてなりたくない」

「重荷だなんて思わないわ」

「いいや、思う、絶対にいつか思うんだ」

「思わないったら」

公平はもう一度、叫んだ。耳をつんざくような、激しい絶叫。もしかしたら、付近にまで響いたかもしれない。その声で、わたしは彼の絶望の大きさを知った。

「頼む、殺してくれ。おまえの手で」

「公平、公平……」

涙が頬をつたう。わたしはもう動けない。

「いいか、無理に生き延びさせても、おれは、自分で命を絶つ。だから、頼む。お願いだから殺してくれ。おまえの手にかかって死にたいんだ」

彼はことばで、わたしをがんじがらめに縛り付ける。そして、最後のとどめを刺す。

「愛しているんだ、ゆかり」

彼は、わたしを殺人者にはしない、と言った。

「この手じゃ、遺書は書けないから、リビングまで連れていってくれ。カセットに、声を吹き込んで、遺書代わりにするよ」

わたしは、どちらでもよかった。この時点で、わたしは彼と一緒に死ぬことを決意していた。だが、それを彼に言うと、また一悶着《ひともんちゃく》あるだろう。たぶん、彼は一緒に死なせてはくれない。

彼の言うとおり、新しいカセットをセットして、録音ボタンを押した。

彼は滑舌《かつぜつ》のはっきりした、役者らしい声でこう録音した。

「おれは、彼女に殺してくれ、と頼んだ。これ以上、生きていてもしかたがないからだ」

わたしは、彼をソファに横たえた。できることなら、思いとどまって欲しかった。

彼は、ひどく安らかな表情をしていた。

わたしは、きつく唇を咬《か》む。ここで、死なないで、と言えば、彼はまた苦しむのだろうか。あのような声で、吠えるのだろうか。そう思うと、もうなにも言えなかった。

わたしはなにも言わず、壁際へと歩んだ。彼の服がハンガーに掛かっている。そこから、ベルトを手に取った。

ベルトを手に、公平の傍らに寄り添う。

「大好きよ。公平」

彼は、かすかに笑みを浮かべたまま、頷《うなず》いた。わたしは、彼の首にベルトを巻いた。

「すぐに、あとから行くから」

彼は驚いたように、口を開いた。なにかを言いかける。だが、わたしはそのまま、腕に力を入れた。

これが、起こったことのすべてだ。これから、わたしは手首を切る。彼の横で、眠るように死ぬのだ。

ここまで書いて、わたしは疲れてしまった。小説なら、なにか締めのことばが必要だ。でも、これは現実だ。人の命を締めくくることばなど、見つけようがない。

ただ、これだけ書いて終わりにする。

今まで、わたしたちを愛してくれた人たち、わたしたちが愛した人たち、どうもありがとう。わたしたちが不幸だったただなんて、一瞬でも思わないで。

これ以上はなにも書けない。あんな怪我をした彼が、ひとりで黄泉路を行くかと思うと、胸がつぶれそうだ。わたしも、すぐに続くことにする。

彼が、道に迷わないように。

＊

直射日光が眩《まぶ》しい。

わたしは薄いカーテンを引いた。寝返りを打って、身体を起こす。

とたんに、ノックの音がした。わたしは、あわてて、またシーツの中に潜《もぐ》り込んだ。返事をする間もなくドアが開く。

刑事さんだ。たしか、浅山《あさやま》さんとかいう名前だった。猪首《いくび》で、四角い顔をした若い人。

「どうですか、お加減は」

白いチューリップの花を抱えている。返事はしない。だが、彼は気にせず、ひとりで喋り始めた。

「看護婦さんの話では、少しずつよくなっている、とのことでしたから。少しずつ反応もしてきているし、ショックも和《やわ》らいできているそうですよ」

わざわざ、いわれるまでもない。自分のことだ。ちゃんと知っている。

「まあ、最愛の恋人を亡くしたんだから、しばらくはショックで口もきけず、なにも反応できない状態になっても無理はないでしょうけど」

珍しいこともあるものだ。今まで彼は、わたしに話しかけたりはしなかった。医師に容態を聞き、話せるようになったら連絡が欲しい、と看護婦に言うだけだった。だのに、今日はわたしが彼の顔さえ見ていないのに、ひとりで喋り続けている。

「あなたの手記が週刊誌に載《の》りましたよ」

わたしは、まばたきをした。そうか、あれは週刊誌に掲載されたのか。どの週刊誌だろう。

「大評判らしいです。今時珍しい純愛の手記だってね。この前出た、あなたの新刊もそれでベストセラー。増刷に次ぐ増刷。出版社はうれしい悲鳴をあげているらしい」

うれしい悲鳴、なんて、貧弱な語彙《ごい》だ。わたしは静かに窓の外を眺めた。相変わらず、彼の顔には目をやらない。

「あの手記には警察も助けられましたよ。死体はある。助かったあなたも、ショックで口もきけず、なにもわからない状態だ。なにが起こったのかどうやって調べようか、と思っていたところ、フロッピーにはあの手記だ。あれで、やっと状況がわかったんですよ」

彼は花束を椅子の上に投げ出すと、ベッドに腰を下ろした。今日の彼は、ひどく不作法だ。わたしは、かすかに眉をひそめる。

「あのときは疑わなかった。実際、手記にあることは、すべて裏付けがとれている。現場の状況ともぴったりだ。カセットに吹き込まれた菊川さんの最期のことばもちゃんとある。でもね、週刊誌に載った手記を読み直して、思ったんです。もしかしたら別の読み方ができるんじゃないかって……」

彼はわたしの反応を窺《うかが》うように、顔をのぞき込む。わたしがまばたきさえしないと、つい、と横を向く。

「あの手記は、あらゆる美辞麗句で飾られている。愛しているだの、夢だの、幸せだの、そんなことばかりが並べられている。少々、わたしのような現実的な男には甘ったるいですな。そして、その美辞麗句をすべて取り去って見てみると、そこには別の現実が浮かんでくるんですよ」

彼は、お尻を一層しっかりとベッドの上に載せた。

「まずは、死んだ菊川公平の人物像だ。役者になるという夢を抱いた若者。だが、いつまでも自分の夢にこだわり続ける、というのは純粋だというばかりでなく、幼児性が高いととることもできる。友だちにも嫉妬しないし、落ち込んだりしない、というのも現実を把握する能力がない、とも思えますね。それに、プライドが高くて、演出家とももめることが多いのは、単にわがままなだけかもしれない」

彼は、わたしを怒らせようとしているのだろうか。そんな下らないことが、今更なんの役に立つんだろう。

「死者を鞭打《むち》つようなことを言ってすみませんね。でもね、劇団の仲間やバイト先から聞いた、菊川公平の印象というのが、まさにこんな感じだったんですよ。ハンサムだが、わがままでやたら功名心だけが強く、非現実的な夢ばかりを語って、実際にはなにもできないタイプだ、と多くの人が証言しています。そうなるとね、甘糟さん。あなたと菊川公平がつきあい始めたことも、恋愛だけでなく、別の様相を帯びてくるんですよ」

彼は煙草《たばこ》を出して、火をつけた。よっぽど、病室は禁煙だ、といってやろうか、と思った。

「菊川公平は、あなたが駆け出しの作家だ、と知った。彼にとって、これはまたとないコネに思えたに違いない。一方、あなたのほうは今まで、読書や小説を書くことしか知らずにきた、優等生のいい子ちゃんだ。女あしらいのうまい菊川の手管《てくだ》に、簡単に捕まってしまったんでしょう。菊川が、あなたの小説のドラマ化に出たいと、口癖のように言っていた、というのも、彼にとってそれが目的だからです。本当に、小説に理解がある人間なら、ドラマ化なんて言いませんよ。あれは、多くの場合、作品をひどくねじ曲げたようなもんですからね」

どうやら、彼のほうは、少しは小説に理解があるらしい。だからといって、彼の印象がよくなる、というものでもないが。

「と、なると、あなたが作家を諦める、と言ったときに、彼が激怒したわけもわかる。作家でないあなたなど、彼にとって無価値だ。おまけにここでやめられたら、今までつきあってきたことが、全部ふいになる。殴ってでもやめさせてはならない、そう思うのも無理はないですね。そうして、あなたが彼に殴られることで、天啓を得て、小説が変わったというの、あれ、嘘でしょう」

たずねたところで、わたしが返事をするとでも思うのだろうか。

「アパートの隣りの人なんか、よく悲鳴やものが壊れる音が聞こえていた、と証言していましたからね。暴力沙汰があったことは明白だ。だからといって、それを書かないと怪《あや》しまれる。手記の内容と、ふたりの生活とが食い違うわけにはいかないのです。だから、あんな理由を考え出したのです。もし、あなたの小説が変わったとしたら、それは、あなたの中に菊川に対する殺意が生まれたからではありませんか。このままいれば、この男に一生つきまとわれる。逃げようとすれば、暴力を振るわれる。いちばんいいのは、菊川が死ぬことです」

だから、殺した、というのだろうか。あまりにありふれた動機だ。中里さんならこう言うだろう。どこかで聞いたような話ですね。

「自分勝手な男というのは、自分がいくら暴力を振るったり、勝手な振る舞いをしても、女は自分に惚《ほ》れてついてくる」と思ってるもんなんですよ。まさか、自分が抱いている女が、殺意を抱いているなんて、考えもしない。彼が、山荘の話を持ち出したとき、あなたの中で今回の計画が生まれたに違いありません。男を殺し、そして、そのことで自分の小説が話題になる。一石二鳥の計画だ。

「山荘であなたは、彼にこう持ちかけます、まあ、たとえば『あなたのイメージでキャラクターを作ってみたの。この台詞をちょっと言ってみて』てな感じだったのでしょう。実際どうだったのかは、知りませんけどね。そして、それをこっそり録音する。彼が滑舌のしっかりした、役者らしい声で発音したのは当然だ。彼は、あのことばを芝居の台詞として口に出したのだから。『おれは、彼女に殺してくれ、と頼んだ。これ以上、生きていてもしかたがないからだ』なんて、ちょっと、小説の書き出しめいたことばじゃないですか」

彼は、少し黙って、唇を舌で湿した。よくもまあ、ひとりでそんなに喋れるものだ。

「それから、滞在予定の最後の夜、眠っている彼の髪に火をつける。ある程度、顔や手が爛れれば、それでよかった。火傷の痛みで混乱している彼を、ベルトで絞め殺したのです。そのあと、彼の死体を発見されやすいように、窓から覗けるリビングに移動させる。そして、わざとらしく、手首を切るなんて成功率の低い方法で、偽装自殺をしてみせる。あなたが切ったくらいの傷では、人間、そう簡単に死ねるもんじゃありません。その日には帰る予定だから、鍵を返しに行かなければ、少なくとも次の日には、ペンションのオーナーがようすを見に来るだろう。そういう狙いも当たりましたね。あなたはそうして、助かった。精神を病んで、なにもわからないふりをしていれば、手記を読んで勝手に判断してくれる。それも、正解でした。やはり人間ですから、直接尋問されると、ボロをだすかもしれないですしね」

ならば、なぜ、彼がここにいるのだ。わたしはなにか、へまをやったのだろうか。でも、今彼が言ったことには、すべてなんの証拠もない。彼の勝手な推測に過ぎない。

わたしの心を読んだように、彼が笑った。相変わらず不作法な人だ。

「証拠がない、と思っているんですね。まず、ひとつ。なぜ、ヒーターが完備してあるのに、彼はストーブをつけて寝ていたのか。山荘のオーナーは、ヒーターが故障したときのために、用心として置いてあるのだ、といいました。なぜ、ヒーターも壊れていないのに、わざわざ危ないストーブを使ったのか」

寒がりだったかもしれないではないか。

「ふふふ、菊川公平が、極度の寒がりでそうしたのかもしれない、という考え方もありますね。ですが、灯油はほとんど減ってはいなかったのです。ストーブが使われたのはあの日、それもわずかな時間だけなんですよ」

彼は、ことばを切って、わたしの表情を窺った。だが、ここで弱気になれば負けだ。まだ、それが証拠にはならない。

人の考えなどは、唐突で気まぐれなものだ。たまたま、その日だけ、それも、事故の起こる寸前になって、公平がストーブに火をつけたのではない、と、だれが証明できるのだろう。

そう、わたしは眠っている彼の手を、ストーブの点火ボタンに、ちゃんと触れさせた。指紋という点でも、ぬかりはないはずだ。だてに、作家をやっているわけではないのだ。

だが、浅山刑事は笑っている。最後の切り札を持っているかのように。だが、それははったりだ。わたしは、完璧にやったのだ。

「甘糟さん、あなた、さすがにプロですね」

なにを言いたいのだ。

「あの手記、相当力を入れて書いたでしょう。まあ、そりゃあそうですよね。あれが、あなたの出世作になるかもしれないんですからね。まあ、一世一代くらいの気持ちで、書いたんじゃないですか」

椅子の上で、チューリップの花束は、かすかにしおれて見える。

「もちろん、そんな大切なものを、殺人を犯した後の、高ぶった気持ちのまま書けるはずはない。あれは、山荘に行く前に、しっかりできあがっていたんですよ。山荘の見取り図も、写真もあった。家で、推敲《すいこう》につぐ推敲を重ねて、ちゃんとプロらしく、どこへ出しても恥ずかしくない状態にして、そのフロッピーを持っていったのでしょう」

だが、あれはワープロだ。フロッピーのコピーもとっていない。わたしが、いつ書こうが、どこで書こうが、それがあとからわかるはずはない。

「甘糟さん、あなた、山荘に行ってから、ワープロに触っていないでしょう。現場に行ってつじつまの合わないことがあれば、手記に手を入れ直したでしょうが、現実にはすべて、手記の通り進んだ。それが、かえって不運だったんですよ」

彼は、鞄の中から、小さな箱のようなものを取り出した。

「これ、知ってるでしょう」

知ってるもなにも、わたしのワープロのアダプターだ。それがいったい。

「あなた、これを家に忘れていたんですよ。ワープロのアダプター、これがなければ、ワープロは打てません。なのに、どうして、あなたはあの手記が打てたんですか」

前髪が額に汗で張り付く。わたしは拳を握りしめた。

「もうそろそろ、演技するのにも疲れたでしょう。本当のことを話したらどうですか。小説の売上げも、もっと増えるかもしれませんよ」

わたしはきりきりと唇を咬んだ。彼は、立ち上がると、わたしについてくるように、目で合図した。たぶん、もう嘘はつき続けられないだろう。わたしは、観念して立ち上がった。

浅山さんの目が、急に優しくなる。

「甘糟さん、あなた、プロ意識のせいでしくじったんですよ。本当に、死者の横で書いていれば、こんなことにはならなかったのに」

わたしははじめて、口を開いた。

「後悔はしません。小説なんて、服役中でも書けるでしょうから」

彼は、笑顔でわたしの手を取った。

麻耶雄嵩●ホワイト・クリスマス

著者・麻耶《まや》雄嵩《ゆたか》

昭和四十四年、三重県生まれ。平成三年に『翼ある闇——メルカトル鮎最後の事件』で衝撃のデビューを飾る、ミステリー界の俊英。作品に『夏と冬の奏鳴曲《ソナタ》』『痾《あ》』『あいにくの雨で』『メルカトルと美袋《みなぎ》のための殺人』等。近著には『鴉』がある。

最近、武史《たけし》の愛が薄らいでいる気がする……。

ワイングラスを片手に隅の椅子にひとり腰掛けながら、持田伸也《もちだしんや》は溜め息を吐いた。オレンジ色に眩《まぶ》しく輝くシャンデリア。真冬の山荘での暖を保証するように揺らめく暖炉の炎。窓の外には降り積もる雪。優雅で一見和《なご》やかなクリスマス・パーティー。中央には愛する大東《おおひがし》武史と四人の男。いずれも武史の寵愛を受けている、伸也のライヴァルたちだ。

ここ三ケ月、武史がマンションに来る回数が目に見えて減っている。仕事のことはよく知らないが、格別忙しくなったという話も聞かないし、精力が減退したというわけでもない。とすれば、減った分はあの中の誰かに割り振られているわけだ。一体誰なのだろう。

伸也はぼんやりと四人の顔を眺めた。背の高い、スポーツマンタイプの遠山政則《とおやままさのり》。大学時代には弓道を遣《や》っていたらしい。鍛えられたがたいの良さがスーツの上からでも分かる。その辺が武史の気に入られているのだろう。確かにあの爽《さわ》やかさは魅力的だと伸也も思う。対して、身振りを交えていま何事かを話しているスタン・ハンセンのような巨体の倉島一雄《くらしまかずお》。ハンセンというよりははっきり云ってただのデブだ。あの中で、ひときわその大きさが際立っている。伸也の美感からは理解できないが、武史には惹かれるものがあるのだろう。三人目は一雄ひとりが話しているのを快く思っていない素振りの外村育広《そとむらいくひろ》。黒のジャケットと赤黒いシャツでぴしっと決めている。端整な顔立ちだが——顔は伸也の好みだ——口がやたらとうまい。関西の芸人を見てるみたいで虫酸《むしず》が走りこれも伸也の趣味ではない。最後は武史に向けあどけない笑みを浮かべている広《ひろ》岡卓夫《おかたくお》。まだ十九で、少年特有の愛くるしさが残っている。半年前に武史の愛人になったばかりで、伸也はもちろん今日が初対面だった。

対して伸也自身の魅力はなんなのだろう。訊《たず》ねても武史はいつも曖昧《あいまい》な答しか返さない。「伸也は伸也だからいいんだ。気にするな」と。伸也はそれで満足するしかなかった。

しかしクリスマスに愛人をみな呼びつけるなんて悪い趣味だと、毎年ながら思う。ライヴァル意識をかき立てて自分への愛情を強くしようという意図なのか、それとも大切なクリスマスを孤独に過ごさせないための配慮なのかは判らないが、いずれにしろ気持ちのいいものではない。かといって断わることもできない。何が契機《きっかけ》で飽きられるかわからない。それが怖いのだ。いま武史に捨てられたら、自分はどうなってしまうのだろう。武史が選んでくれた家具が並ぶマンションで、ひとりの時間が増えてくるに従い、そんな不安ばかりが伸也の胸中を去来する。

武史の愛人となって八年。毎年、クリスマスには信州の別荘でパーティーを開くのが習慣になっている。出席者は武史といまは場を外《はず》している一人娘の容子《ようこ》を除けば愛人五人だけ。妻も早くに亡くした武史には他に身内はいなかった。世間の目にどう映っているか分からないが、自分たちが愛人であることを容子は気づいていないらしい。秘書とかつて容子の前で紹介されたことがあるし、名刺の肩書きもそうなっている。秘書といっても、別に出社するわけでもなく、マンションで武史が訪れるのを待っているだけなのだが。ただ、容子はまさか父親にこんな愛人がいるとも疑わず、その言葉を信じているのだろう。

だが……と伸也は再び溜め息を吐いた。自分がこの中では最古参で最も年上である。八年前武史の愛人になり初めてこのパーティーに招かれたときとは残りの面子《メンツ》は違っている。だとすると、次は自分の番だろうか。

別れを告げられたときには、いまのマンションと幾ばくかの慰謝料がもらえると聞いている。だから当座の生活には困らないと。しかし伸也にとってはそんな問題ではなかった。もちろんこの中には金のために武史に囲われているものもいるだろうが、自分は違う。武史を愛しているのだ。幾ら金を積まれても別れたくなかった。その思いは初めて知り逢い、惹かれたときから変わっていない。

もし捨てられたら死ぬかもしれない。三年前に入水《じゅすい》自殺した彰一《しょういち》のように。武史の足が遠のき、家具ひとつひとつから武史の匂いが薄らいでいくのを実感するたびに、この思いは強くなった。仲也が欲しいのは、武史のあの逞《たくま》しい腕なのだ。ぬくもりなのだ。他には何もいらない。

「どうしたの仲也さん。そんな暗い顔をして」

転がるようなリリコ・スピントに反応して顔を上げると、容子が心配げな顔で立っていた。深い海のような碧《みどり》色のドレスを着ている。真珠のネックレスと小振りなダイヤの指輪がよく似合っている。

「どこか具合でも悪いんですか」

「いえ、」と仲也は慌てて否定した。容子はいつもにこやかに話しかけてくれる。父親の情人とは知らずに。そんな容子の顔を見ると後ろめたくなる。もし真実を知ったらどうするだろうか。きっと嫌悪の表情を浮かべ見向きもしなくなるだろう。自分の性癖を知った時の両親や兄弟のように。仲也は容子が嫌いではなかった。女には満員電車の中などで触れるだけでも虫酸が走ることが多いのだが、容子には不思議とそれがなかった。武史の娘だからか、他の理由があるのかそれはわからなかったが。

「ちょっと休んでただけです」

仲也は彼女の笑顔にぎこちない笑顔で応えた。不安は気づかれなかった様子で、容子は「気をつけてね」と優しい言葉を返しただけだった。

「容子さんこそ、どうしてたんですか」

「これ、とってきたの」と容子は銀色のフルートをかざして見せた。

「せっかくのパーティーだから、ちょっと披露しようかなと思って。まだそんなに上手《うま》くないけど」

照れ臭そうにそうつけ足す。容子は音大でフルートを習っている。

「ぜひ聴《き》かせて下さい。お父さんも喜ぶと思いますよ」

「そんなに期待されても。あとでがっかりするだけよ」

「そんなことないですよ。容子さんの腕なら」

伸也は腰を上げると、容子を促して武史たちのところまで歩いていった。

「今年はホワイト・クリスマスね」

静かに降る雪を見つめながら容子が呟《つぶや》く。

「何かいいことがあればいいですね」

心から伸也は云った。

武史は茶色のシャツをはだけて魅力的な胸毛を垣間見せながら、四人の愛人たちとたまごっちの話題をしていた。掌《てのひら》には白いたまごっちが載せられている。最初、子供子供した卓夫が持ってきたのかと思ったのだが、意外にも武史のものらしかった。剛胆な武史とたまごっちでは明らかにミスマッチだが「なかなかうまく育ってくれなくてね」と白い歯をこぼしている。一ヶ月ほど前に卓夫からもらったのだが、すっかりはまってしまったらしい。

「お父さんたら、最近じゃわたしよりこの鳥のほうが大事なのよ」

拗《す》ねるように容子が云うと、

「そんなことはないさ。いつでもおまえが一番さ」

いつものことなのか慣れた口調で応じる。容子は武史に愛されているようだ。妻とも建前上結婚しただけの武史も娘だけは別格らしい。そういえばある時枕元で、伸也にこう呟いたことがある。

「子供が女で良かったよ。男だったら可愛さのあまり手を出してしまうかもしれないからな」

顔こそ冗談めかしていたが、もしかすると本心なのかもしれないという気が伸也にはした。武史ならやりかねないと思えるからだ。

「じゃあ、これと比較されてるわけね」

もう、といった感じで容子が口をへの字に曲げる。もちろん冗談混じりだ。だが、伸也は本気でたまごっちに嫉妬していた。卓夫が贈ったおもちゃを武史は喜んでいる。それが卓夫への愛情のバロメーター、絆であるかのように。それに対して、最近自分は気に入られたことをしただろうか。思い返そうとするが何も見つからない。不安と猜疑《さいぎ》。こんなことなら女子供のおもちゃだと馬鹿にせず自分も買えばよかった。

「でも、やっぱりこんなおもちゃはお子ちゃまの卓夫のほうがお似合いだね」

育広も伸也と同じように感じたらしく――それが伸也のような危機感にまで至っているかはともかく――突っかかっていく。

「あと二ヶ月もしたら立派な成人ですよ。育広さんはいくつですか。それに面白いものに歳《とし》は関係ないでしょう。むしろ偏狭な目でしか対応できない自分の硬直加減を知るべきですね」

長い髪をかき分けながら卓夫が反発する。語調こそ静かだが、言葉はきつい。育広は挑発を受けるかたちで、

「人を年寄りみたいに。まだ二十二だよ、君と三つしか変わらない。ガキのくせに口だけは達者なようだな」

「柔軟性の問題ですよ。現に大東さんは四十半ばだというのにこうやって楽しんでいる。むしろたった三つしか違わないのにすでに理解できないあなたの方に問題があるんじゃないですか」

同情の色合いをこれ見よがしに籠《こ》めた卓夫の言葉。伸也は思わずつばを飲み込んだ。気がついていないのは容子だけだろう。一雄を見ると彼も同じ思いのように苦々《にがにが》しく目配せで応える。政

則は余裕の表情で冷ややかに二人を眺めている。当の武史といえば、愛人たちの放つ花火を楽しんでいるようだった。

「硬直したままだと、そのうち環境の変化についていけなくなりますよ」

飽きられると暗に仄《ほの》めかしているのだ。さすがの育広も悔しそうに口ごもる。が、その言葉はむしろ一番年長である伸也にずきりときた。卓夫とでは十ほどの年の差がある。世間的には若いのだろうが、いままでの武史の好みからすればもう限界にきているのかもしれない。手が自然と汗ばむ。

「それで、容子はどこにいっていたんだ」

一応の決着を見たためか、武史は話題を変えるように容子に振り向いた。伸也たちを見る時とはまた違った慈愛の目で。

「これ。いいかな」

とフルートを見せる。もちろん武史に異存があるはずもなく、即席のリサイタルが行なわれた。ぎすぎすしたリヴィングがまろやかな音色に包まれる。フォーレのシシリエンヌだ。望郷の想いをかきたてられそうな、独特の甘く寂しげなメロディ。伸也はほっとした気分になった。少しの間ではあるが全てを忘れて安らげるような。

五分ほどで演奏が終わると、ぱちぱちと拍手が起こる。その中、ブラヴォと場違いな歓声を上げたのは育広だった。

「いや、上手《うま》かったですよ。こんなにいい曲だとは知らなかった。生まれて初めて感動というものをしましたよ」

先ほどの失点をここで補おうという気だろうが、さすがに容子も調子のよさに呆《あき》れたように育広を見返した。

「容子さんの腕は大したものですね。これなら来年のコンクールでも優勝できますよ」

政則がさりげなくフォローすると、容子はそうかしらとはにかむ。伸也は初めて聞いたのだが、一雄は鏡餅のような二重顎《あご》で相槌を打ったところを見ると知っていたようだ。

自分は知らなかった。そう思うと余韻など吹き飛んでまた暗くなった。武史に直接関係しているわけではないが、おそらく父親としても心配だろう。それをこの二人には話して自分には話してくれていない。そこに温度差を感じたのだ。

「容子さん、コンクールに出るのですか」

「え、ええ」恥ずかしげに容子は頷《うなず》くと、詰《なじ》るように父親を見る。

「お父さんたら黙っておいて、と云ってたのに。喋《しゃべ》ったのね」

「悪い、つい心配でね」

武史はポマードで固めた頭を掻《か》いた。

「あれレヴェルがものすごく高いんだから。落ちたとき恥ずかしいじゃない」

「そんなことないですよ。いまの調子なら大丈夫です。わたしも学生オケに参加していたんですけど、容子さんほど上手い奴はいなかったですよ。みなたどたどしくて」

伸也は彼らに負けないように強く云った。だが嘘ではない。オケの第一ヴァイオリンを弾いていたのは事実だし、少なくともこの四人よりは知識もセンスもある。以前はよくヴァイオリンを弾いてくれと武史にリクエストされた。最近はそれもご無沙汰だが。

「こいつの云うことを信じちゃいけませんよ。お嬢さん。たとえお釈迦《しゃか》様がキリスト教を広めたとしても、こいつが本当のことを云うはずがないでしょう。何せ双子座ABという札付きの二重人格ですからね」

育広が無理矢理な難癖をつける。どっちがおべっか使いの二重人格なんだ、伸也は苦々しく思った。もちろんこの三人とは誰とも相いれない仲なのだが、その中でも特に育広に嫌悪感を覚える。武史のパーティーでなかったら一緒にいたくもない。奥歯を強く噛んだが、幸いなことに、容子は減らず口など信じないように伸也を見て「そうかな」と同意を求めてきた。

「そうですよ、きっと大丈夫です」

「伸也さんはヴァイオリンを弾かないの」

「ええ、持ってきてませんから。それに、最近弾いていないので腕も鈍ってきてますし」

ちらと武史を横目で見ながら伸也は答えた。しかし武史はただ笑っているだけ。心がわからない。

十時を過ぎパーティーが終わりに近づいた頃、武史から全員にクリスマスプレゼントが渡された。赤と緑のチェックが斜めに入った包装紙を解《と》く。中には腕時計が入っていた。伸也のだけではなく、他の四人のも同じく腕時計だった。ただ種類がそれぞれ違っている。同じ品目を贈るというのは互いがそれで争わないようにという配慮だろうが、その中でわずかに差がついているのが——武史はそれに気づいていないだろうが——ある意味ずっと陰湿な気がする。見た感じ卓夫の腕時計が一番高価に思えるが、それでも武史からのプレゼントは伸也には嬉しかった。絆の証だからだ。まだ繋がっているという……。

「みんなちょっと嵌《は》めてみてくれんか」

武史がリクエストした。そして伸也たちが贈り物の腕時計を嵌めると、「よく似合っているな」と満足げに頷いた。

容子へのプレゼントはフルートだった。

「持ってるのに」

容子がさっき吹いて見せたフルートを持ち上げると、

「それはもう古くなっただろうし、これの方が質が良くいい音が出るんだ。コンサートではこれでいきなさい」

試しに吹いてみると、さっきより少しまろやかな音色が出た。武史の云うとおり、フルートに限らず楽器は高ければ高いほどいい音を奏《かな》でる。それでも容子は不満げに二つのフルートを見比べている。

「別に前のでよかったのに。もったいないわよ」

「大東さんは少しでも容子さんのために役立ちたいんですよ」

とりなすように一雄が云った。そうかしらと、容子は伸也に顔を向けた。

「音色がいい方が審査員の印象は良いでしょうね。それに、他の出場者も同じようにしていると思います」

伸也がそう応えると、容子は納得した様子で、父親に向かって感謝の意を述べた。武史も嬉しそうに頷き返す。

これで少しポイントが上がっただろうか……伸也はそう考えている自分に気づき、浅ましさに怒りを覚えた。いまさらせせこことしても同じなのだ。飽きられていたなら、嫌われていたなら、同じなのだ。武史の性格からして振り返らすことなどできない。

「大東さん」

縋《すが》るような声で伸也は呼びかけていた。

「なんだい」

怪訝そうに武史が見る。吸い込まれるような黒い瞳。またヴァイオリンを聴いてくれますか
——そう訊きたかったが言葉にはならない。

「時計、ありがとうございます」

云えたのはそれだけだった。訊くのが怖かった。

「ああ、たいしたものじゃないけど」

云い終わったあと、武史が目を逸らした気がした。目を逸らした。目を逸らした……。本当に駄目なんだろうか。

伸也は心の中で肩を落とした。

雪は横殴りの風に煽《あお》られ激しく吹雪《ふぶ》いていた。

＊

翌朝、伸也は少し寝過ごした。武史は仕事で朝早くにここを出るというのに。昨夜のことが気になってなかなか寝つけなかった。武史はもう自分を必要としていないのだろうか。不安ばかり

が増幅され、最悪の道ばかり頭の中を駆け回る。もし、別れを宣告されたらどうしよう。見苦しい真似だけはすまい。別れてもなお嫌われたくはない。

そんなぼんやりとした頭で階下に降りたったとき、二つ先の部屋から短い悲鳴が聞こえてきた。容子の声だった。二つ先……武史の部屋だ。慌てて駆けつけ扉を開ける。

扉のすぐ前には口許《くちもと》に両手をやり蒼ざめた顔で容子が立ち尽くしていた。

「どうしたんですか」

震える彼女の視線を追う。その先、厚手のカーテンに朝日が遮《さえぎ》られ、薄ぼんやりと浮かび上がっている床の上に、武史が仰向けに横たわっていた。腹部に果物ナイフを突き立てられたまま。

「武史さん!」

伸也は思わず名前で呼び駆け寄った。しゃがみ込み手を取ってみたが脈はない。そんなことをしなくても、既に彼の愛しい手は冷たく枯れ枝のように硬くなっていた。

「武史さん……」

容子はその失言には気づく余裕もなく、「お父さんが、お父さんが」と譫言《うわごと》のように呟いている。

武史が死んだ……昨日までの不安。最悪の結果。考えていたつもりだが、こんな終わり方をするなんて思いもつかなかった。なぜ武史が……。

伸也は腹から突き出ている果物ナイフを呆然と見つめていた。昨夜リヴィングにあったものだ。容子がリンゴをむいていたのを覚えている。ナイフからは血が広がりカシミアのベストを赤く染めていた。痛みのあまり傷口を押さえたのか、武史の掌も血塗《ちまみ》れになっていた。どうして武史がこんなことに……思わず凶器を引き抜こうと手を近づける。

「伸也さん」

その容子の言葉に伸也はようやく我に返った。そして振り返ると、

「容子さん、みんなを……」

まだ身体中を震わせていた容子は、伸也の言葉に触発されるように、「は、はい」と廊下に消えていった。

ひんやりとした部屋の中に伸也ひとりが残された。早朝の静寂が耳から芯に伝わってくる。意外にも武史の表情は諦めにも似た穏やかなものだった。だが、伸也の愛していたあの黒い瞳はもうない。永久に失われてしまった。目頭から涙が伝ってくる。伸也は喉咽《のど》の衝動に堪えながら武史の瞼《まぶた》を閉じた。

その時ぴりりりと電子音が鳴り響いた。思わず尻餅をついてしまったが音は鳴り続いている。それは胸の辺りからだった。顔を近づけると、左胸に何か入れているのか少し膨らんでいる。灰色のベストの窮屈そうな襟首から手を入れ胸ポケットを探る。かつてはよりかかって安らぎを得

ていた胸もいまはただ冷たいだけ。

音の主はたまごっちだった。卓夫が武史にあげたという例の。たまごっちは主人の死も知らず何事かを訴えているようだが、伸也にはどう扱えばいいのか分からなかった。うろたえ困っていると、そのうち鳴り止んだ。

同時にどやどやと複数の足音がきこえてきた。

「大東さん」

一雄の太く低い声が背後でした。次いで卓夫の驚きの声が。

伸也は振り返り、首を振った。なす術《すべ》がないことを伝えるために。自分たちの愛すべき人が、自分たちがその愛を争った当の男が、この世からいなくなったことを伝えるために。

それ以上の説明はしようにも出来ない。誰かに殺された。解っているのはそれだけだ。

警察に通報したあと、伸也たちはリヴィングでただ待っていた。時間がとても長く感じられる。重苦しい雰囲気に支配され、パーティーの名残が虚しさを増長する。誰も何も話そうともしない。容子は人形のように昨夜伸也が座っていた隅の椅子に腰掛けたまま動かない。虚ろな視線は天井に注がれている。

政則はアクアマリンの指輪を嵌めた手を口許にやりながら目を閉じて考え込んでいた。卓夫も一雄も俯《うつむ》いたり放心したりと姿勢は様々だが同じように黙りこくっている。育広でさえ、さすがに一言も発しない。遺体に直面したときこそ動顚《どうてん》ゆえか「いままでの人生の中でこんなことなんて……」と口走り、伸也たちの傷口を広げていたが、徐々に武史の死が持つ重みを現実のものとして感じてきたのだろう。

奇妙なことに伸也たち五人はみな互いに距離を置いて座っていた。意図したわけではない。ただ、なんとなく。いや、その奥にある理由。それは伸也も気づいていた。

この中に武史を殺したやつがいる。憎むべき殺人犯が。

くしゅ、と容子がくしゃみをし、か細い身体を震わせた。

「お父さん……」

そんな声が洩れ出る。

「火をつけるよ」

伸也は立ち上がった。誰も何とも云わない。伸也は暖炉に近づくと薪《まき》を入れ火種をつけた。暖炉には灰になりかけた薪や紙の燃え滓《かす》が残っている。いまの自分も同じ燃え滓だ。全てを失ったただの塵屑。思わず火搔き棒でそれらを砕くと、伸也はへへと自嘲の笑みを浮かべた。まるで命の再生のように火が大きくなっていく。暖炉は薪を足せばその暖は復活するが、人はそうはいかない。還る術はないのだ。

「何だよ、さっきの笑いは」

育広が神経質そうにつっかかる。疲労ゆえか、端整な顔に隈が張っている。

「何でもないよ」

相手にする気もない。今さら争ったところで何になろうか。伸也は軽く受け流し椅子に戻った。

「まさか、あんたが殺したんじゃないだろうな。あんた、捨てられるんじゃないかってびくびくしてたもんな。いっそのこと自分でと思って」

「馬鹿なことを云うな」

あまりのことに声を荒らげる。育広の言葉は、潔く身を退《ひ》けるかどうか、昨夜の自分の悩みを蹂躙《じゅうりん》されたようで堪えられなかった。

「どうだか。おれはまだ二十三だけどあんたはもうすぐ三十だ。飽きられてもおかしくないしな。それにあんたは女が腐ったような陰湿な根性だし」

「わたしの悲しみがおまえに分かってたまるか」

そう云って伸也はリヴィングを立ち去ろうとした。

「逃げるのか」

育広が呼び止める。振り返ると、他の三人も冷たい眼差しを宿している。その中、容子だけが意味も分からず不安げに見つめている。

「ここにいたくないだけだよ」

何とか怒りを抑制しながら伸也は吐き捨てると、扉を力任せに閉め二階の部屋へ戻った。

……早くマンションに戻りたい。武史との思い出が残っているあのマンションに。

悲しみにどうやって耐えようと考えていると、ドアをノックする音がした。容子だった。

「どうしたんですか」

驚いた伸也が訊ねると、容子は真剣な目で顔を近づけた。

「伸也さん。伸也さんが殺したんじゃないですよね」

「信じて下さい。わたしじゃありません」

伸也は強く訴えた。別に疑われようが、その挙句《あげく》に死刑になろうがどうでもいい。武史がいないまとなれば自分のことなどもう関係ない。でもそれで当の殺人犯が生き延びるとなれば許せない。

「わたし信じてます」

容子は伸也の手を力強く摑むと、ほっとしたように弱々しい笑みを浮かべた。

「でも……」

伸也は躊躇《ためら》いがちにつけ足す。

「あの四人の中に大東さんを殺した奴がいることは間違いないと思います」

「お父さんを殺した人があの中に……」

容子は口をきっと結び、残酷な事実を正面から受け止めようとしていた。認めたくないことだったに違いない。

「それは、誰なんです」

答えを期待したわけでもないだろう。伸也も答えることはできない。

「あなたがお父さんを愛しているように、わたしたちも大東さんを慕っていました。だから、きっと」

ぎゅっと容子の掌を握り返す。容子はしばらく黙ったままだったが、やがてぽつりと、

「さっき外村さんが云っていた、捨てられるというのはどういう意味なのですか」

父親似の黒い瞳が訴えかける。その純粋な輝きに伸也は必死に抗《あらが》おうとした。

「知りたいんです。お父さんに何があったのか」

「いまは話せません。でもそのうち……必ず」

容子の焦燥、苛立ちはすごく理解できる。だが、話せない。自分たちの立場を知られるよりも、これ以上彼女を悲しませたくない。少なくともいまは。

答える意志がないことを知り、容子は諦めたように俯いた。が、直ぐに顔を上げると、きっ、と口許を締め、

「伸也さん。あなたを信じています」

ゆっくりと手を離し部屋を出ようとする。

「容子さん……他の者はまだリヴィングに？」

「いえ、伸也さんが出ていらしたあとにみんな自分の部屋に」

「そうですか」

昨日とはうって変わった儚《はかな》げな後ろ姿が寂しい。どうしてやることもできないのだろうか。

「警察がきっと犯人を捕まえてくれますよ」

何の慰めにもならないが、そう声を掛けるのが精いっぱいだった。

「ありがとう」

弱々しい笑みとともに彼女は部屋から消えた。虚しさともの悲しさだけがあとに残る。

容子が出ていったあと伸也は呆然とその場に立ち尽くしていたが、やがて気をとり直すと隣の一雄の部屋へと向かった。一雄はベッドに腰を降ろし苛立たしげに煙草《たばこ》を吹かせていた。そして棘《とげ》のある、疑いを隠さない声で伸也を迎えた。

「何ですか、伸也さん」

「わたしたちのことで話があるんだ」

伸也はおもむろに云った。

「どういう意味です」

半ば程まで灰となった煙草をもみ消しながら一雄は訊き返した。警戒しているのかその指はどこか忙《せわ》しげだ。

「わたしたちが武史さんの愛人だったことは、容子さんに知られたくない。だから警察の前でも黙っていて欲しい」

「調べればいずれ判ることですよ」

「ああ。でも、わたしたちが黙っていれば、すぐにではないはずだ。その間に彼女も少しは立ち直っているだろう。いま知れば、それこそ倒れてしまうかもしれない」

「どうして、そこまで彼女に気を使うんです」一雄は痙攣《けいれん》にも似た薄ら笑いを浮かべると、「まさかお嬢さんに気があるんじゃないんですか」

伸也は驚きの目で一雄を見返した。まさかそんな邪悪な解釈をされるとは思ってなかったからだ。

「何を云ってるんだ。武史さんの娘じゃないか。武史さんのためにもせめてこれくらいは。わたしたちに出来る最後のことじゃないか」

「まあ、そうですけど」

一雄は怒りに気圧《けお》されるように身を縮こまらせたが、やがて視線を床に落とすと再び煙草に火をつけた。そして紫煙をひとつ空に投げかけたあと、

「武史さんは煙草が嫌いだったから、あの人の前では吸わなかったんですよ。でも、隠れて吸っていても臭いはつくじゃないですか。それを、あの人は判ってて何も云わなかった」

うって変わった、か細い潤んだ声だった。

「伸也さん。あなた、武史さんのことをそれほど愛していたんですか」

ああ、と自信を持って伸也は答えた。

「ぼくもそうです。たとえ五人の中の一人でも、あの人に愛されてぼくは幸せだった」

巨体を小刻みに震わせる。偽りのない心情だと伸也には思われた。たとえ、昨日までは同じ人を想っていたライヴァルだったとしても、いまは最愛の人を失ったもの同士なのだ。一雄の悲しみは伸也自身の悲しみでもあり、その気持ちは痛いほどよく分かる。伸也は静かに一雄の感情が治まるまで待っていた。

二本目の煙草を吸い終えたとき、一雄はゆっくりと立ち上がった。

「分かりました。警察には黙っておきましょう。たとえあとでぼくらが詰《なじ》られたとしても」

「ありがとう」

まさか競争相手にこんな台詞《せりふ》を云う日が来るとは思わなかったが、伸也は率直に感謝した。

「いいえ、礼を云うのはぼくの方です。あなたが云って来なければ、天国の武史さんを悲しませるところでした」

照れ隠しなのか、一雄は分厚い首を竦《すく》める。

「それで、あとの三人にはもう話してあるんですか」

「いや」と伸也は首を振る。一雄に最初に相談したのは、彼が一番話が通じると思ったからだ。知り合った年数も一番長い。

「なら育広に先に釘を差しておくべきですね。あいつが一番口が軽いですから」

「それはわかっている。しかし、あいつとは話したくない」

もとから好かないやつだったが、リヴィングでの件が、伸也の胸の奥にしこりとなって残っていた。

「ぼくにその役目を?」

一雄は腕を組みしばらく考えていたが、

「いいでしょう。あなたが行って話が拗《こじ》れたら、逆にお嬢さんに迷惑が掛かる」

「そうしてくれるとありがたい。政則と卓夫の方にはわたしから話しておくよ」

「ところで、そんなことはないと思いますが……もし、もしですよ。あなたが武史さんを殺したとして、このことが自分の罪を隠すためのはかりごとだったとしたなら、ぼくはあなたを一生許さないですよ」

一雄の体格に似合わない鋭い声に、伸也は「その時は、殺してくれてもいい」と答えた。


卓夫の部屋から戻ったとき、伸也は肩の荷を降ろしたように安堵してベッドに横たわった。これで、しばらくは容子が真実を知ることはないだろう。満足感が身体に染み渡る。武史に頑張りましたと報告したいほどの。だが次の瞬間、その高揚感は当の武史がもういないのだという悲しみへと変わっていた。ぎゅっと手許のシーツを握り締める。また目頭が熱くなった。

サイドボードに載《の》せられた腕時計が目に入る。銀色のアナログ時計は無機質に秒を刻んでいる。伸也は右手を伸ばし摑み上げた。この八年、武史からは愛情以外にも様々なものをもらった。これが最後の贈り物かと思うと切なくなる。

伸也は腕時計を頰に擦り寄せた。だがそこには望んでいた武史のぬくもりはなく、ただ冷たい硝子《ガラス》の感触と精確な機械の音があるだけだった。やはり生きていてこそ意味があるのだ。

「武史さん……」

天井をそしてその遙か向こうの天界を見つめながら伸也は呟いた。

そのとき、胸元で電子音が鳴り響いた。ぴりりりと云う例の。伸也はたまごっちを胸ポケットに放り込んだままだったのを思い出した。一雄たちが来たとき思わずポケットに入れてしまったのだ。

さっきと同じように液晶の雛《ひな》鳥は何かを訴えている。よく見ると少し偏平だ。「うまく育ってくれなくてね」と嘆いていたのはこのせいだろうか。でも、変なのも愛嬌があってそれなりに可愛い。なにより武史が育てていたものだ。

そのとき、伸也の頭を一つの疑問が過《よぎ》った。

なぜ、たまごっちは武史の胸ポケットに入っていたのだろう?


十分後、伸也は容子の部屋を訪れると、心をかき乱すことに詫《わ》びを云いながら一つ質問をした。武史が着ていたカシミアのベストを以前に見たことがあるかと。

その答えはノーだった。武史は服をたくさん持っているので全てを把握していないが、ただ、見た覚えはないと思う。容子はそう首を振った。

「ベストがどうかしたんですか」

心配げに訊ねる容子に、伸也は「なんでもありませんよ」と平静を装って部屋を出た。

＊

伸也の訪問にその男は驚かされたようすだった。ただならぬ雰囲気を感じたのだろう、警戒気味に「どうしたんですか」と訊ねかける。

後ろ手で扉を閉めると、伸也は胸ポケットのたまごっちを取り出して見せた。

「それは武史さんの……どうしてあんたが？」

不可解な表情で男は画面を眺めている。

「容子さんが君たちを呼んでいる間に鳴り出したんだ。思わず手に取ったんだが、そのままポケットに入れて忘れていた」

「なら、警察が来る前に、戻したほうがいいんじゃないですか。なに云われるか判りませんよ」

「不思議なんだ」伸也は低い声で男を見た。「わたしが見つけた時、これは武史さんのシャツの胸ポケットに入っていた」

「それが、どうかしたんですか」

面倒臭そうに男が聞き返す。まだ自分の犯した失策に気がついていないようだ。

「君も覚えているだろうが、発見されたとき、武史さんはシャツの上にベストを着ていた。カシミアの結構ぴちぴちのやつを」

「……………」

伸也は胸ポケットにたまごっちを戻した。そして膨らんだ胸を手で押さえる。胸元がはだけていたのを覚えているだろ。

「分かるだろ。武史さんはパーティーの時にはベストを着ていなかった。胸元がはだけていたのを覚えているからね。だからベストを着たのはそのあとなのだろうが、もしたまごっちを胸に入れたままベストを着れば、直ぐに異物感に気がついて取り出したはずだ」

「つまり?」

ようやく気がついたのか、ポーカーフェイスを装いながらも伸也を促す。

「つまり武史さんは殺されたあと、誰かにベストを着せられたんだ」

「でも、どうしてそんなことを」

男はぴくと両耳を震わせた。答えを知っているくせに……歯痒《はがゆ》さを感じながら、伸也は結論を述べた。

「わたしは思うんだ。あのベストは殺人犯のものだったのではないかと」

小さな罠を仕掛けてみる。案の定《あんじょう》、男はほっとした笑みを浮かべた。だがそれはほんの一瞬のことで、次の瞬間にはかき消されてしまっていた。

「腹を刺された時、武史さんは血まみれの手で犯人に寄り掛かった。もちろん犯人は避けようとしたろうが、間に合わず自分のベストが血で汚れてしまった。そこで犯人は考えた。このまま自分が着ていては危ない。かといっていい隠し場所もない。警察は天井裏まで捜索するだろうからね。だから脱いで武史さんに着せたんだ。もちろんベストにも傷口をつけて。これなら血まみれであっても不思議じゃないからね。それに誰もあのベストが武史さんではなく犯人のものだとは思わないだろうからね」

じっと男の表情を窺《うかが》う。男は武史がどこまで気づいているのか計り切れない様子で、

「なら、警察にそのベストの持ち主を捜してもらえばいいでしょう。でも、現実問題として犯人が自分の服を着せるような危険なまねをしますかね。おれには疑わしく思えますね。それに、昨日のパーティーであんなベストを着ていたやつなんていなかったです。だからあなたのは間違った推論だと思いますよ」

「ああ、わたしもそこが解らなかった。何かの拍子にばれてしまう可能性もあるからね。高級なカシミアだから誰かが着ている姿を覚えていないとも限らない。なのに、切羽詰まっていたとはいえ、どうしてそんなことをしたのか」

伸也は唾を飲みひと区切りおくと、

「その時、閃《ひらめ》いたんだ。もしそのベストを着ている姿を誰にも見られていないという確信が、犯人にあったならどうだろうかと」

「意味が分かりませんね」

「もしあのベストが、殺される直前、武史さんが部屋で犯人に贈ったものだとしたら。そして、昨夜のパーティーでわたしたちに腕時計を嵌めさせたように、その場で着させたならば。犯人は武史さんの望むままベストを着てみた。そのあと殺したんだ。チャンスを窺っていたのかもしれないし、他に理由があったのかもしれない。幸運なことに血はベスト以外にはつかなかった。もしついていれば今このようにのほほんとしていられないだろう。そしてリヴィングの暖炉で包装紙と箱を燃やした」

おまえが犯人だと憎しみに満ちた目で指摘しながら伸也は断言した。この男が武史を奪ったのだ。自分が唯一愛している男を。伸也の全てを。

だが男は気づかないふりをして、「でも、」と抗う。

「あのベストがクリスマス・プレゼントだったとしたら、他にもう一人いたと云うわけですか。ぼくたちには腕時計をくれたわけですから」

「この山荘には他に誰もいない。だから、わたしたちの誰かに武史さんはあのベストを贈った事には間違いがない」

「なら……」

この男はまだ自分が安全圏にいると思っている。伸也はふっと笑うと、

「もうひとつの可能性を思いついたんだよ」

「可能性？」

「きみの云うようにわたしたちはプレゼントをもらっている。なのになぜ、ベストを贈られたのか」

「その理由が分かったというのですか」

「武史さんはわたしにサマージャケットをくれたよ。誕生日にね」

男の眼に隠しようのない驚きが走る。その事実が自分の正しさを確信させた。

「もし、犯人の誕生日がクリスマスの前後なら、別にバースデー・プレゼントを渡した可能性はある。武史さんはみんなに同じものを贈るくらいの気遣いをする人だから、他のものが意識しないようにあとで渡したんだ」

「……それで、あんたはおれの誕生日を聞きたいのかい」

男は一歩後じさりした。おそらく身体が勝手に動いたのだろう。脂汗が額に浮いている。

「最初はそうしようと思ったが、その必要はなかった。考えているうちに誰が犯人か判ったんだ」

「どう云うことです？」

「単純な推察だ。卓夫は昨日の口論で、あと二ケ月で成人だと云っていたから二月生まれだ。だから違う。一雄は見ての通りの巨漢だから、誕生日の問題以前にあんな普通のサイズのベストを贈られることはない。武史さんですら少し小さかったんだ。また政則は三月の誕生石であるアクアマリンの指輪を嵌めている。よってこれも当てはまらない。最後にわたしは、きみが二重人格と揶揄《からか》ったとおり双子座だから違う。知っていると思うが、双子座は五月末から六月にかけての星座だ。と、なると残るは育広くん、きみだけだ」

伸也は指を男の鼻先に突きつけた。目の前の殺人者を粉砕する神の鉄槌のつもりで。育広は怯えるようにびくと身を震わせたが、慌てて襟元を直す仕草をすると、

「なら、お嬢さんはどうなんだ」

予想していた通りの悪あがき。伸也は畳み掛けるように、

「昨夜、容子さんは青いドレスを着ていた。まさかその上にベストを着ることはない。それに彼女はわたしたちと違って実の娘なんだから、武史さんもリヴィングでプレゼントを渡すことに何の気兼ねが必要だと云うんだ」

その言葉に育広はおし黙った。必死で抜け道を探しているのか、その目は焦点が定まっていない。

「……それでおれのところにきたわけですか」

皮肉な歪みが育広の口許に浮かぶ。ざらりとした感触が伸也のうなじに走った。

「でも、残念だね。おれは四月の生まれなんだ。そう、四月一日のエープリル・フール。だからおれでもないよ」

「見苦しいぞ」

伸也は往生際の悪さに怒りを覚えながら声を荒らげた。この場で殴り倒したいほどの衝動にかられ、拳が前に出かかる。

「きみの言葉が嘘だということくらい判っているんだ。昨夜のパーティーで、きみは卓夫が年寄りだと挑発した時には二十二だと反論していたよな。それが、明けた今朝、リヴィングでわたしを年寄り扱いしたときに何と云った？　まだ二十三だと威張っていたな。それを思い出した時、きみの誕生日が今日だと知ったんだ。武史さんは今日は朝から仕事で出かけるはずだった。だからきみへのバースデー・プレゼントを昨夜渡したんだ。もしそれでもきみが間違っているというのなら、警察に云って洗いざらい調べてもらおうか。きみの誕生日も、あのベストの購入先やその目的も」

一気にまくしたてたあと、伸也は高ぶりを抑えるために何度も荒い息を吐いた。育広はもう反論しない。全てを認めたように頭を震わせながら圧し黙っている。

「きみがあの人を殺したんだな」

悄々《しょうしょう》と育広が頷く。

「どうして、武史さんを殺したんだ」

「………」

「どうしてなんだ」

襟首を摑み、重ねて訊ねる。すると育広はぽつりと呟いた。

「……あのパーティーで、あんたは捨てられるんじゃないかと怯えていた」

「ああ、それがどうしたんだ」

「だけど、怯えていたのはあんただけじゃなかった。そして、捨てられたのはおれの方だったんだ」

伸也は思わずその手を離した。

「……だから殺したのか」

「あの人のいない生活なんて意味がなかった……。パーティーが終わったあとおれは武史さんに呼ばれた。別れの言葉を告げられるかもしれない、そう覚悟した。そして、その時は武史さんを殺して自分も死のうと。おれはリヴィングにあったナイフを忍ばせて武史さんの部屋へ行った。だからプレゼントをもらったときおれはほっとしたんだ。まだ捨てられていなかったって。よかったって。涙が出たよ。だけどその次に出てきたのが別れの言葉だった。おれは思わずナイフを突き立てていた」

いつもと違う途切れ途切れの言葉の後半は、涙声に変わっていた。

「一緒に死のうと思った。本当だよ。だけど途端に怖くなった。生きていても意味がないことを知っていながら、最後の最後で怖くなったんだ」

それだけ云うと、育広はその場に蹲《うずくま》った。全てを後悔するように肩を大きく震わせ哭《な》いている。

心中しきれなかった男の哀れな姿。伸也は同情の眼差しで育広を見下ろしていた。一つ間違えば自分が……。しかしすぐに、それは違うと感じた。自分なら、たとえ捨てられても、なにもかもがなくなったとしても、武史を殺すことなんてしなかったはずだ。たとえ自分が死んでも、武史にだけは生きていて欲しい。そうやって身を退いたはずだ。それが彰一のような自殺というかたちをとるにしても……。

「きみはわたしたちの武史さんを殺してしまった。かけがえのない人を。それは許されることではない。こんどはきみがその罪を贖《あがな》う番だ」

冷たく云い放ち、伸也は部屋を出た。

もう武史はいない、それが心に澱《おり》となり積もってゆく。重く重く……。

ドアを閉め顔を上げると、そこには容子が立っていた。蒼ざめた顔。強《こわ》ばった口許を震わせている。噛み合わない歯が小さな音を立てて。

「外村さんがお父さんを……」

「聞いていたんですか」

驚いて訊き返すと、彼女は首を振った。

「いいえ。いま警察から連絡があって、雪で到着が遅れると。それを伝えに来ようとしたらちょうどあなたが。でも、いまのあなたの表情を見て」

話の内容は聞かれていなかった。それが伸也を安堵させた。伸也は容子の両肩を強く摑み、頷いた。

「そうです。彼が」

じっと見つめる容子。崩れるかと心配したが、身体を強ばらせながらも気丈に立っている。女とは意外と強いものだな……伸也は新たな発見をした気がした。

「外村さんが、お父さんを……」

譫言《ざんげん》のように呟いた容子は、不安定な視線を部屋のドアへと注いだ。

ゆらゆらとノブにかけようとした手を伸也は遮る。

「止めておきなさい。会っても辛い思いをするだけです」

「でも、」

詰るように伸也を見上げる。

「償いの方法は、彼が自分で決めることでしょう」

その意味を容子は悟ったようだった。強ばっていた身体の抵抗力をなくし、水枯れした一輪挿しのようにしおれていく。

「さあ、部屋に戻りましょう。警察が来るまで休まれた方がいいです」

伸也はそんな容子の手をとり、促した。容子は従うように二、三歩足を踏みだしたが、

「なぜ、外村さんがお父さんを」

そう訊ねかけた。

「それも、いまは聞かないほうがいいでしょう」

断固とした声で伸也は云った。そう答えるしかなかった。容子は不満げな瞳を向けながらも、

「伸也さんは知っているのですか」

黙ったまま頷くと、

「その上で、あなたが訊かない方がいいと云うのなら、わたしもそれに従います」

突然足の力が抜けたように、容子がもたれ掛かってくる。伸也は慌てて彼女を支えた。胸元にふわりとした感触を感じた。容子はそのままの状態で顔を上げると、

「伸也さん。わたしを守って下さい。あなたしかいないのです」

潤んだ瞳。父親の死に直面し、頼れる人もなく、救いを求めているのだろう。当然だ。まだ二十歳の女なのだ。同情を禁じ得ない。

「もちろん。できる限りのことは」

安心させるように伸也は彼女を見つめた。だが、次第にその瞳には別の色が染まっているように感じられてきた。この色はどこかで見たことがある。

そうだ、一雄が、育広が、愛人たちが武史に見せていたあの色。

……もしかして、この娘《こ》は自分に恋をしているのだろうか？

戸惑わずにはいられなかった。

「さあ、行きましょう」

そう云って伸也は彼女を抱き起こすと、肩を抱いたまま部屋へと送っていった。

……いずれ真実を容子には伝えなければならない。

自分が武史の愛人だったこと。武史を失った今、死のうと思っていること。そして女には興味がないこと。

それをいつ打ち明けるべきか……伸也の心に重くのしかかっていた。

法月綸太郎●ダブル・プレイ

著者・法月《のりづき》綸《りん》太郎《たろう》

昭和三十九年、島根県松江市生まれ。京都大学法学部卒業。在学中は推理小説界の俊英を輩出している推理《ミステリ》小説研究会に所属し、二十三歳で『密閉教室』でデビュー。以来、熱狂的なファンを獲得している。作品に『一の悲劇』『二の悲劇』『雪密室』『誰彼《たそがれ》』等。

1

その日は、木島省平《きじましょうへい》と牧子《まきこ》の十回目の結婚記念日だった。しかし、省平はそのことを失念していた。覚えていたら、いつもより遅く帰宅しただろう。冷凍食品ばかり並んだ味気ない食卓をはさんで、牧子が記念日のことを口にしたのは、夫に対する執念深いいやがらせ以外の何物でもなかったし、省平も忘れていたことを隠そうとはしないのだった。

二人の間に子供はなく、夫婦の関係は冷えきっていた。冷凍食品なら、電子レンジで温めればそれですむ。だが省平と牧子の家庭生活は、解凍しようがないほど壊れていた。長い凍結期間を経て愛情とは似ても似つかないものに変質していた。

その夜の牧子は普段にもましてしつこく、たちが悪かった。高価なワインの栓を抜き、ひとりであらかた空《あ》けてしまうと、酔いに任せて夫を挑発した。飲み過ぎをとがめると、赤く染まったグラスを透《す》かして恨みがましい目つきで省平を見つめ、放っておいてちょうだい、と牧子は言った。

「これは、わたしの過ぎ去った時間を哀悼するための杯なの。あなたという夫のせいで、何もかもダメになってしまった十年間を」

――それは、ぼくが言うべき台詞《せりふ》だ。きみのじゃない！

そう言ってやりたかった。だが、省平は喉《のど》まで出かかった叫びを呑《の》み込んだ。自制が働いたのは、牧子の酔いが演技だとわかっていたからだ。また同じ不毛な議論の蒸し返しになりそうで、省平はいたたまれず、無言のまま背を向けて、リビングを後にした。蔑《さげす》みに満ちた牧子の視線を浴びながら。注がれたワインには一滴も口をつけなかったのに、かっと火照《ほて》った背中が、手ひどい火傷《やけど》でも負ったみたいにじんじん疼《うず》いた。

二階の自分の部屋に避難してひとりになるまで、爪が肉に食い込んで跡《あと》になるほど、きつくこぶしを握りしめていたことにも気づいていなかった。絞ったようなため息を洩《も》らすと、省平はおもむろにクロゼットの扉を開け、動きやすい軽装に着替えた。牧子とは何年も前から寝室を別にしている。お互いにやり直そうとする気も失《う》せていた。着替えをすませると、クロゼットからバットケースを引っぱり出し、尻ポケットに手袋を突っ込んだ。バットケースを肩にかけ、財布と車のキーをつかむと、省平は部屋を出て階段を降りていった。

「――ちょっと出てくる」

リビングを通りがけに、どこへ行くとも言わないで声だけかけた。聞こえているはずなのに、牧子の返答はない。酔いつぶれて眠っているわけではなかった。お互いに何度も繰り返して、すっかり慣れてしまった場面なのだった。

バットケースをシートに落とし、ガレージから車を出した。水曜日の午後九時半。ルームミラーに映《うつ》った目が赤く血走っている。妻とのいさかいのことを頭から追い出して、ひたすら運転に集中した。十五分ほど走って、国道沿いにある二十四時間営業のバッティング・センターの駐車場に車を入れた。

不景気のせいか、客足はまばらで、場内は閑古鳥《かんこどり》が鳴いている。十台設置されたピッチング・マシンのうち、稼動しているのは二台だけ。打球の音までうら寂しく、鹿威《ししおど》しのように響いた。同じ敷地に併設されたカラオケ・ボックスの方も似たようなていたらくで、平日の夜であることを割り引いても、とても経営が成り立っているようには見えない。人件費にシワ寄せが来ているのだろう、従業員はサービスのサの字も知らないようだったが、小汚い若者がたむろして、傍若無人《ぼうじゃくぶじん》に騒いでいる姿を見かけないだけでも、省平にはありがたかった。

がらんとしたロビーを突っ切って、左から三番目の空《あ》きケージに入る。そこが省平の指定席だった。マシンとの相性がいいからだ。コインを操作パネルに積み上げると、ケースからバットを抜き、右打席に立った。手袋をはめ、グリップの具合を確かめながら、軽く素振りを繰り返す。

足場を均《なら》してスタンスを定めると、一枚目のコインを投じた。最初は目を馴《な》らすため、球速を百十キロ台に設定して、投球をスタートさせた。ブーンとうなりを上げて、ピッチング・マシンのモーターが始動する。省平は呼吸を測《はか》りつつ、バットを右肩に引きつけ、ぎゅっとボールに目を凝《こ》らした——。

このバッティング・センターに通い出してから、もう一年以上になる。最初に来た時も、今夜のように牧子と口論になった後だったが、争いの原因は覚えていない。家にいるのも不愉快で、くさくさした気分をなだめようと、当てもなく車に飛び乗った。漫然と夜の街を流しながら、通りすがりのバッティング・センターの看板がふと目に入り、憂さ晴らしに汗をかくのも悪くない、と冷やかし半分で立ち寄ったのが、やみつきになるきっかけだった。

腕に覚えのあるつもりが、バットを握るのは十年ぶりだったから、フォームはがたがた、タイミングも合わない。日頃の運動不足がたたって、ろくすっぽ球にかすらないうちに息が上がってしまった。翌朝は体の節々が痛くなり、いい歳《とし》をして馬鹿な真似をしたと反省するばかり。ところが、それから二か月ほどたったある夜、また牧子としなくてもいい喧嘩になり、頭に血が上りそうになった時、真っ先に思い出したのが、このバッティング・センターのことだった。会心の当たりが出なかった悔しさもよみがえり、省平は矢も盾《たて》もたまらず、同じ場所に直行した。何よりも、思いきりバットを振り回して家庭内の鬱憤《うっぷん》を晴らしてしまう快感を、体が覚えていたというわけである。

味をしめて二度、三度と足を運ぶうちに、スイングの勘を取り戻し、バットの芯《しん》でボールをとらえる感触をモノにする頃には、月イチのペースが半月に一度に狭《せば》まっていた。中古の貸しバットに飽き足らず、自前の新品を買って使うようになったのが半年前のこと。今ではほとんど毎週ここへやってきて、同じケージでピッチング・マシンと相対し、ひとり黙々と白球を打ち返している。

今夜も立て続けに百球ほど打ち込むと、さすがに全身が汗びっしょりになった。肩で息をしながら、タオルを取って顔と首の周《まわ》りを拭う。酷使された筋肉が、疲労と休息を訴えていた。だが、最近はどんなにいい当たりが出ても、以前ほどの爽快感がなかった。衝動的な怒りは汗といっしょに蒸発しても、体の中にずっしりと蓄積した憎しみの捌《は》け口にはならない。その場しのぎにすぎないのだ、と自覚しながら、省平はタオルを首にかけ、バットをケースにしまってケージから外に出た。

代替行為だということもわかっていた。無心にバットを振っているつもりでも、飛んでくるボールに牧子の顔を重ねていることがある。無意識に物騒な文句が口をついて出て、誰かに聞かれなかったか、あわてて周りを見回したことが一度ならずあった。麻薬と同じで、最初は効果があっても、回を重ねるごとに、だんだん薄れていくものだ。こんな子供だましのやり方では抑《おさ》えきれないほど、牧子に対する憎悪がふくらんで、目に見える具体的な結果を切望するようになっていた。

省平は自動販売機でスポーツドリンクを買って、ロビーのベンチに腰を下ろした。プルタブを開け、喉をごくごく鳴らして一気に飲み干す。まだ頭の芯が熱っぽく、じーんとしびれるような感覚が残っていた。膝を抱えて頭を垂れ、目をつぶって心臓の動悸が鎮《しず》まるのを待った。

「――いい当たりが出てたなあ。スイングが速いし、体の軸もぶれない。経験者でしょう?」

いきなり誰かの声が降ってきた。目を開けると、スポーツシューズを履《は》いた男の爪先《つまさき》が見える。省平はうなだれたまま、吐息交じりの声で、ぶっきらぼうに答えた。

「高校時代は、野球部だった」

「やっぱりね。ポジションは?」

「外野の補欠。三年生の夏の地区予選で、一度だけ代打に出た。内野のエラーで出塁したが、次の打者がゲッツー。試合もコールド負けだった」

やっと顔を上げると、Tシャツにジーンズ、頭に野球帽をかぶった男と目が合った。歳は三十を出たぐらい、さっき七番ケージで打っていた男だと気づいたが、以前に見かけた記憶はない。センターの貸しバットを持って、ぶらぶらさせている。体格はよかったが、根っからのスポーツマンというよりフィットネス・クラブ通いで作り上げたようなボディラインで、日焼けした肌の色も人工的な感じがする。男は肩をすくめるようなしぐさをして、

「その後は？」

「たまに草野球に付き合ったぐらいで、結婚してからはすっかりご無沙汰だ。もう十年以上、人間が投げるボールを打ったことはないな」

「あれだけ打てるのに、もったいないですよ」

と男が言う。着崩したTシャツの襟《えり》から、銀のチェーンがのぞいた。いつまでも大人になりきれない男、という印象を持ちながら、省平はかぶりを振った。普段なら相手にせず、邪険に追い払うタイプの人間だったが、そうしなかったのは、牧子のことをくよくよ考えるぐらいなら、知らない相手と喋って気が紛《まぎ》れるだけましだと思ったせいである。

「見かけない顔だが、ここにはよく来るのか？」

「ちょくちょく。ムカつくことがあっても、バットを振るとスカッとするんで。ここはいつもがらがらだから、待たずにすぐ打てるでしょう？」

省平はうなずいて、自分もそうだと言った。すると、男は急に媚《こ》びるように笑い、ここで省平の姿を見かけるのは、今夜が初めてではないと打ち明けた。ライナー性の打球をコンスタントに飛ばしているので、前から気になっていたという。

か？」
「——先週も隣りのケージから、打撃フォームを観察してたんだけど、気がつきませんでした

省平は驚いた。打席に入っている間は、ボールに神経が集中しているので、隣りのケージに出入りがあっても、いちいち顔など見はしない。それよりも見知らぬ男に一方的につきまとわれたような気がして、面白くなかった。流行《はや》りのストーカーとかいうやつかもしれない。警戒を含んだ口調で、突き放すようにたずねた。

「きみは草野球チームのスカウトか何かか？　それとも、もしゲイのセックス・パートナーを捜しているんなら、ほかを当たってくれ」

男はまた肩をすくめたが、少しも悪びれたふうではなかった。バットをふくらはぎに当てて拍子を取るしぐさといい、むしろ省平との会話を楽しんでいるような余裕がうかがわれた。

「ホモ扱いされるとは思わなかったな。でも、パートナー捜しっていうのは当たってる。ここで初めてあなたを見た時、自分と同類だってことがすぐわかったんです」

「——同類？　きみと？　いったい何のことだ」

「言ったじゃありませんか。ムカつくことがあっても、バットを振るとスカッとするって。殺したいほど憎いやつをぶちのめすかわりに、ここでボールを打ってるんでしょう、あなたも？」

いきなり図星を指されて、省平は息を呑んだ。しかし、いくら見ず知らずの他人だからといっ

て、そんなことを軽々しく認めるわけにはいかない。省平はそしらぬふりで、やり過ごそうとした。

「失礼じゃないか、きみ。妙な言いがかりをつけないでくれ！」

ベンチを蹴って立ち去ろうとすると、男は省平の肩をむずとつかんで引き止めた。抗議する暇も与えずに、耳元に野球帽のひさしが当たるほど顔を近づけて、低く抑えた声で、

「牧子っていうのは、奥さんの名前でしょう？」

省平はその場に凍りついた。どうしてそれを、と言いかけて、はっと思い当たった。俺は先週もバットを振りながら、牧子を罵《ののし》っていたのではないか。ボールを打ち返すのに夢中で、まったく意識していなかったが、この男が隣りのケージから、その声を盗み聞いていたのだとすれば――。

とっさに考えたことがもろに表情に出てしまったらしい。男はニヤニヤしながら肩から手をどけ、ぶしつけに省平の顔をのぞき込んだ。

「そうなんだ。あんたは先週、マキコ、死ね、死んでくれ、と何度も繰り返しながら、ボールに向かってた。顔つきを見れば、本気だったのはまちがいない。その時わかったんだ、あんたこそ、自分が手を組むにふさわしいパートナーだって……。それから駐車場に先回りして、あんたが出てくるのを待った。車を尾行して、住んでいるところを調べるために。郵便受けで名前も確

認しましたよ。木島省平、牧子。子供はいない。日本橋《にほんばし》に本社のある中堅食品メーカーに勤めている」

省平は手をかざして男を黙らせ、ロビーを見回した。二人の話を聞いている者はいない。動揺は激しかったが、自制を働かせる余地はまだ残っていた。いや、かえって第三者に妻への殺意を指摘されたことが、省平の心に居直りのような奇妙な落ち着きをもたらすきっかけになった。

「――なぜそんなことを？　ゆすりが目的なら、お門違いだ。女房を殺したいと口にするだけでは、犯罪にはならない」

「尾行したのが気に障《さわ》ったなら、謝ります。でも、ゆするつもりなんてないんだ。木島さん。ぼくはあなたと手を組みたい。言ったはずですよ、ぼくらは同類だって――あなたと同じように、ぼくも殺したいほど憎んでいる人間がいるんです」

こっちが開き直って強く出た分、相手の口調はいくぶん腰が引け加減になっていた。省平は聞き流すようにかぶりを振って、

「それと、私とどういう関係がある？」

「関係はありません。無関係だからこそ、お互いにパートナーとしてふさわしい」

「どういう意味だ？」

野球帽のひさしの下で、男の目が光った。真顔で省平を見据え、熱っぽい調子で告げる。

「あなたに、ぼくの代打になってもらいたい。もちろん、それだけじゃ不公平だから、その見返りに、ぼくもあなたの代打になる。お互いがお互いのピンチ・ヒッターになって、絶対安全なアリバイを確保しながら、邪魔な人間を消してしまうんです」

省平は男の言った意味を考えた。理解するのに、そう時間はかからなかった。

「――交換殺人か」

「飲み込みが早いな。木島さんほどじゃないが、ぼくもバッティングには自信があります。ゲッツーを取られるようなヘマはしない」

そう言って、男はまたにやりと笑った。

2

二人はいったんロビーで別れた。省平はケージに戻って三十球ほど打ち込んだが、ファウルチップと当たりそこねのゴロばかりだった。適当に切り上げてケージを出ると、なにくわぬ顔をしてロビーの貸しバット置場に向かう。従業員の監視の目はなかった。さっき男がじかに手にしていたバットが戻してあるのを見つけて、省平はほくそ笑み、グリップの指紋を消さないように注意しながら、自分のバットケースに収めた。

ケースの余分なふくらみを腕で隠してロビーを抜け、駐車場に出る。トランクにバットケースをしまってから、自分の車に乗ると、物陰から野球帽のひさしがヒョイとのぞいて、助手席の方に近づいてきた。省平は無言でドアを開けてやり、男が乗り込むと、そのまま車を出した。

「――環八《かんぱち》を下って、高井戸《たかいど》の方へやってください」

「何がある？」

「犯行現場の下見に。木島さんに殺してもらいたい男の家にこれから案内します」

「ずいぶん手回しがいいな」

省平は苦笑した。男と手を組む決意は固まっていたが、これっぽっちも気を許しているわけではなかった。

目的地に向かう道すがら、男はようやく自分の素姓を明らかにした。宮沢映輝《みやざわあきてる》、職業はフリーのカメラマンだという。免許証を見せてくれと言うと、男は一瞬ばつの悪そうな表情を示しながら、素直に従った。受け取った免許証を横目でチェックする。写真はたしかに男の顔だったが、名前がちがっているのに気づいて、省平は気色ばんだ。

「どういうことだ？　これには、堀田秀雄《ほったひでお》と書いてある。すぐにばれるような偽名でごまかすつもりだったのか？」

「とんでもない。宮沢っていうのは、仕事用の通称なんだ。本名よりそっちを使う方が多いから、そう名乗ったまでですよ」

堀田の釈明を聞きながら、省平は疑り深い目つきを引っ込めないで、

「フリーのカメラマンなら、名刺を持ち歩いているだろう。それも見せてくれ」

堀田はジーンズのポケットから名刺を出して、おそるおそる省平に手渡した。〈スタジオμ宮沢映輝〉というロゴの下に、オフィスのアドレスと電話番号。デザインを見ただけで、写真家としてのセンスまで疑いたくなりそうな代物《しろもの》だった。

女を口説いて脱がせるのが目的の、自称カメラマン気取りにちがいない。わざわざ仕事用の通称を先に名乗ったのも、子供じみた見栄《みえ》と虚勢の現われだろう。いつまでも大人になりきれない男。第一印象の正しさを心に留めながら、省平は堀田に免許証だけ返し、名刺の方は預かっておくと言った。

「それはまずいんじゃないですか。万一名刺を持ってるのが見つかったら、あなたとぼくの間に接点があることがバレてしまう。それじゃあ、せっかくの計画も台無しだ。ぼくらはお互いに一面識もない、赤の他人どうしのはずなんですから」

「それぐらいわかってるさ。必要がなくなった時点で、これは処分する。それより、きみが殺したがっている男のことを聞かせてもらおうか」

省平が水を向けると、堀田は野球帽のひさしを見つめながら、吐き出すように言った。

「——山崎赳夫《やまざきたけお》。血のつながった叔父ですよ」

堀田に聞かされた話はこうだった。山崎というのは堀田の母親の弟で、世田谷《せたがや》で不動産屋の看板を掲げているが、本業は金貸しだという。バブル景気の頃はずいぶんと羽振りがよく、まだ学生だった堀田に遊びの味を覚えさせたのも叔父で、フォトスタジオを開いた時には、出世払いだと言って、気前よく資金を工面してくれたのだった。ところが、バブルがはじけて土地が値崩れを起こし、出口知らずの不況が続いて自分が左前になると、掌《てのひら》を返したように冷たくなって、借金の催促が始まった。

しばらくは利息を払って何とかやりくりしていたものの、昨年暮れに堀田の母親が病死してからは、姉に対する気がねがなくなったせいか、取り立ては一段と厳しさを増した。今年の春からいやがらせの電話が相次ぎ、自宅やオフィスはもとより、最近は出入り先にまで叔父の代理と称するヤクザまがいの連中が出没するようになって、商売は上がったり。今月中に元利耳をそろえて返済しなければ、身の安全も保証できないと脅かされているが、いっこうに返済のメドは立たず、金策と称して逃げ回っている毎日だという。自宅からあさっての方角にある寂れたバッティング・センターに入り浸《びた》っていたのもそのせいだ、と堀田は付け加えた。

「借りた金はどれぐらいになる？」

「元利合わせて、八百万ほど」

「そいつが死ねば、借金は帳消しになるのか？」

「全部とは言いませんが、半分は身内の口約束みたいなものだから、法的にはいくらでも抜け道がある。それで叔父も余計に焦って、締めつけを厳しくしてるんです」

「きみに同情して言うわけじゃないが、そういう人物なら金銭上のトラブルや、恨んでいる人間も多いんじゃないのか」

「そうですけどね。でも、どっちみち叔父が殺されたら、容疑者リストの筆頭にぼくの名が挙がるのは目に見えて——おっと、次の信号で左折してください。もうじき叔父の家だ」

堀田は井《い》の頭《かしら》線の富士見《ふじみ》ケ丘《おか》駅に程近い、住宅地の一角で車を停めさせた。もうだいぶ夜も更《ふ》けて、路上の不審車を見とがめる人影はない。車の窓越しに、あれが叔父の住まいですと教えられた家は、庭付きの一戸建てだったが、えらく地味な構えで、坪数もたかが知れている。高級マンションか豪邸の類《たぐい》を想像していたので、省平は拍子抜けした。堀田は目ざとくそれを見透かしたように、

「ホテルみたいな高級マンションに住んでいた時もあるんですが、三年前に叔母と死別してから、何を思ったか、羽振りがよくなる前に住んでいたこの家にいきなり引っ越して。嫁に行った

娘もほとんど寄りつかないし、週四日通いの家政婦が来る以外は、ずっとひとり暮らしですよ」

「金貸しの老人が一軒家にひとりきりか。セキュリティはどうなってるんだ？」

「その点は大丈夫。金目のものは手元に置かない主義で、事務所と銀行の貸し金庫に全部預けているようだし、合気道の有段者なのを鼻にかけて、家の戸締まりなんかもいい加減なものです」

「変人らしいな。犬とか飼ってないのか？」

堀田は首を横に振ると、家の間取りと侵入・逃走経路をレクチャーし始めた。寝室は一階の裏手。山崎は毎晩、寝酒を一杯やってから、午後十一時には床に就《つ》く習慣だという。十二時から一時の間に、枕元に置いてあるドイツ製の血圧計のチューブで首を締める。ぐっすり寝入っているはずだから、抵抗される気遣いはない。山崎を殺害した後、物盗《と》りの犯行に見せかけるため、室内を物色した形跡《けいせき》を作っておくこと。逃走車の駐車位置まで決めてあるので、省平は感心するよりあきれた。

「ずいぶん綿密に手筈《てはず》が整っているんだな」

「自分の手でケリをつけるつもりで、一度下調べをしたことがあるので。念のために、今の段取りを頭から復唱してくれませんか」

「よしてくれ。小学生の遠足じゃあるまいし」

軽くつっぱねると、急に堀田の表情が険しくなった。きっとした目で省平をにらんで、

「遠足気分はそっちじゃないですか。人殺しは遊びじゃないし、やり直しは利《き》かない。わかってるんですか、木島さん？　あんたが叔父を殺すんだよ」

「――わかっているつもりだが」

「だったら、もっとちゃんとしてくれないと。いいですか、木島さん。こうやって二人で会うのは、今夜限りにするつもりです。お互いに顔も名前も知らない赤の他人どうしで、二度と会うことがあってはならない。接触する回数が増えるほど、交換殺人が発覚する危険も増すし、電話や手紙も記録が残る可能性があるからダメ。だから今のうちに、詰められるところは全部詰めておかないと、後でしまったと思っても手遅れなんです。こういうことはささいなミスが命取りになるし、しくじったらその時は二人とも破滅です。そうならないためにも、計画には万全を期しておきたい」

「悪かった。きみの言う通りにする」

相手の剣幕に押されて、省平はしぶしぶ折れた。人目につかないよう、そのあたりの界隈《かいわい》を車で流しながら、堀田の詳しい指示を一から繰り返し、曖昧《あいまい》な点を再確認する。主導権を握り返したせいか、助手席の堀田は得意そうな表情になっていたが、肝心の犯行の日取りを打診すると、それは最後に決める、と思わせぶりな返事がかえってきた。こっちの打ち合わせは一段落したので、そろそろバッティング・センターに戻ろうと言う。

「うちの下見はしなくていいのか？」

「先週、家まで車をつけたと言ったでしょう。抜かりはありませんよ。大まかな配置や近所の様子なんかはつかんである――実を言うと、昼間に一度、お宅の玄関先までうかがってるんです。健康食品のセールスマンを装って」

ニヤニヤしながら、こともなげに堀田が言う。省平は肝《きも》を冷やす思いをした。

「大丈夫なのか、そんな大胆な真似をして。面が割れたらまずいだろうに」

「背広に銀縁眼鏡で変装したから、わかりゃしませんよ。それに話したのは一分足らず、奥さんはドアチェーンをかけたまま、けんもほろろで、こっちの顔を見ようともしなかった。でも奥さん、ちょっと冷たい感じはするけど、美人じゃないですか。どうして殺したいなんて？」

省平が答えようとしないので、堀田はじれったそうにチッチッと舌を鳴らした。

「こっちは包み隠さず打ち明けたんだから、木島さんが黙ってるのは、フェアじゃない。やっぱりこっちがらみですか？」

と小指を立てながら、下卑《げび》た調子で、

「若い愛人のピチピチした肉体に気持ちが移ってるのに、奥さんが離婚に応じてくれないとか」

「若い愛人のいる男なら、夜な夜なバッティング・センターに通って、汗を流したりはしないさ。もちろん、一度も身に覚えがないという意味ではないが――結婚して二年目に、会社の部下と火遊びをしたのがバレて、一度だけ揉《も》めたことがある。愛想を尽かされたきっかけは、それだったかもしれないが、どっちみち、お互いに愛情のかけらさえなかった。牧子が怒ったのはプライドを傷つけられたせいだ。私を信じていたからではない。その後も何度か不倫の関係を持ったが、情事が続いている間は、牧子は気づいていても知らん顔をする。そしていつもそれが終わってから、初めてそのことを持ち出して俺を責める。蛇の生殺しみたいなもので、その方がより残酷な仕打ちだとわかっているんだ。俺を苦しめることだけが、今のあいつの生きがいなんだよ」

「だったら、なぜさっさと別れないんです？」

「牧子は、会社の大口取引先の役員の娘なんだ。上司から見合いの話を持ちかけられた時、俺はすぐさま飛びついた。むろん、出世が目当てだ。会ってみると、器量はいいし、身持ちの堅いお嬢さん大学の卒業生で、その時は申し分のない相手だと思ったよ。だが、それは俺の思い違いだった」

「というと？」

「牧子は学生時代に、妻子のある三十男と深い関係になって、お腹《なか》に子供までできていた。駆け落ちしたのを親が強引に連れ戻し、男に手切れ金を払って別れさせたんだ。しかもその時、無理な中絶手術のせいで、二度と子供の産《う》めない体になったという。新婚旅行先のホテルで、初めてそのことを打ち明けられた。それだけならまだしも、あいつは、今でも別れた男のことが頭を離れないとほざきやがった！　その夜、俺がベッドでどんなに愛撫しても、牧子はまったく反応しなかったよ——わかるだろう、俺はまんまとババをつかまされたんだ」

堀田は唇をへの字に結んで、かぶりを振った。

「同情を誘っても、時間の無駄ですね。出世と引き換えだったら、それも致し方ない」

「そうかもしれない。仕事が順調な間は、なんとか辛抱のしがいもあった。四年前、大きなプロジェクトの責任者に抜擢されたんだ。成功すれば、将来は役員も夢じゃない。そう思って、しゃかりきに頑張ったんだが、社内に足を引っぱるやつがいてね。おまけに長引く不況のあおりを食らって、ものの見事にぽしゃってしまったよ。義父の口利きでクビだけは免れたが、会社では冷や飯を食わされている。おかげで牧子の目もいっそう冷たくなった。だが離婚でもしてみろ、その時点で即リストラの餌食《えじき》だ。家のローンが残っているし、退職金も期待できない。この不景気では、転職の当てもない」

「八方ふさがりじゃないですか」

「そうさ。だが、牧子が死んでくれれば風向きも変わる。結婚してまもなく、お互いを受取人に指定して、大口の生命保険をかけてあるんだ。あいつを殺せば、まとまった額の金が手に入る。それさえあれば、今からでもやり直しは利くだろう」

「なんだ。あんたも結局、金目当てじゃないか」

堀田が見下すように顎《あご》をしゃくった。そうじゃない、金はおまけみたいなものだと言いかけて、省平は口をつぐんだ。ついわれを忘れて、多くを口にしすぎたことを恥じるような気持ちもあった。

牧子がどんなに冷たい女か、自分のことしか頭にないプライドとエゴの塊《かたまり》のような女と十年間いっしょに暮らして、どれだけ屈辱をなめさせられたか、煮えたぎるような憎しみに蓋《ふた》をするために、どれだけ不毛な努力を払ってきたか——堀田のような男に話して聞かせたところで、理解してはもらえないだろうし、理解されたところで何かの足しになるわけでもない。ありふれた保険金目当ての妻殺しと思わせておいた方が、かえってお互いにやりやすくなるだろう。省平は自制を取り戻し、堀田の蔑みの視線をやり過ごした。

残り少ない行きずりの時間は、牧子殺害の具体的な段取りの打ち合わせに費《つい》やされた。省平は自宅の正確な間取りと牧子の生活習慣を告げ、夫婦の寝室を別にしていること、玄関の合鍵が庭の鉢植えの土の中に隠してあることも教えた。堀田は自分のノルマについても、あらかじめ犯行の青写真を描いていたが、いくつかクリアしておかなければならない点があるという。近所の目があるから、昼間の犯行は危険すぎると堀田は指摘した。

「深夜、奥さんがひとりで家にいる時に襲うしかないでしょう。とすれば、木島さんのアリバイも、仕事とからめて確保した方が安全だ。会社の残業か、出張で外泊する予定はありませんか？」

「月末に、名古屋に出張の予定がある。まだ正確な日程は未定だが、たぶん向こうで一泊することになるだろう」

「月末か」

「何か不都合でもあるのか？」

「不都合というか、木島さん次第ですけどね。借金の返済期限が今月いっぱいだと言ったでしょう。それを過ぎたら、何をされるかわからない。叔父の脅しは口先だけじゃない、本気なんです。今日はまだ二日ですが、木島さんには遅くとも二十日頃までに、叔父を片付けてもらわないと」

「――私次第というのは、要するに、きみの叔父さんを先にやれということか？」

省平がたずねると、堀田は鼻の頭がむず痒《がゆ》いみたいに顔をしかめて、

「だって、ぼくが最初に、木島さんの奥さんを月末に殺すとして、タッチの差でこっちが半殺しの目に遭《あ》うんじゃ、元も子もないでしょう」

「それはそうだが、きみとは今日会ったばかりで、裏切られないという保証はない」

堀田は肩をすくめるようなしぐさをした。

「ぼくのことが信じられませんか？　あなたに叔父を先に殺させて、自分は手を汚さずに、ひとりだけ得をするように企《たくら》んでいるとでも？」

「そんなことはさせやしないさ。だが、最初に交換殺人を持ちかけたのは、そっちだろう。きみこそ先に範を示すのが筋というものだ。実行段階で後手に回るのは、本末転倒じゃないか」

「そうムキにならないで。でも、お膳立てを整えたのがこっちだということを忘れないでほしいな。木島さんの方が誠意を見せてくれないんでは、今までの苦労も水の泡になってしまう」

「──誠意が聞いてあきれる。残念だが、交渉決裂のようだな」

省平はにべもなく言った。やがて、道沿いにバッティング・センターの看板が見えてくる。助手席の堀田は腕を組んで、むっつりと黙り込んだまま。省平も無言だった。ウィンカーを点灯し、ステアリングを切って、車を駐車場に乗り入れた。

降りるように促すと、堀田は体を堅くして、打って変わった哀願するような目を省平に向けた。

「待ってください。ぼくの言い方が悪かったなら、謝ります。でも、絶対にうまく行く計画なんだ。あきらめることなんてできない。ぼくを信じて、もう一度考え直してくれませんか？」

省平も相手の目をじっと見つめた。車の中に沈黙が満ちる。緊張のあまり、堀田の手が震《ふる》えているのに気づいた。だが、省平の方はまったく動じていなかった。堀田の魂胆ぐらい、最初から読めている。それを逆手《さかて》に取ってやるつもりだった。

根負けした堀田が目をそらしかけた時、省平はやっと沈黙を破った。

「——わかった。一か八か、きみを信じる方に賭けてみよう。私が先で、きみが後だ」

堀田の顔に安堵の表情がぱっと広がるのを認めながら、省平は心の中を見透かされないように努めていた。しかし、一か八かの賭けをする気などありはしないからだ。堀田のことを信じているわけでもない。しかし、交換殺人のシナリオには魅力があった。正直なところ、堀田が交換殺人の約束をきちんと果たしてくれるなら、殺しの順番などどちらでもかまわないのだ。後手に回ると、妻殺しの容疑者として警察にマークされ、動きにくくなることも考慮すれば、先に手を下すことにもさして抵抗はなかった。共犯者が必ず牧子を仕留めるという確実な裏付けさえあれば。

省平には策があった。堀田の首根っこをがっちりと押さえ、殺しのノルマをきちんと果たさせる強力な武器が。もちろん、堀田はこっちの思惑に気づいていない。だが、そのためには、省平が先手を打って山崎を殺さなければならないのだった。

「——いつやればいい？」

「犯行日が接近しすぎると、こっちも動きが取りづらくなるし、怪しまれる危険も大きい。十二日の夜にしてくれませんか。横浜で知人の結婚式があるので、アリバイ作りには最適なんです」

「来週の土曜日か。わかった。で、こっちの出張の日程が決まったら、どうやって伝えればいい?」

「NTTの伝言ダイヤル。知ってますか?」

「なるほど。自分で使ったことはないが、要領はわかる」

「じゃあ、日程が決まり次第、そこにメッセージを吹き込んでください。毎日チェックします。ただし自宅や会社からかけないこと。携帯もダメ。記録が残らないように、必ず公衆電話を使うんです」

そう念を押すと、堀田は八ケタの連絡番号と四ケタの暗証番号を告げた。

「復唱しなくてもいいのか?」

「番号を忘れたら、困るのはあなたの方ですよ」

堀田はにやりとして、助手席のドアを開けた。

「さよならは言いません。ぼくとあなたは、顔も名前も知らない、赤の他人どうしですから」

それだけ言い残すと、くるりと背を向けて、闇の中に姿を消した。堀田の車を尾行するという考えが脳裏に浮かんだが、省平は却下して、帰宅する方を選んだ。もうずいぶん遅い時間になっていた。牧子のやつは、もう寝てしまっているだろう。

帰宅すると、玄関に戸締まりがしてあった。家の中も真っ暗だったが、牧子の寝室をのぞいたりはしなかった。いつもそうだった。バットケースをクロゼットに収め、熱いシャワーを浴びてから、ベッドに入る。疲れていたのだろう、省平はすぐさま眠りに落ちた。夢さえ見なかった。

3

翌朝、省平は普段と同じ時刻に目を覚ました。牧子は二日酔いのような顔で、口数が少なく、昨夜のいさかいを蒸し返そうとはしなかった。省平は何事もなかったように家を出、定時に会社に着いた。

仕事に取りかかる前に資料室に寄って、電話帳を調べてみる。タウンページで【写真（商業写真）】の項目を引くと、〈スタジオμ〉の番号が見つかった。堀田から預かった名刺に記された電話番号と同じだった。念のため、【写真家】のページにも目を通す。宮沢映輝の名前でやはり同じ番号が掲載されていた。省平はタウンページを閉じ、棚に戻した。プリクラもどきの機械で、即席にでっち上げた偽造の名刺ではないかと疑いもしたのだが、少なくともその疑いだけは晴れたことになる。

午前中は、黙々とデスクワークをこなした。見せしめのような降格人事で、冷や飯を食わされているとはいえ、給料をもらっている以上、仕事は仕事と割り切っている。しかしそれも、あともう少しの辛抱だ。やがて昼時になったので、省平は仕事を中断して外に出た。昼食時の人混みに紛れ込んで、最寄りの駅まで歩く。駅構内の公衆電話から、さっき確認した〈スタジオμ〉の番号にかけた。もちろん、堀田の話の裏を取るのが目的である。

電話に出たのは、アシスタントらしい女だった。省平は押し殺した作り声で、山崎の代理の者だがと名乗り、相手の反応をうかがった。即座に女の声が緊張するのがわかった。

「も、申し訳ありません。宮沢はただいま外出しておりまして、その、いつ戻るかどうかも——」

「居留守を使ってるんじゃないだろうな」

「いいえ。こちらの事情はご存じでしょう。このところずっと金策に駆け回っていて、本当に所在もつかめないんです。連絡が取れましたら、お電話を頂戴した旨《むね》伝えておきますので、何かご伝言がありましたら——」

「こちらの用件はわかっているはずだ」

「はい、それはもちろん。叔父さんには迷惑をかけないから、くれぐれも早まって妙な手出しだけはしないでほしいと、宮沢からことづかっております」

「わかった。またかける」

省平は電話を切った。叔父の厳しい取り立てに追われて、オフィスにも近寄れず、毎日逃げ回っているというのは事実のようだ。用済みになった名刺をポケットの中で粉々にちぎって、構内のゴミ箱の中に放り込んだ。これで少なくともひとつは、堀田との約束を守ったことになる。

――十二日土曜日。犯行当日。

牧子と結婚してから、まる十年と十日が過ぎた。もちろん、省平に何の感慨もありはしない。その日牧子は、学生時代の友人と出かけると言って、朝から家を留守にしていた。帰りは遅くなるという。

省平は昼過ぎに起き出して、残り物で昼食を摂《と》った。ついでに、キッチンの戸棚からラップフィルムを拝借する。さらに物置をかき回して、ベンジンの瓶と乾いた布を見つけた。それらの品を持って上がり、自分の部屋に閉じこもる。

まず犯行用に買った手袋を両手にはめた。クロゼットからバットケースを出し、ファスナーを開ける。バッティング・センターから盗んできた方のバットを引き抜くと、グリップの周囲にぐるぐるとラップフィルムを巻きつけた。それから布にベンジンを染《し》み込ませると、バットの表面をゴシゴシこすり始めた。油性マジックで書かれた、バッティング・センターの名前を消すためだ。マジックの文字はなかなか消えなかったが、省平は根気強く作業を続けて、完全に消し去ることに成功した。

バットケースをクロゼットに戻し、部屋の窓を開けて空気を入れ替える。牧子に気づかれないよう、ラップフィルムとベンジンの瓶を元の場所に返し、布はガレージに隠した。午後の残りの時間は、主に車の点検に費やした。

牧子の帰りは遅く、帰宅したのは、午後十時を回った頃だった。少し酒が入っていた。省平にとっては、願ってもないタイミングだった。

「こんな時間まで、どこで何をしていた？　外に男でもいるんだろう」

省平が言いがかりをつけると、牧子はいつものように、辛辣《しんらつ》な台詞で応酬した。二人はリビングでしばらくにらみ合い、それからまたいつものように、省平は黙って妻に背中を向けた。だが、いつもとちがうのは、リビングを出ていく省平が、扉の陰で微《かす》かな笑みを浮かべていることだった。

二階の自分の部屋に隠れてひとりになると、省平はてきぱきと動き始めた。クロゼットの扉を開け、夜目に付きにくい黒っぽい服装に着替えた。着替えをすませると、昼間準備しておいたバットケースを引っぱり出して、もう一度中身を確認する。財布と車のキーをつかみ、扉の前で立ち止まって大きく深呼吸をしてから、省平は部屋を出た。

「――ちょっと出てくる」

リビングを通りがけに、どこへ行くとも言わないで声だけかけた。牧子の返事はない。お互いに何度も繰り返して、すっかり慣れてしまったはずの場面だったが、今夜の省平はそう思わなかった。

バットケースをシートに落とし、ガレージから車を出した。十時半になっていた。ルームミラーに映《うつ》った目が殺気立った輝きを帯びている。これからやろうとしていることを頭から追い出して、ひたすら運転に集中した。十五分ほど走って、バッティング・センターの駐車場に車を入れる。

週末の夜だというのに、場内はガラガラだった。省平は左から三番目のケージに入り、ケースから自分のバットを抜いた。いつもの儀式を繰り返して、一枚目のコインを投入した。

最初の何球かはまったくタイミングが合わず、バットは空を切るばかりだった。冷静なつもりでいても、精神的なバランスが保てずに、打撃フォームを崩しているのだ。省平は残りのボールを見送って、いったん打席を外すことにした。目を閉じて深呼吸し、素振りを重ねて集中力を高める。やがて全身に気合いがみなぎってくるのを感じて、操作パネルに二枚目のコインを投じた。球速を百三十五キロに設定し、再び投球をスタートさせた。ブーンとうなりを上げて、ピッチング・マシンのモーターが始動する。省平は呼吸を測りつつ、バットを右肩に引きつけ、ぎゅっとボールに目を凝《こ》らした——。

三十分ほどバッティング・センターで過ごしてから、省平は車に乗って、環状八号線を南下した。ステアリングを握る両手に、ジャストミートの快《こころよ》い感触の余韻を感じながら。車の流れは比較的スムーズで、心づもりしていたより若干早い時間に、富士見ケ丘までたどり着いていた。指示された場所に車を停め、省平はすばやく押し込みの準備を整えた。犯行用の手袋をはめ、顔を隠すためにサングラスをかける。懐中電灯とバットケースを携えて、急ぎ足に山崎赳夫の家に近づいた。ケースの中には、黒いポリ袋も入れてある。裏の通用口から敷地に入り、浴室の窓から屋内に侵入した。堀田の書いたシナリオ通り、窓に鍵はかかっていなかった。

懐中電灯をつけ、足音を忍ばせて一階の廊下に出る。頭の中に刻み込んだ間取り図に従って寝室に直行すると、いびきの音が聞こえてきた。音を立てないように引き戸を開け、部屋の中に体を滑り込ませた。懐中電灯の光をそっと這わせていく。敷布団と上掛けの間からのぞいている男の頭。山崎赳夫だった。鼻をつまんでも気づかないぐらい、ぐっすりと眠りこけている。

堀田のシナリオ通り、枕元にドイツ製の血圧計が置いてあった。だが、省平はそんなものに見向きもしない。懐中電灯を下に置いて、バットケースを開けると、グリップにラップフィルムを巻きつけたセンターの貸しバットを引き抜いた。飛び散った血が服を汚さないようにスイングの角度を考えて、畳の上でスタンスを定める。ラップフィルムの上から両手でしっかりバットを握りしめると、何のためらいもなく、山崎の頭を目がけて振り下ろした。一撃で頭蓋骨を砕く手応えがあったが、省平はさらに、二度、三度と打撃を加えた。老人は眠ったまま、ため息ひとつ洩らさずに絶命した。

省平が帰宅したのは、午前一時半だった。やはり玄関の鍵は閉まっていた。夫の帰りを待たずに、牧子が先に寝てしまったことに感謝したのは、結婚してから初めてだった。車のトランクからバットケースを出して、牧子を起こさないようにこっそりと自室に戻る。凶器として使ったバットは、本来の自分のバットといっしょに、ケースに入れて持ち帰っていた。バットの表面にべったりと付着した被害者の血痕がケースを汚さないように、犯行現場から持ち出す際、黒いポリ袋に包んでおいたのは言うまでもない。ケースの中をあらためて確認する気は起きず、そのままクロゼットに戻した。

熱いシャワーを浴びて体をきれいにし、ベッドに入った時には、もう二時を回っていた。省平はすぐさま眠りに落ちた。夢を見たが、悪夢にうなされたのではなかった。その逆だ。

牧子の葬式の夢だった。

あくる日曜日、省平は朝からトランクにバットケースを積んで、車でバッティング・センターに向かった。カウンターに顔を出し、貸しロッカーの契約をしたいと申し出る。あばた面《づら》の従業員があくびを嚙み殺しながら、面倒臭そうに手続きをした。省平はとりあえず一か月分の使用料を前払いして、番号札の付いたロッカーの鍵を受け取った。

バットケースと鍵を持って、無人のロッカールームに入った。むっとする空気が滞《とどこお》っているせいで、あまり使用されていないのがわかる。細長い縦型のロッカーで、数は二十にも満たない。省平は鍵の番号札と同じ数字が打たれたロッカーの前に行き、鍵穴に差し込んだ。薄いスチールの扉を開けると、カビくさい臭いがした。省平はバットケースごとロッカーに放り込み、扉を閉じて施錠した。堀田に自宅を知られているので、凶器のバットを家の中に置いておくわけにはいかない。打撃練習はしなかった。鍵をポケットに入れて、手ぶらで家に帰った。

昼からはずっと、家でぼんやりしていた。全身に虚脱感があり、何もする気が起きないのだった。昨夜の反動だったのかもしれない。その夜のTVニュースで、省平は初めて自分が殺した男の顔を見た。だが、何の感慨も湧きはしなかった。ニュース・キャスターが原稿を読み上げている途中で、省平はリモコンのボタンを押し、チャンネルを換えた。

十四日月曜日。朝刊で事件の記事を斜め読みしてから、省平は何事もなかったように家を出た。出社すると、名古屋への出張の日程が決まっていた。二十九日の火曜日で、予定通り、その夜は名古屋で一泊することにした。

会社を引けると、省平は地下鉄の駅に向かい、前に使ったのと同じ公衆電話の前に立った。受話器を上げ、カードを差し込んでから、一一六番をプッシュする。伝言ダイヤルサービスの番号だった。録音された操作案内の声に従って、八ケタの連絡番号と四ケタの暗証番号を入力した。

「――メッセージをどうぞ」

「ピンチ・ヒッターから、ネクスト・バッターへ。先頭打者はヒットで出塁した。血圧計のチューブでは心許なかったので、バッティング・センターで回収したバットを使用した。きみが使ってたやつだ。次のゲーム日程は、二十九日火曜日。もちろん、ナイト・ゲームだ。試合を放棄した場合は、叔父さんの血ときみの指紋が付着したバットを、しかるべき筋に送り届ける。くれぐれも、ゲッツーを取られるようなヘマはしないように」

4

二十九日火曜日。牧子の命日。解放記念日。

出張の日の朝を迎えても、妙な気負いや罪悪感とは無縁だった。これが見納めと知りながら、普段と変わらぬおざなりな態度で妻と接していられた。山崎赳夫を殺した夜から、省平にとって牧子はすでに死んだ女も同然だったからだ。あとはもう時間の問題でしかない。妻の死という具体的な結果が、自分の気持ちに追いつくまでの。そしてその結果は、今夜中に堀田秀雄が具体化してくれるはずだった。省平はただ、その時が来るのを待つだけでいい。

「――戸締まりに気をつけろよ」

家を出がけにふとした思いつきで、そんなことを言ってみた。牧子は扉の向こうから気のない返事をしただけで、見送りの言葉もかけてこなかった。

いったん会社に寄って、雑事を片付けてから、タクシーで東京駅へ。十時五十六分発「のぞみ11号」に乗って、名古屋に向かう。出張の目的は、業界団体主催の「消費者問題セミナー」に出席することだった。名古屋支社から本社のオブザーバーを求められ、省平が参加することになったのだが、名簿にマルをつけに行くだけの使い走りに等しく、出張費も切り詰められている。しかし、東京を離れてアリバイを作るには、絶好の機会だった。

シートの角度を調節すると、省平はさっそく駅の売店で買った週刊誌を開く。山崎殺しに関する記事が載《の》っているのを読むためだった。

――殺害されたのは、杉並区高井戸西二丁目に住む山崎赳夫さん（六二）。山崎さんは、世田谷で不動産・貸金業を営んでおり、貸金の返済をめぐって、借り手との間にトラブルが絶えなかったという。

室内に物色した形跡があったため、当初は強盗殺人の疑いも持たれたが、現場の状況に不審な点が多いことから、警察は金銭上のトラブルによる怨恨の線に捜査方針を切り換えた。

厳しい取り立てを受けるなどして、被害者を恨んでいた複数の顧客の中から、捜査本部は、山崎さんの甥でフリー・カメラマンのA氏（三二）に容疑を絞った。A氏は、自営スタジオを開設する際、被害者から多額の資金を借りていたが、今年になって、強硬に返済を迫られていたという。

ところが、警察に事情を聴かれたA氏は、

「犯行当日には、友人の結婚式に出席するため、横浜に行っていた」

と、アリバイを主張。その後の調べで、山崎さんが殺害されたとみられる十二日深夜から、翌日の明け方近くまで、A氏が横浜市内のスナックで、知人らと過ごしていたことが判明した。

捜査本部では、A氏に共犯者がいた疑いもあるとして、関係者に聞き込みを続けたが、有力な情報は得られていない。本誌の取材によれば、A氏の周辺から、警察の安易な見込み捜査に対する抗議の声も上がっているという。

事件発生から二週間。捜査本部では、貸金先リストの洗い直しを始める一方、被害者が以前から暴力団関係者と交際していたことに注目。何らかのトラブルに巻き込まれた可能性も検討しているが、捜査の行き詰まり観は否めないようだ。

その記事をもう一度頭から読み直して、省平は週刊誌を閉じた。「共犯者」という文字が目に入った時は思わず息を呑んだが、後半の調子を見る限り、堀田は警察の厳しい追及をかわしつつあるようだ。まだ完全にシロと決まったわけではないにしろ、警察のマークも甘くなっているにちがいない。

だが、たとえ刑事の監視の目が光っていたとしても、堀田は牧子殺しのノルマを果たさなければならないのだ。彼の指紋が付いた凶器のバットが、省平の手元にある限り。どんなに強固なアリバイも、あれほど雄弁な物証の前では、たちまちかすんでしまうだろう。ほかでもない堀田自身が、そのことを一番よくわかっているはずだった。

名古屋に着いたのは、十二時三十二分。駅前でタクシーを拾い、セミナー会場に直行する。ホールの受付前で、同期入社の黒部《くろべ》と落ち合った。二年前に本社から名古屋へ配転になった男で、省平が腹を割って話のできる数少ない友人だった。今夜は泊まりだと言うと、これがすんだら、久しぶりに二人で飲みに行かないかと誘われた。省平はＯＫした。

セミナーは予想通り、退屈なものだった。五時には終わったが、その後、懇親会と称して、缶ビールと仕出し弁当が配られた。ビールは生温く、弁当はまずかった。席上、よその会社の人間の口から省平がぽしゃらせたプロジェクトが話題に上り、何度か気まずい思いをさせられた。

解散は七時。黒部がねぎらうように、肩をぽんとたたいて、気の毒だったなと言う。

「あれぐらい、すっかり慣れっこだよ」

と省平。黒部はまだ後片付けが残っているので、いったん別れて、一時間後にホテルまで迎えにくるという。省平が宿泊先のビジネスホテルの名前を告げると、木賃宿だなとあきれられた。

「会社が宿泊費をケチるんだから、仕方がない」

「唯一の取り柄は、繁華街に近いことだ。すぐそばに行きつけの店がある。八時にロビーで会おう」

チェックインしたホテルは、木賃宿と言われても仕方がないようなところだった。だが、背に腹は換えられない。日帰りも可能なのに、わざわざ宿を取ったのは、アリバイ工作のためだったのだから。

黒部は八時ちょうどにやってきた。連れ立ってホテルを出、黒部のなじみの店まで歩いていく途中、誰かに見られているような視線を感じて、省平は何度も後ろを振り返った。

「――どうしたんだ?」

「いや、なんとなくつけられてるような気がして」

「気のせいだろう。さもなくば、奥さんが浮気調査のために、探偵でも雇ったんじゃないか？」

「よしてくれ。洒落《しゃれ》にならない」

軽口でごまかしたが、内心は気が気でなかった。そういえば、名古屋駅のホームでも、誰かの視線を感じた覚えがある。刑事の尾行だろうか？　いや、そんなことはありえない。堀田が口を割らない限り、山崎殺しの容疑が自分に向けられるはずがないからだ。省平は杞憂《きゆう》だと自分に言い聞かせて、黒部に案内された居酒屋の暖簾《のれん》をくぐった。


積もる話に花が咲き、つい二軒、三軒とハシゴを重ねて、黒部が乗ったタクシーを見送った時には、午前一時が近くなっていた。足下が少しおぼつかなかったが、ホテルまでわずかな距離なので、省平は歩いて帰ることにした。酔いで赤く染まった頬に、秋の夜風が当たって気持ちがよかった。

「木島省平さんだね？」

誰かに呼び止められたのは、牧子と堀田のことを考えながら、近道をしようと人通りの絶えた薄暗い路地に入った直後だった。聞き覚えのない男の声である。振り向こうとしたところへ、いきなり頭を殴りつけられた。目の前に火花が散って、ふっと意識が遠のき、省平の体は路上に崩れ落ちた。

喉の痛みと息苦しさを同時に感じて、やっとわれに返った。ロープのようなもので、喉をぐいぐいと締めつけられている。省平は無我夢中で抵抗しようとした。だが酔いのせいか、それとも殴られたせいか、頭が半分ぼうっとして、体が思うように動かない。首に食い込んだロープはどんどん輪を狭めて、省平の気道をふさいでしまおうとしていた。

――助けてくれ！

喉を振り絞って、叫ぼうとする。しかし、口からゴボゴボ息が洩れるだけで、言葉にならなかった。頭の芯がじーんとしびれて、今にも気が遠くなりそうだった。死の恐怖に駆られて、激しく首を振り回した拍子に、自分を殺そうとしている男の顔が視野の端をかすめた。

まったく知らない顔だった。一度も会ったことのない男。

――なぜだ？

「悪く思わないでくれよ。あんたには何の恨みもないが、殺してくれと頼まれたんだ。あんたの奥さんから」

男が耳元でそうささやくのが聞こえた。それが意識に残っている最後から二番目のことだった。

そして、死に際の省平の脳裏を最後によぎったのは、粉々にちぎって駅のゴミ箱に放り込んだ名刺に記された名前——この見ず知らずの男こそ、本物の宮沢映輝にちがいない……。

＊

水曜日の夕方、牧子は自宅を訪れた警視庁の刑事の口から、夫の死を知らされた。昨夜遅く、出張先の名古屋市内の繁華街を外れた路上で、何者かに絞殺されたという。

「——金品を奪われていたため、愛知県警では、流しの強盗に襲われた可能性が高いと見ています」

「主人にまちがいないのですか？」

と牧子はたずねた。経験豊富なベテラン刑事と、警察学校を出たばかりのような新米の、まるで絵に描いたような二人組。話をするのは、主に若い方の刑事の役目だった。

「はい。背広のポケットに宿泊先のホテルのキーが残されていて、そこからご主人の名前が判明しました。会社の同期の黒部さんという方が、すでに遺体の身元を確認しています。亡《な》くなる直前まで、いっしょに酒を飲んでいたそうです。ご主人は彼と別れた後、ホテルまで歩いて帰る途中だった」

牧子は無言で目を伏せた。若い刑事はまだ板につかない悔やみの言葉をつぶやき、遺体の引き取りに関する手続きについて説明を始める。牧子はひと通り耳に入れたところで顔を上げ、明日の朝の新幹線で、名古屋に発《た》つことにしますと言った。

「――ところで奥さん、昨夜はどちらにいらっしゃったかうかがってもかまいませんか？」

それまで黙っていた年かさの刑事が、おもむろにたずねた。牧子はため息をひとつ洩らして、

「アリバイ調べですか？　でも、主人は流しの強盗に襲われた可能性が高いと――」

「いえいえ、これはあくまでも形式的な質問ですから、悪く取られないように」

「昨日の晩はずっと家にいました」

嘘ではなかった。

「おひとりで？」

「もちろんです。お疑いでしたら、ご近所に聞いて確かめられてはいかがです」

「いえいえ、そんなことはしませんよ――いきなりお邪魔してすみませんでした。どうかくれぐれも、お力落としのないように」

二人の刑事が帰った後、牧子は夫と自分の実家に相次いで報告の電話を入れた。大げさに泣きわめくような悲嘆の演技は控え、夫の突然の死に途方に暮れているようなそぶりを示すにとどめた。夫婦の不和は、すでに周知の事実だったからだ。

「――こんなことを言うのは罰当たりだが、省平君がそんなことになったのは、おまえにとっては、けっして悪いことではないのかもしれないよ」

知らせを聞いた実家の父親は、ぽつりとそんな言葉さえ洩らした。牧子は聞かなかったふりをして、また連絡すると言い、電話を切った。

入れちがいのように、電話のベルが鳴った。受話器を取ると、名古屋支社の黒部からだった。木島が死んだのは自分の責任だ、と黒部は言い、牧子の力になることを約束した。牧子は、明日名古屋に向かうことを黒部に告げ、駅で落ち合う時間を決めた。夫の親友だった黒部が、牧子と省平の間に生じた深い溝について知らないはずはなかったが、二人はお互いにそのことを口にはしなかった。

簡単に夕食をすませると、牧子は明日の旅支度に取りかかった。それが終わる頃には、十一時を回っていた。また電話のベルが鳴った。受話器を取ると、堀田秀雄の声が聞こえてきた。

「さっきTVのニュースで見ました。うまく行きましたね、牧子さん」

「家には電話しないでと言ったはずよ。電話の記録を調べられたら、どうするつもりなの？」

「外の公衆電話からかけてるから、大丈夫です」

「そう。でも、あまり長く話さない方がいい。夕方刑事が来て、昨夜のアリバイを聞かれたわ。怪しまれたとは思わないけど」

ありませんよ」

「形式的な質問ってやつでしょう？　どっちみち、アリバイは完璧なんだから、心配することは

「でも、当分は慎重にふるまわなきゃ。あなたともしばらくは会わないつもりよ」

「それはこの際、仕方がないけど——それより、例のバットの件はどうなってますか？」

「見つかったわ。昨日、夫が家を出た後、部屋を調べたら、バッティング・センターの貸しロッカーの鍵が出てきたの。すぐにピンと来て行ってみたら、案《あん》の定《じょう》そこに隠してあった」

「ちぇっ、灯台もと暗しってやつか。じゃあ、バットの方はそっちで処分しておいてください。そのことが気になって、しばらく眠れなかったけど、それを聞いてやっと安心しました」

「そう。でも、悪いけど、明日の朝早くに、名古屋に発たなければいけないの。疲れているから、もう休ませてちょうだい」

牧子は一方的に会話を終わらせた。

その夜、宮沢映輝の方からは何も言ってこなかった。たぶん明日も、あさっても来ないだろう。それもそのはずだった。堀田とちがって、宮沢は自分の手を汚している。交換殺人を約束したパートナーどうしが、犯行の直後に連絡を取り合うことがどれぐらい危険か、十分すぎるほどわかっているからだ。それは、牧子にとっても同じことだった。夫の出張日程と宿泊先のホテル

名を伝えたのも、伝言ダイヤルを通じてである。だが、宮沢は本当のシナリオを知らない。牧子に欺かれていることさえ気づいていなかった。宮沢は、牧子が手を下して山崎赳夫を殺したと信じているが、実際にそうしたのは夫の省平なのだ。

——夫に対する殺意がいつ芽生えたのか、牧子はもうはっきりと思い出すこともできない。しかし、ただひとつだけ言えるのは、数えきれないほど夫の目の中をよぎった牧子に対する殺意の影が、牧子の夫に対する殺意の呼び水になったということである。たとえ憎悪の絆《きずな》でしか結ばれていなかったとしても、省平と牧子は似た者どうしの夫婦だった。二人の間に育っていた憎悪ですら、合わせ鏡に映し合った虚像にすぎなかったのかもしれない。

夫が何度も情事を繰り返したように、牧子にも何人もの愛人がいた。堀田秀雄もそのひとりだった。付き合ってみたのは、昔、駆け落ちまでしたことのある年上の男の面影を、ほんの少し感じさせるからだった。だが、遊びでしかなかった。いつまでも大人になりきれない、つまらない男。今度のことがなければ、もうとっくに手を切っていただろう。

宮沢映輝という男が、金貸しの叔父を殺したがっていることを知ったのは、堀田の口を通じてだった。堀田と宮沢は、同じフィットネス・クラブに通う顔見知りどうしで、時々世間話をするような仲だった。それで宮沢のプライベートな事情に通じていたのだ。

最初に交換殺人というアイディアを思いついたのは、堀田の方だった。牧子は寝物語で、その話を聞かされた。堀田は省平さえ片付ければ、牧子を独占できると思い込んでいたのだ。堀田が宮沢の叔父を殺し、宮沢が牧子の夫を殺す——しかし、堀田の考えはあまりにも底が浅かった。同じフィットネス・クラブに通う顔見知りどうしでは、たちまち共犯関係が露見するのは目に見えている。

だが、牧子は堀田の話を踏み台にして、夫への殺意を固めたばかりか、より巧妙な犯罪計画を練《ね》り上げたのだった——牧子は偶然を装って宮沢に接近し、信頼関係を築きあげたうえで、交換殺人の計画を持ちかけた。牧子が宮沢の叔父を殺し、宮沢が牧子の夫を殺す。追いつめられていた宮沢は、手もなく牧子の計画に飛びついた。

その一方で牧子は、堀田を手駒のように操り、省平に接近させた。夫が足繁くバッティング・センターに通っていることを牧子は知っていたし、結婚記念日に夫を挑発したのも、そこで省平と堀田を会わせるための布石のひとつだった。

堀田は宮沢映輝と名乗って、叔父殺しを省平に依頼し、その見返りに牧子を殺すことを約束した。いうまでもなく、堀田が省平に話したことは、すべて宮沢からの受け売りである。牧子の計画にあやういところがあったとすれば、省平が堀田の話を真《ま》に受けるかどうかということと、自分が先に山崎赳夫を殺すことを承知するかどうかという二点だった。

しかし、いずれの点に関しても、牧子はさほど心配していなかった。十分に布石は打ってあったし、省平の牧子に対する憎悪が深ければ深いほど、それが目隠しになって、正常な判断を狂わせるだろうと読んでいたからだ。堀田に本名を明かすように仕向けたのは、わざとスキを見せて省平を油断させるため。交換殺人のセオリーを強調して、堀田と省平の接触を一度きりに限定したのも、堀田と宮沢が別人であると気づかせないことが真の狙いだった。仮に省平が宮沢に探りを入れようとしても、本人は借金の取り立てを逃れて姿を隠している最中だから、直接の対面はありえず、代役とバレる可能性は低い。

省平が先に手を下すかどうかは、堀田の説得にかかっていた。説得材料は月末の出張予定だけだったが（もちろん、牧子は事前に知っていたことだ）、夫が自分を殺害する絶好の機会をみすみす見逃すはずはない、という確信が牧子にはあった。バッティング・センターの貸しバットを利用して、省平があんなことを企んでいたのは、まったく予想外だったけれど、牧子の計画そのものを歪《ゆが》めるものではなかった。省平は自分が主導権を握っていると錯覚して、牧子の思うツボにはまってしまっただけである。それどころか、かえって牧子にとって、願ってもない手土産《みやげ》まででこの世に遺《のこ》していったのだ――。

牧子はバッティング・センターから回収してきたバットのことを考え、口許がほころぶのを感じた。山崎赳夫の血痕と、堀田秀雄の指紋が付いたバット――堀田には処分すると約束したが、本気でそうしようとは思っていない。堀田はもうしばらく前から疎《うと》ましい存在になっていたが、今度のことをきっかけにますます牧子を独占しようとするだろう。夫の保険金の分け前を要求するのも目に見えている。金目当ての犯行ではなかったが、そんなことをさせるつもりはなかった。

今度は二人をうまく操って、共倒れの結果に持ち込むようなシナリオを練《ね》る必要がある。警察の疑いが自分に飛び火しないように。二人の口を封じるには、夫が遺してくれたこのバットが役に立つだろう。堀田に山崎殺しの濡れ衣を着せてしまえば、堀田と宮沢の間で交換殺人が計画されたように見せかけることもできる——。

たったそれだけのことにしろ、あれだけ憎んでいた夫に感謝していることに気づいて、牧子はおかしくなった。省平のことをそんなふうに思ったのは、この十年間で初めてだった。牧子は左手の薬指にはめた結婚指輪にそっと口づけをし、それから、ひとりでくすくすと笑った。

●初出誌

「女彫刻家の首」　有栖川有栖　月刊「小説ｎｏｎ」一九九八年十月増刊号
「アニマル色の涙」　鯨　統一郎　月刊「小説ｎｏｎ」一九九九年二月号
「複雑な遺贈《いぞう》」　姉小路　祐　月刊「小説ｎｏｎ」一九九八年二月号
「スノウ・バレンタイン」　吉田直樹　月刊「小説ｎｏｎ」一九九八年四月号
「ＯＬ倶楽部《くらぶ》にようこそ」　若竹七海　月刊「小説ｎｏｎ」一九九八年一月号
「重すぎて」　永井するみ　月刊「小説ｎｏｎ」一九九七年一月号
「エデンは月の裏側に」　柄刀　一　月刊「小説ｎｏｎ」一九九九年一月号
「最終章から」　近藤史恵　月刊「小説ｎｏｎ」一九九六年七月号
「ホワイト・クリスマス」　麻耶雄嵩　月刊「小説ｎｏｎ」一九九八年二月号
「ダブル・プレイ」　法月綸太郎　月刊「小説ｎｏｎ」一九九八年十月増刊号

一〇〇字書評

切り取り線

購買動機（新聞、雑誌名を記入するか、あるいは○をつけてください）

□（　　　　　　　　　　　　　　　　）の広告を見て
□（　　　　　　　　　　　　　　　　）の書評を見て
□ 知人のすすめで　　　　□ タイトルに惹かれて
□ カバーが良かったから　　□ 内容が面白そうだから
□ 好きな作家だから　　　　□ 好きな分野の本だから

・最近、最も感銘を受けた作品名をお書き下さい

・あなたのお好きな作家名をお書き下さい

・その他、ご要望がありましたらお書き下さい

住所	〒				
氏名		職業		年齢	
Eメール	※携帯には配信できません	新刊情報等のメール配信を 希望する・しない			

この本の感想を、編集部までお寄せいただけたらありがたく存じます。今後の企画の参考にさせていただきます。Eメールでも結構です。

いただいた「一〇〇字書評」は、新聞・雑誌等に紹介させていただくことがあります。その場合はお礼として特製図書カードを差し上げます。

前ページの原稿用紙に書評をお書きの上、切り取り、左記までお送り下さい。宛先の住所は不要です。

なお、ご記入いただいたお名前、ご住所等は、書評紹介の事前了解、謝礼のお届けのためだけに利用し、そのほかの目的のために利用することはありません。

〒一〇一 - 八七〇一
祥伝社文庫編集長 坂口芳和
電話 〇三（三二六五）二〇八〇

祥伝社ホームページの「ブックレビュー」からも、書き込めます。
http://www.shodensha.co.jp/bookreview/

祥伝社文庫

ミステリー・アンソロジー　不透明《ふとうめい》な殺人《さつじん》

平成11年2月20日　初版第1刷発行
平成31年4月25日　第3刷発行

著　者　有栖川《ありすがわ》有栖《ありす》　鯨《くじら》統一郎《とういちろう》　姉小路《あねこうじ》祐《ゆう》　吉田《よしだ》直樹《なおき》　若竹《わかたけ》七海《ななみ》
永井《ながい》するみ　柄刀《つかとう》一《はじめ》　近藤《こんどう》史恵《ふみえ》　麻耶《まや》雄嵩《ゆたか》　法月《のりづき》綸太郎《りんたろう》

発行者　辻　浩明

発行所　祥伝社《しょうでんしゃ》
東京都千代田区神田神保町3-3
〒101-8701
電話　03（3265）2081（販売部）
電話　03（3265）2080（編集部）
電話　03（3265）3622（業務部）
http://www.shodensha.co.jp/

印刷所　図書印刷
製本所　ナショナル製本
カバーフォーマットデザイン　中原達治

ISBN978-4-396-32676-0 C0193

祥伝社文庫の好評既刊

法月綸太郎 山口雅也ほか　不条理な殺人

法月綸太郎・山口雅也・有栖川有栖・加納朋子・西澤保彦・恩田陸・倉知淳・若竹七海・近藤史恵・柴田よしき

西村京太郎ほか　不可思議な殺人

西村京太郎・津村秀介・小杉健治・鳥羽亮・日下圭介・中津《なかつ》文彦《ふみひこ》・五十嵐《いがらし》均《ひとし》・梓林太郎・山村《やまむら》美紗《みさ》

高橋克彦ほか　さむけ

高橋克彦・京極夏彦・多島斗志之《たじまとしゆき》・新津きよみ・倉阪鬼一郎《くらさかきいちろう》・山田宗樹《やまだむねき》・釣巻礼公《つるまきれいこう》・井上雅彦《いのうえまさひこ》・夢枕獏

江國香織ほか　LOVERS

江國香織《えくにかおり》・川上弘美《かわかみひろみ》・谷村志穂・安達千夏・島村洋子・下川香苗・倉本由《くらもとゆ》布《う》・横森理香・唯川恵

江國香織ほか　Friends

江國香織・谷村志穂・島村洋子・下川香苗・前川麻子・安達千夏・倉本由布・横森理香・唯川恵

本多孝好ほか　I LOVE YOU

総合エンタメアプリ「UULA」で映像化！
伊坂幸太郎・石田衣良・市川拓司・中田永一・中村航《なかむらこう》・本多孝好

祥伝社文庫の好評既刊

石田衣良
本多孝好ほか

LOVE or LIKE

この「好き」はどっち？ 石田衣良・中田永一・中村航・本多孝好・真伏修三《まぶせしゅうぞう》・山本幸久《やまもとゆきひさ》

法月綸太郎

一《いち》の悲劇

誤認誘拐事件が発生。身代金授受に失敗し、骸《むくろ》となった少年が発見された。鬼畜の仕業は……誰が、なぜ？

法月綸太郎

二の悲劇

自殺か？ 他殺か？ 作家にして探偵の法月綸太郎に出馬要請！ 失われた日記に記された愛と殺意の構図とは？

法月綸太郎

しらみつぶしの時計

交換殺人を提案された夫が、堕《お》ちた罠――（「ダブル・プレイ」）他、著者の魅力満載のコレクション。

鯨 統一郎

なみだ研究所へようこそ！

サイコセラピスト探偵 波田煌子《なみだきらこ》

メンタル・クリニック「なみだ研究所」所長・波田煌子は伝説のセラピスト。不思議な診療が始まった……。

鯨 統一郎

なみだ特捜班におまかせ！

サイコセラピスト探偵 波田煌子

これで犯罪心理分析官⁉ 当てずっぽう？ でもズバリ的中！ 突飛な推理で、事件を片っ端からなで切り！

祥伝社文庫の好評既刊

鯨 統一郎
なみだ学習塾をよろしく!
サイコセラピスト探偵 波田煌子

学習塾の新米事務員・波田煌子。塾では厄介な事件が続発。煌子が生徒たちの心の秘密を解き明かす!

若竹七海
クールキャンデー

「兄貴は無実だ。あたしが証明してやる!」——渚、十四歳。兄のアリバイ調査に乗り出したが……。

近藤史恵
スーツケースの半分は

青いスーツケースが運ぶ〝新しい私〟との出会い。心にふわっと風が吹く、温もりと幸せをつなぐ物語。

近藤史恵
Shelter〈シェルター〉

心のシェルターを求めて出逢った恵といずみ。愛し合い傷つけ合う若者の心に染みいる異色のミステリー。

近藤史恵
カナリヤは眠れない

整体師が感じた新妻の底知れぬ暗い影の正体とは? 蔓延する現代病理をミステリアスに描く傑作、誕生!

近藤史恵
茨姫《いばらひめ》はたたかう

ストーカーの影に怯《おび》える梨花子《りかこ》。整体師合田力《ごうだりき》との出会いをきっかけに、初めて自分の意志で立ち上がる!

祥伝社文庫の好評既刊

祥伝社文庫の好評既刊

北原尚彦
ホームズ連盟の事件簿
「ホームズへの最上質のオマージュ」――有栖川有栖氏も絶賛! ワトスンたちが、快刀乱麻の大活躍!

滝田務雄
捕獲屋カメレオンの事件簿
事件現場を寸分違わず再現、隠された真実を暴き出せ! 凸凹コンビのヒューマン・ミステリー。

大崎 梢
空色の小鳥
その少女は幸せの青い鳥なのか? 亡き兄の隠し子を密かに引き取り育てる男の、ある計画とは……。

恩田 陸
不安な童話
「あなたは母の生まれ変わり」――変死した天才画家の遺子から告げられた万由子。直後、彼女に奇妙な事件が。

恩田 陸
puzzle〈パズル〉
無機質な廃墟の島で見つかった、奇妙な遺体! 事故? 殺人? 二人の検事が謎に挑む驚愕のミステリー。

恩田 陸
訪問者
顔のない男、映画の謎、昔語りの秘密――。一風変わった人物が集まった嵐の山荘に死の影が忍び寄る……。